THE QUEEN OF CRIME
繁體中文版
20週年
紀念珍藏

# 柏翠門旅館

阿嘉莎・克莉絲蒂——著
徐炳雄、季洪光——譯

# At Bertram's Hotel

# 通俗是一種功力

吳念真（導演、作家）

通俗是一種功力。絕對自覺的通俗更是一種絕對的功力。

這樣的話從我這種俗氣的人的嘴巴說出來，大概很多人要笑破褲底了。不過，笑完之後請容我稍稍申訴。這申訴說得或許會比較長一點，以及，通俗一點。

小時候身材很爛，各種遊戲競爭完全任人宰割，唯一隱遁逃避的方法是躲起來看書或聽大人瞎掰。那年頭窮鄉僻壤的小孩能看的書不多，小學二年級時最喜歡的是超大本的《文壇》，老師借的。看著看著，某天老師發現我的造句竟出現：「捧著：朝陽捧著一臉笑顏為群山剪綵」這樣亂七八糟的文字，就拒絕再讓我看那些超齡的東西了。

老師的書不給看，我開始抓大人的書看。一種是厚得跟磚塊一樣的日文書，對我來說那完全是天書，但插圖好看，經常有限制級的素描。另一種書是比較薄的，通常藏得很嚴密，只是裡面有太多專有名詞、重複的單字和毫無限制的標點，比如「啊啊啊」、「……！！！」

老讓我百思不解。有一天，充滿求知欲地詢問大人竟然換來一巴掌後，那種閱讀的機會和樂趣也隨著消失了。

所幸這些閱讀的失落感，很快從大人的龍門陣中重新得到養分。講到這裡，我似乎先得跟一個村中長輩游條春先生致敬，並願他在天之靈安息。

我所成長的礦區，幾乎全是為著黃金而從四面八方擁至的冒險型人物，每人幾乎都有一段異於常人的傳奇故事。這些故事當事人說來未必精采，但一透過游條春先生的嘴巴重現，有時連當事人都聽得忘我，甚至涕泗縱橫，彷彿聽的是別人的故事。

條春伯沒當過日本兵，可是他可以綜合一堆台籍日本兵的遭遇，一如連續劇般從入伍、受訓、逃亡荒島，面對同鄉同袍的死亡，並取下他們的骨骸寄望帶回故鄉，乃至骨骸過多搞不清哪是誰的等等，讓聽的人完全隨他的敘述或悲或笑，彷彿跟他一起打了一場太平洋戰爭。此外他也可以把新聞事件說得讓一個三、四年級的小孩，到現在仍記得當時腦中被觸動的畫面。例如當年瑠公圳分屍案的凶手做案之後帶著小孩到安東街吃麵（這讓我一直以為台北的安東街是條專門賣麵的街道），還有甘迺迪總統被暗殺、賈桂琳抱住她先生、安全人員跳上飛快的車子保護賈桂琳……當然，這記憶全來自條春伯的嘴巴而不是報紙。我的記憶全是畫面，有畫面，是因為條春伯說得精采，說得有如親臨他至死都還搞不清地理位置的達拉斯命案現場。

於是這小孩長大後無條件地相信：通俗是一種功力，絕對自覺的通俗更是一種絕對的功力。透過那樣自覺的通俗傳播，即使連大字都不識一個的人，都能得到和高階閱讀者一樣的感動、快樂、共鳴，和所謂的知識、文化自然順暢的接軌。也許就是因為這些活生生的例子，俗氣的自己始終相信：講理念容易講故事難，講人人皆懂、皆能入迷的故事更難，而能隨時把這樣的故事講個不停的人，絕對值得立碑立傳。

條春伯嚴格地說是有自覺的轉述者，至於創作者，我的心目中有兩個。一個是日本導演山田洋次，一個是推理小說家阿嘉莎．克莉絲蒂。

山田洋次創造了寅次郎這個集合所有男人優點跟缺點的角色，在以《男人真命苦》為名的系列下，總共完成百部左右的電影。它們的敘述風格、開頭、結尾的方法不變，唯一改變的是故事，是時代，是遍歷日本小鄉小鎮的場景。數十年來，看《男人真命苦》幾已成為日本人每年的一種儀式，一如新春的神社參拜。

數十年前訪問過山田導演，他說，當他發現電影已然有它被期待的性格時，電影已經不是導演自己的。他說：當所有人都感動於美人魚的歌聲時，你願意為了讓她擁有跟你一樣的腳，而讓她失去人間少有的嗓音嗎？

人間少有的嗓音與動人的歌聲，都來自山田導演絕對自覺的通俗創造。

再如阿嘉莎．克莉絲蒂，如果我們光拿出她說過的故事和聽過她故事的人口數字，就足以嚇死你。五十多年的寫作生涯，她總共寫出六十六本長篇推理小說，外加一百多篇短篇小說和劇本。其中有二十六本推理小說被改編，拍了四十多部電影和電視劇集。作品被翻譯成一百零三種文字的版本，銷量超過二十億本。

夠了。你還想知道什麼？知道二十億本的意義是什麼嗎？二十億本的意義是全世界平均三個人就有一個人讀過她的書，聽過她說的故事。

說來巧合，她和山田洋次一樣，創造出個性鮮明的固定主角（當然，前前後後她弄出來好幾個），然後由他（或是她）帶引我們走進一個犯罪現場，追尋真正的罪犯。

故事就這樣？沒錯，應該說這是通常的架構。那你要我看什麼？不急，真的不急，克莉絲蒂會慢慢冒出一堆足夠讓你疑惑、驚嚇、意外，甚至滿足你的想像力、考驗你的耐心和智商的事件來。

推理小說不都是這樣嗎？你說得沒錯，大部分是這樣，不一樣的是……對了，她像條春伯，像山田洋次，她真會說，而且她用文字說。

文字的敘述可以讓全世界幾代的人「聽」得過癮、「聽」個不停，除了聖經，也許就是克莉絲蒂。她不是神，但她真的夠神。

數十年前，台灣剛剛出現她的推理系列中譯本，那時是我結婚前，常有同齡的文藝青年來我租住的地方借宿，瞄到我在看克莉絲蒂，表情詭異地說：「啊？你在看三毛促銷的這個喔？」

我只記得他抓了一本進廁所，清晨四點多，他敲開我的房門說：「幹，我實在很討厭那個白羅……再拿一本來看看，我跟你說真的，要不是你的書，我真的很想把那個矮儸壓到馬桶吃屎！」

我知道他毀了，愛吃又假客氣，撐著尊嚴騙自己。克莉絲蒂再度優雅地撕破一個高貴的知識份子的假面具，她的手法簡單，那手法叫通俗，絕對自覺的通俗，無與倫比、無法招架的功力。

昔日的文藝青年如今跟我一樣，已然老去，但不時還會看到他寫一些充滿理念和使命感極重的文章，在報紙和雜誌上出現。我知道他要說什麼，只是常常疑惑他想跟誰說；同樣，我記得他說過什麼，但轉眼間忘記他說了什麼。但請原諒我，幾十年前那個晚上，他在我家看完的那兩本克莉絲蒂的小說內容，我可還記得清清楚楚。

也許有一天再遇到他的時候，我會問他之後是否還看過克莉絲蒂其他的書，如果沒有，我會跟他說，想讀要趁早，因為你會老、會來不及。至於白羅那個矮儸，大概永遠不會消失。哦，對了，還有一個叫瑪波，你說不定會來不及認識……

# 瑪波小姐——洞明世事，仍不失對人情的寬諒

吳曉樂（作家）

瑪波小姐是阿嘉莎．克莉絲蒂筆下的兩名神探之一，名氣不若白羅響亮，支持者倒是挺死忠專情。她也是推理小說界「女偵探」的第一把交椅，至今仍無人能動搖其地位。瑪波小姐系列合計有十二本長篇、兩本短篇小說集。以及一篇收錄於《哪個聖誕布丁？》的小說〈葛林蕭的笑話〉。常有讀者受「小姐」二字所誘，誤信瑪波小姐是妙齡少女，但英文中，未婚女性一律以Miss稱之，實際上，瑪波小姐已六十好幾。按照蓋達克警官的形容，「她的模樣非常蒼老，頭髮雪白，粉紅的臉上布滿皺紋，一對藍色眸子柔和且真摯無邪」。

瑪波小姐亦是知名的「安樂椅神探」，她的歲數與支氣管炎等痼疾限縮了她奔走的範疇。大部分時間，瑪波小姐僅在英國村鎮裡穿梭，一邊喝茶，一邊傾聽案件相關的陳述。克莉絲蒂刻意將筆下兩位神探做出區隔，白羅是比利時難民，案件時常顯現壯闊的異國情調，瑪波小姐系列則洋溢著恬謐、悠哉的英國小鎮氛圍。瑪波小姐經手的案件，多半以某座莊

園、公館為中心，在傭人、園丁、廚師、仕紳與貴婦人等交織而成的人際網絡裡，一樁樁謀殺案就此鋪展。

瑪波小姐的經歷有些神祕，讀者只能從她談及自己的稀少橋段，拼湊出模糊的過往：她接受良好教育，曾待過佛羅倫斯的寄宿學校，一度從事過護理工作。再從瑪波小姐坐擁房產、生活講究等細節，我們不難勾勒她中產階級的出身。上述資訊，幾乎是我們能得知的全部了。

至於瑪波小姐的個性，我想徵用瑪波小姐首次登場《牧師公館謀殺案》的語句：「她是村子裡最壞的女人，總是知道每一件事，並且做出最悲觀的推斷。」「在英格蘭，任何偵探也比不上一個上了年紀又有很多閒暇的老處女。」「拿望遠鏡賞鳥的習慣也總是讓她別有收穫。」從這些褒貶相依的評價，我們首先歸納出一些結論：瑪波小姐有些好管閒事，城府也深，偏偏她的判斷比誰都趨近真相。

更細緻地分析，瑪波小姐「溫和無害，乍看糊塗」的表象，是最天然的保護色。與她搭話的人物，屢屢在輕敵的狀態下鬆懈心防，下意識就吐露原先拚命掩藏的犯案痕跡。其次，瑪波小姐認為人性並不複雜，若我們悉心諦視，必能察覺其中的「共性」。她的外甥雷蒙・衛司曾將聖瑪莉米德村喻為「一潭死水」，瑪波小姐則認定死水若放在顯微鏡底下，「其實生機盎然」，而她所謂的顯微鏡，或許指涉了鄉村背景。鄉村生活人情緊密，有助瑪波小姐近距離蒐集人性的不同臉譜。我個人認為，瑪波小姐最專長的辦案手法是「數據分析」，她常將案發現場的樣本扔入聖瑪莉米德村——她的「人性資料庫」，進行搜尋和比對，一旦辨識出相似的行為態樣，接下來她將安坐椅上，預估其發展。是以瑪波小姐一再「後發先至」，她抵達現場的時間總是不無「遲到」的味道，不過待她釐清人物之間的譜系和利害關係，旋即能夠盤整出一些關鍵，為案件帶來重大突破。

瑪波小姐以閒談獲取的情報，都顯得那麼普通、不起眼，她卻能如同手上的編織活，這一針那一線巧妙地穿引，後續再輕輕一扯，將線索行雲流水地組織起來。瑪波小姐深諳自往昔的歲月萃取珍貴的經驗，舉例來說，有一回，她以「聖靈降臨節過後的週一，園丁必不上班」為由，輕易識破一則謊言；也有一回，她從「發音方式」捕捉到講述者的故弄玄虛。

初識瑪波的讀者，我建議以短篇小說《十三個難題》為前菜，篇幅短小，清爽不占空間，品嘗的餘韻足夠引發興致。至於長篇，我心儀《殺人一瞬間》，此作推理成分相對清淡，架構上更接近「豪門恩怨肥皂劇」，序幕即嵌入一場駭人的畫面，將讀者牢牢地鉤入劇情。辦案過程中，瑪波小姐另聘慧黠迷人的露希小姐，潛入疑雲重重的鹿瑟福。兩位小姐的視角頻仍轉換，前場後場的調度十分緊湊，讓讀者捨不得輕易暫停。克莉絲蒂向來很節制「愛情」的著墨，但在此作，她給露希小姐點綴了幾許風花雪月，時至今日，露希小姐情歸何處，是海內外讀者樂此不疲的謎題。而在《死亡不長眠》中，步履蹣跚的瑪波小姐擔憂一對年輕夫婦，不惜啟程遠行，讓我們見到她慈幼的一面。《加勒比海疑雲》也帶給我相當的樂趣，見瑪波小姐與毒舌老富翁拉斐爾搭檔，完成第一次在國外大展長才的紀錄，很是過癮。續作《復仇女神》，拉斐爾已逝，留下一封報酬頗豐的委託，瑪波小姐積極走入謎團，讀者可以看清她心中晃蕩不止的漣漪。瑪波小姐追憶拉斐爾的絮語，我認為是全系列裡罕有的「情愫」展現。

瑪波小姐還有項令人歆羨的本事：她的才華普遍獲得男性同儕的認同。亨利爵士稱她「本人絕無僅有，四星級睿智的紅粉知己，老太婆中的超級老太婆」。尼勒警官如此形容她：「為人正直，具有無可指摘的正義感。」時間跨幅長久的蓋達克警官更是五顆星好評：「瑪波小姐能夠用最大限度的鎮靜來思考謀殺、猝死，以及各種真實罪案。」

按照出版年代，《瑪波小姐的完結篇》是瑪波小姐最後一次現身。若以氛圍而言，我認為《破鏡謀殺案》裡瑪波小姐的自述，更適切地傳達出這位天才神探正緩緩邁向遲暮，「人必須面對現實：聖瑪莉米德昔日風貌不再。當然，從某種意義上說，沒有一樣東西能一如往昔。你可以怪罪戰爭（兩次世界大戰），怪罪年輕這一代，或者出去工作的女人，或者原子彈，或者政府，但其實你真正不滿的只是一個簡單的事實：你正在變老」。瑪波小姐信任的傭人凋零，外甥為她聘請的女傭竟把她視為昏瞶無知、需要悉心呵護的老人家。萬幸的是，摯友荷大克醫師捎來了慰藉，他認為瑪波小姐最合適的藥方就是：一場謀殺案。這舉止點醒了讀者，縱使低調不鋪張，瑪波小姐依然、無庸置疑地對辦案懷有莫大熱情。

文章的尾聲，我要再次回到瑪波小姐的人性觀，她雖堅稱「最無情的猜測往往都會被證實為真」，倒也不吝坦承「我總是對人性抱著希望」。這位英國小姐的魅力自然流淌，她洞明世事，仍不失對人情的寬諒。

# 獻詞

阿嘉莎．克莉絲蒂是世界讀者最眾，也最廣受喜愛的女作家。
身為克莉絲蒂的孫兒，我相信奶奶會非常樂見這次出版，
因為她極以自己作品中的趣味與娛樂為豪。
歡迎所有喜歡本系列的台灣新讀者參與這場饗宴！

——馬修．培察（Mathew Prichard）

# 01

在西郊中心地區，有一些小巷子，除了經驗豐富的計程車司機以外，幾乎沒什麼人知道。計程車司機能胸有成竹地在裡面游弋自如，然後得意洋洋地到達帕克巷、伯克利廣場或南奧德利巷。

從帕克巷拐上一條不知名的小路，左右再拐幾次彎，你就會發現自己到了一條安靜的街道上，柏翠門旅館就在你的右手邊。柏翠門旅館已經存在很長的歷史了。戰爭期間，它左右兩邊的房屋全都毀於一旦，唯獨它毫無損傷。當然，就如房屋仲介所說，它不可避免被撞被碰，不可能一點破壞的痕跡也沒有，不過只用了一筆合算的費用來修整，這棟房子就恢復了原貌。它在一九五五年看上去就和一九三九年時一模一樣——高貴、樸實，靜靜地流露出自己不凡的價值。

這就是柏翠門旅館。客人們長年不斷，其中有高級神職人員、鄉村貴族的未亡人，以及在昂貴禮儀學校念書的女孩們，她們回家度假途中也在這裡下榻（「現在的倫敦，適合單身女孩住的地方少得可憐，而柏翠門旅館恰恰就是少數之一。我們好幾年都住在那裡」）。

當然，有許多與柏翠門相同規模的旅館，其中一些依然存在，但它們幾乎都感到改革勢在必行。為了迎合不同的顧客，它們進行了必要的現代化改造。柏翠門也不例外，不得不加以整修，但它做得不露痕跡，不經意的一眼看去，是完全看不出來。

大門台階下站立的門衛，乍看不亞於一位陸軍元帥，金色繐帶和金屬勳章裝點著他那男子氣概的寬胸。他的舉止無可挑剔，當你因風溼而艱難地從轎車或計程車裡出來時，他體貼而關切地迎接你，小心引導你走上台階並穿過靜靜轉動的大門。

進入門內，如果這是你第一次來到柏翠門，你會驚奇地發現自己又回到一個消失的世界。時光倒流，你再次置身於愛德華時代的英格蘭。

當然是有中央空調的，但是不太感覺得到。像以前一樣，在中央的入口大廳裡，兩處壁爐的煤火總是燒得昌旺。壁爐旁的黃銅煤斗亮得一塵不染，好像是愛德華時代的女僕擦拭的。裡面盛著的煤塊，大小也和那時一模一樣。入口大廳鋪著毛茸茸的軟紅色天鵝絨地毯，給人一種舒適感。扶手椅都不是現代的，椅面離地板很高，這樣患了風溼的老太太們就不必不雅地掙扎站起來；和如今許多昂貴入時的椅子不一樣，這些椅子的椅面不是位於臀部和膝部中間，這樣就不會給患有關節炎或坐骨神經痛的人帶來痛苦。而且這些椅子都不是一種型號，有的直背，有的躺背，椅寬各不相同以適應不同的胖瘦體型。不管高矮胖瘦，任何體型的人都可以在柏翠門找到一張適合的椅子。

現在是喝茶的時間，大廳裡坐滿了人。其實入口大廳並不是唯一可以飲茶的地方。旅館內有一個會客廳（用印花棉布裝飾），一個吸菸室（由於某種不為人知的原因只供男士使用），裡面的大椅子都是上等皮面；還有兩個寫字間，你可以帶一個要好的朋友來，在安靜的角落裡舒適地閒談……如果你願意，還可以在那裡寫信。除了這些令人愜意的愛德華式休息場所外，旅館中還有其他寧靜的處所。它們沒有任何標示，但需要它們的人都知道。有一個雙重酒吧，裡面有兩個服務生。一個是美國人，他使美國客人有賓至如歸的感覺，並為客人提供波旁酒、裸麥酒，及各式雞尾酒。另一個酒吧侍者是英國人，他為客人們提供雪利酒和皮姆斯一號酒，還可以和來參加重要賽馬會而住在柏翠門的中年紳士們，很在行地談論阿斯科特和紐伯瑞的賽馬。走廊的盡頭還偷偷地為那些要求看電視的客人藏著一間電視房。

但是人們還是最喜歡在入口大廳裡喝下午茶。上了年紀的女士喜歡看人們進進出出，認認老朋友，感嘆世事的多變。它還吸引了許多美國客人，他們在這裡能看到英國貴族認認真真、平心靜氣地喝著傳統的下午茶。下午茶是柏翠門的一大特色。

這裡一切完美。維持旅館日常運作的是亨利。他的身材高大挺拔，五十多歲，慈祥，熱心，有著那些久已消失的人種——完美無缺的僕役長——所特有的謙和而威嚴的風範。纖細的年輕侍者在亨利嚴格的指揮下進行日常事務。旅館裡有許多印有徽章的銀托盤、英王喬治時代的銀茶壺，還有瓷器，即使不是羅金漢和達文波特的，看起來也很像。白伯爵茶點最受人歡迎。茶都是上好的印度、錫蘭、大吉嶺、蘭普森茶；至於吃的點心，則是任君挑選……而且一定吃得到。

這天，十一月十七日，六十五歲的賽利納·哈茨夫人——她來自萊斯特郡——正老口生津地吃著美味牛油鬆餅。

她雖然專心品嘗鬆餅，但每當兩扇內門打開有人進來時，她總要猛然抬起頭來。她微笑點頭歡迎拉史肯上校到來。他的身材筆挺，有軍人風範，脖子上掛著一副單筒望遠鏡。她像獨裁者一般傲慢地招手示意。過了一會兒，拉史肯上校來到她身邊。

「你好，賽利納，哪陣風把你給吹過來啦？」

「牙醫，」賽利納夫人嚼著鬆餅，含糊不清地說，「我想既然來了，那就到哈利大街那人那兒看看我的關節炎。你知道我指的是誰。」

雖然哈利大街上治療各種疾病的時髦醫生有幾百人，拉史肯的確知道她指的是哪位。

「有好轉嗎？」他問道。

「我想有的，」賽利納夫人勉強說道，「怪人，出其不意揪住我的脖子，當雞脖子一樣給擰了一下。」

她小心地轉動自己的脖子。

「疼嗎？」

「那樣擰法不疼才怪。但時間太短我來不及感覺。」老夫人繼續小心轉動著脖子。「現在感覺不錯。我多年來頭一次能從右肩往後看到東西。」

她實際驗證一下，然後驚叫道：「那不是珍．瑪波那老太婆嗎，我以為她死了好幾年。她看來像有一百多歲。」

拉史肯上校向珍．瑪波小姐那邊瞟了一眼，沒什麼興趣：柏翠門裡總有些被他稱作「長毛老貓」的人。

賽利納夫人繼續說道：「這裡是全倫敦唯一能吃到鬆餅的地方。真正的鬆餅。知道嗎，去年我在美國，他們的早餐菜單上也有叫鬆餅的東西，但根本不是真正的鬆餅！只是加了葡萄乾的蛋糕。那為什麼也要叫作『鬆餅』呢？」

她把最後一口沾滿牛油的食物塞進嘴裡，微微往旁邊看看。亨利立刻現形，他不疾不徐，但突然之間就出現在賽利納夫人面前。

「您還要點什麼，夫人？蛋糕？」

「蛋糕……」

賽利納夫人想了想，拿不定主意。

「我們這兒有非常可口的香餅，夫人，我向您推薦。」

「香餅？我已經很多年沒吃過了，是正宗的嗎？」

「哦，是的，夫人。廚子有早年的祕方，我保證您會喜歡。」

亨利跟一個隨從使了個眼色，年輕人馬上退下去吩咐製作香餅。

「我想您才去過紐伯瑞吧，德瑞克？」

「是的。天氣實在是太冷了，我連最後兩場賽馬都沒看。悲慘的一天。哈利的那匹小母駒差透了。」

「我從沒指望過牠。斯旺希達怎麼樣？」

「最後是第四，」拉史肯站起身來。「我得去看看我的房間。」

他穿過入口大廳向服務台走去，順路注意一下室內的桌子和客人。在這裡喝茶的人數量驚人，就像回到了以前。戰後，把喝茶當作正餐的習慣已經過時了，但在柏翠門顯然不會。這些人都是誰呀？兩個牧師和奇斯漢普頓的副主教。對了，那邊角落那個紮著綁腿的人一定是位主教，錯不了！看來這兒只缺教皇了。起碼也得是牧師才住得起柏翠門，上校想道。普通的神職人員是住不起的，可憐鬼。再進一步想想，他不明白像賽利納·哈茨這樣的人怎麼住得起，她每年的收入少得可憐。還有貝莉老太太。從薩默塞特來的帕斯韋太太和西碧·克爾，她們都跟教堂裡的老鼠一樣窮。

想著想著，他來到服務台前，服務生戈林奇小姐親切地向他問候。戈林奇小姐是老朋友了，她認識旅館中的每一位老主顧，像對皇室成員一樣從沒忘記過一張臉。她看上去衣著保守但很端莊；鬈曲微黃的頭髮（很老式的髮夾），黑色絲裙，高聳的胸前掛著一個碩大的金盒，還別了個浮雕寶石胸針。

「十四號，」戈林奇小姐說，「我想您上次住的也是十四號房，拉史肯上校，而且您很喜歡它。它很安靜。」

「真搞不懂你是如何記住這些事的，戈林奇小姐。」

「我們想使老朋友賓至如歸。」

「來到這裡，我彷彿又回到很久以前。好像什麼都沒改變。」

他停住了，漢合斯先生從裡面一個房間出來跟他打招呼。

漢合斯先生經常被初來乍到的人當作柏翠門先生本人。誰是柏翠門先生，或者是否真有柏翠門先生，這問題已消失在古老的迷霧中。柏翠門旅館創建於一八四〇年，但從未有人認真追溯其歷史。它就那麼堅固且真實地矗立在那裡。有人把漢合斯先生稱為柏翠門先生時，他也從來不糾正……如果人們希望他是柏翠門先生，那麼他就是柏翠門先生。拉史肯上校知道他的名字，但他不知道漢合斯到底是旅館的管理者還是所有者。他覺得後者較為可能。

漢合斯先生五十來歲，風度頗佳，頗有次級管理者的風範。他可以在任何時候滿足客人們不同的要求。他可以聊賽馬經、板球、國際政治、皇家軼事、提供車展信息，他還知道時下最好看的劇目，知道向美國遊客建議去哪裡觀光，以便時間再短也能領略英格蘭的特色。對於不同收入、不同口味的顧客，哪些餐廳最適合他們，他也非常在行。他這樣熱心為顧客服務，並沒有貶低自己的身分。他不是隨時待命的。戈林奇小姐對這些事同樣熟悉，可以很有效率地提供相同的服務。時不時地，漢合斯先生會像太陽般出現在地平線上一會兒，備極關注地取悅某位客人。

這一刻，拉史肯上校受到榮寵。他們交換了幾個老套的賽馬見解，但拉史肯上校仍想著他先前那個疑問。現在終於有人可以給他答案。

「告訴我，漢合斯，那些可愛的老太太是怎麼住到這兒來的呢？」

「哦，你對此一直疑惑不解嗎？」漢合斯覺得很有意思。「嗯，答案很簡單。她們是負擔不起的，但是……」

他停頓了一下。

「但你們對她們有特價優惠，對吧？」

「差不多。她們一般不知道自己都有享受優惠，即使意識到了，也認為自己是老顧客的緣故。」

「那你怎麼賺錢呢？」

「當然了，拉史肯上校，我是在經營一家旅館，我不能讓它虧本。」

「不會就那樣吧？」

「這是氣氛的問題……到我們國家的陌生人（尤其是美國人，因為他們有錢），對英國有自己奇怪的想法。你知道，我指的不是經常在大西洋上往來的鉅商們。他們通常會去薩伏或多徹斯特飯店。他們要享受全套的現代化設備、美國食品，還有一切恍若置身美國的東西。但是還有許多難得來一次的外國遊客，他們希望英國……嗯，我不說像狄更斯時代那麼遙遠，但他們起碼讀過《克蘭福德》和亨利．詹姆斯的作品，他們不希望英國竟然和自己的國家沒兩樣。所以他們回去後會說：『在倫敦有一個很棒的地方，叫柏翠門旅館，到那裡就像回到了一百年前。它就是古老的英格蘭。那兒住的客人啊，你在別的地方絕不會碰到！都是了不起的公爵夫人們。那裡供應所有古老的英式菜肴，有美味的舊式牛排布丁！你一定從未品嘗過。有上好的牛腰肉和羊肉，還有老傳統的英式下午茶以及美妙的英式早餐。當然還有一些具特色的日常事物。那裡非常舒適，而且溫暖。他們用木柴燒火取暖。』」

漢合斯停止模仿，露出點到為止的微笑。

「我明白了，」拉史肯若有所思地說，「這些人……沒落的貴族、古老世家的貧困後代，他們都是些很好的道具？」

漢合斯點頭承認。

「我確實不知道有沒有人想過這個問題。當然，柏翠門原本就設備完善，只需添上一些昂貴的老古董。所有大駕光臨的人都覺得這裡是他們自己的獨門發現，其他人都不知道。」

「我想，」拉史肯說，「那些古董一定非常昂貴吧？」

「噢，是的。這地方得看起來像愛德華時代，但也得有現代人習以為常的舒適條件。我們那些老可愛——請原諒我這樣稱呼她們——必會發覺，雖然新世紀開始了，生活並沒有變化。而我們的客人既能感受到另一個時代的氛圍，又能享受到家常而不可或缺的舒適。」

「這是不是很難達到呢？」拉史肯問道。

「還好。像暖氣，美國人的要求……我得說是需求，比英國人高出至少華氏十度。我們有兩種很不一樣的客房。英國人住一種，美國人住另一種。這些房間看來一樣，但實際上有很大差別，像浴室裡的電動刮鬍刀、蓮蓬頭和浴缸；如果你想要吃美式早餐，我們提供麥片、冰橙汁等等，當然如果願意也可以吃英式早餐。」

「雞蛋和燻肉？」

「對……不過如果要求的話，菜色遠不僅這些，乾鹹鯡、腰子和燻肉、冷松雞肉、約克火腿，還有牛津橘子醬。」

「我明天早上一定要把這些菜名都記起來，在家裡絕對吃不到這樣的東西。」

漢合斯笑了笑。

「大部分男士只點雞蛋和燻肉。他們……嗯，他們不會惦記那些舊事舊物。」

「是啊，是啊。記得我小的時候，餐具架都讓熱菜給燙得哼哼響……那是多麼奢侈的生活啊。」

「我們盡量滿足顧客們的要求。」

「包括香餅和鬆餅……是，我明白。視需要供應……是的，相當馬克思主義。」

「你說什麼？」

「隨便說說而已，漢合斯。兩個極端的交會。」

上校拿著戈林奇小姐給他的鑰匙轉身走開了，一個侍從過來領他到電梯。不經意間，他看到賽利納．哈茨夫人正和她那個叫珍什麼的朋友坐在一起。

# ／02

「我想你現在還住在可愛的聖瑪莉米德吧？」賽利納夫人說道，「那可真是個恬美寧靜的村莊！我經常想起它，我想它還是老樣子吧？」

「嗯，不太一樣了。」瑪波小姐想到了家園的某些變化。新的住宅區，鄉公所的擴建，使中心大街面目全非的時髦商店……她嘆了口氣。「我想，人總得接受變化。」

「所謂進步，」賽利納夫人含糊不清地說，「儘管在我看來這不是什麼進步。看看他們弄那些漂亮的水管裝置，各種各樣的顏色，他們稱之為『塗飾』，看上去倒是不錯。但那些提按型的開關，又有哪一個真是『提』或『按』一下就管用？每次去朋友家，你都會在洗手間看到這類標記：『急速按下，然後放開』，『向左側拉』，『迅速放開』。但是在過去，你只要隨便拉起把手，水就會像瀑布一樣立刻流出來……這是親愛的梅門哈姆的大主教。」一個長相英俊的年長教士從旁邊經過，賽利納夫人停下來說：「我想他幾乎快瞎了，不過是個了不起、有戰鬥精神的神父。」

一小段有關神職人員的主題開始了，其間穿插著賽利納夫人向許多朋友和熟人打招呼，其中很多都不是她本來以為的那個人。她和瑪波小姐談了一會兒「舊日時光」，但瑪波小姐與賽利納夫人的生活經歷大相逕庭，她們的懷舊也僅限於幾年時間，那時新寡而手頭拮据的賽利納夫人住在聖瑪莉米德的一棟小房子，她的二兒子那時就駐紮在附近的一個空軍基地。

「你來倫敦時總住在這兒嗎，珍？奇怪，我以前怎麼沒見過你？」

「噢，不是的，我花不起這錢，而且這些日子我幾乎沒離過家。不是的，是我一個好心的甥媳，她覺得到倫敦走走對我身體有益。瓊恩是個好心的女孩……也許可以勉強稱得上是女孩。」瑪波小姐不安地想到瓊恩現在都近五十歲了。「要知道，她是個畫家，頗有名氣的畫家。瓊恩．衛司。她不久前剛辦了個畫展。」

賽利納夫人對畫家沒什麼興趣，實際上對任何有關藝術的事都不感興趣。她認為作家、美術家和音樂家都是些聰明而善於表演的動物；她對他們頗為包容，但內心還是奇怪為什麼他們想做那些事。

「我想這些時髦人物，」她說著，目光游移不定。「那是西瑟莉．朗赫斯……我看她又染了頭髮。」

「親愛的瓊恩也挺時髦的。」

在這一點上，瑪波小姐大錯特錯了。瓊恩．衛司二十幾年前倒是時髦過，但現在已被年輕一代的藝術家新貴看成是徹底的老古董了。

瑪波小姐稍稍瞥了一眼西瑟莉．朗赫斯的頭髮，又沉浸到幸福的回憶之中。她想起了瓊恩是多麼的貼心。瓊恩曾對她丈夫說：「我希望我們能為可憐的老姨媽珍做點什麼。她好久沒離開過家。你說她是否願意去伯恩茅斯住上一兩週呢？」

「好主意。」雷蒙．衛司說。

他上本書寫得非常成功，所以心情相當好。

「我覺得她很喜歡西印度群島的那次旅行，遺憾的是她捲入了一起謀殺案中，這對她這把年紀的人來說可真不幸。」

「她總是碰到這樣的事情。」

雷蒙很喜歡他的老姨媽，經常為她安排一些娛樂，還把他認為她會喜歡的書送給她。令他吃驚的是她常常禮貌地謝絕這些好意，儘管她總是說這些書「非常精采」。他有時懷疑她從沒讀過它們。當然了，她的視力是愈來愈不行了。

在最後一點上，他錯了。瑪波小姐的視力在她這個年齡是很不錯了，而且仍懷著強烈的興致和樂趣，注意著周圍的一切事物。

對於瓊恩提議她去伯恩茅斯一家最好的旅館住一兩週，她有點猶豫，喃喃地說：「親愛的，你們真是……真是太好了，可是我真的不想……」

「這對你有好處，珍姨媽。偶爾離家出去走走真的不錯。那會給你新的想法、新的東西去思考。」

「啊，是啊，你說得很對，我是願意到外面走走、調劑一下。但也許不是伯恩茅斯。」

瓊恩有點驚奇，她還以為伯恩茅斯是珍姨媽最想去的地方。

「伯恩茅斯？還是托基？」

「我真正想去的地方是……」瑪波小姐遲疑著。

「哪兒？」

「我想你們一定會覺得我很好笑。」

「不，我保證不會。」

（這個老太太到底想去哪兒呢？）

「我想去柏翠門旅館……在倫敦。」

「柏翠門旅館？」

這名字依稀熟悉。瑪波小姐急切地把話一股腦倒了出來。

「我在那兒住過一次……我十四歲時，和我的叔叔嬸嬸一起，是托馬斯叔叔，他是伊利的牧師，我從沒忘記這次經歷。要是我真能住在那兒……一週就足夠了，兩週可能會太貴。」

「噢，那沒關係，去那裡當然好。我本該料到你會想去倫敦，那兒商店什麼的應有盡有。我們會安排好一切……如果柏翠門旅館還在的話。很多旅館都已經消失了，不是毀於戰火，就是倒閉。」

「不，我碰巧得知柏翠門旅館還在營業。我有一封從那兒發出的信——我的美國朋友，波士頓的艾蜜．麥卡利斯寄來的。她和她丈夫那時住在那裡。」

「很好，那麼我得先行一步，把一切都打點好。」她溫柔地接著說，「恐怕你會發現，和您那時候相比，它已變了許多，所以不要過於失望。」

但是柏翠門旅館沒變，它還是從前的老樣子。在瑪波小姐看來，這實在是太奇妙了。事實上，她懷疑……

這一切實在太好了，簡直不可能是真的。憑她平常敏銳的直覺，她很清楚自己只是想使舊日的記憶重放光彩。她的大部分生活不可避免地用在回憶往日的歡樂上。如果你能和別人一同回憶，那才是真正的幸福。如今這可不容易，她的同輩大都已經過世，而她仍坐在那兒回憶著。奇妙的是，這一切似乎使她獲得了新生……珍．瑪波，那個兩頰粉紅、膚色白皙、神情急切的小女孩……想來還真是個傻女孩……還有那個和自己極不相稱的年輕人，他的名字是……哦，天哪，現在她竟記不起來了！她的母親那樣堅決地將他們的友情消滅於萌芽之時，是多麼明智啊！許多年後她曾與他邂逅……他的樣子真是糟透了！那時候她至少有一星期是哭著睡著的！

當然，現在……她思索著，現在……這些可憐的小東西，她們有些人有母親，但絕不是那種好母親，她們不能保護自己的女兒遠離愚蠢的戀情、生下私生子和過早的不幸婚姻。這真是太讓人悲哀了。

她朋友的聲音打斷了這些冥想。

「哎呀，我從來沒有……那是……對，沒錯，貝施．塞奇威在那邊！在這最不可能的地方……」

賽利納夫人對周遭事物的評論，瑪波小姐一直是似聽非聽。她和瑪波小姐的思路完全不同，所以對於賽利納夫人認出或自以為認出的眾多朋友和熟人，瑪波小姐都無法和她談論他們的奇聞軼事。

可是貝施．塞奇威不同。貝施．塞奇威是個英格蘭家喻戶曉的名字。三十多年來，新聞界一直在報導貝施．塞奇威這種那種駭人聽聞或卓越不凡的事情。戰爭期間，她長期加入法國援助隊，據說她的槍上有六道凹痕，代表她殺死的德國人。幾年前她曾獨自飛越大西洋，騎馬橫穿歐洲大陸，一直到達土耳其的凡湖；她開賽車，曾從失火的房子裡救出兩個孩子，有過幾次光彩和不光彩的婚姻，據說她是全歐洲穿戴第二講究的女人。人們還說她曾成功地偷偷登上一艘試航中的核子潛艇。

於是，懷著濃厚的興趣，瑪波小姐挺直身子，坦率而熱切地盯著看起來。

無論她對柏翠門旅館抱過怎樣的期望，她也絕未預料在此看到貝施．塞奇威。豪華的夜總會、卡車司機咖啡館……何處何地都能迎合貝施．塞奇威的廣泛興趣。但是這樣一家聲望崇高、古色古香的旅館，似乎和她格格不入。

然而她就在那裡……這點不容置疑。貝施．塞奇威的面孔很少有哪個月沒出現在時髦雜誌或流行刊物上。現在她就活生生地在這裡，不耐煩地匆匆抽著菸，帶著驚訝的表情看著面前的一個大托盤，好像從未見過托盤似的。她點了……瑪波小姐瞇起眼睛，仔細辨認，兩人離得可不近……沒錯，她點了甜甜圈。很有意思。

她看到貝施．塞奇威將香菸在小碟上摁熄，拿起一個甜甜圈咬了一大口，一股紅色的鮮草莓醬湧出來，流到她的下巴上。貝施仰頭哈哈大笑起來，柏翠門旅館的入口大廳有很長一段時間沒聽過這麼響亮、開心的笑聲了。

亨利馬上出現在她身邊，遞上一塊精緻的小餐巾。她接過來，像男學生一樣用力擦著下巴，感嘆著：「這才是我所謂真正的甜甜圈呢！棒極了！」

她把餐巾往托盤上一扔，站起身來。和平常一樣，所有的目光都集中在她身上。她對此已經習慣了。也許她喜歡這樣，也許她已不再注意這些。她實在值得一看……與其說她漂亮，不如說她引人注意。白金似的頭髮，光滑整齊地垂到肩際，頭骨和臉部骨形纖巧動人，鼻子有點像鷹鉤鼻，眼窩深陷，眼珠子是純灰色，還有一張喜劇演員的大嘴。她的服飾如此簡單，使大多數男士深感不解。這身衣服看上去就像最粗糙的麻袋布，沒有任何裝飾，也沒有明顯的釦子、線縫什麼的。不過女人們就了解多了，甚至連住在柏翠門的外地老太太都知道，而且相當肯定，這身衣服價值不菲！

大步穿過入口大廳走向電梯的時候，她和賽利納夫人和瑪波小姐擦肩而過。她向前者點頭致意。

「你好，賽利納夫人。自從庫夫茨一別後便再沒見過你。博日瓦斯一家怎麼樣了？」

「你在這兒做什麼，貝施？」

「就是住在這兒呀。我剛從蘭德那邊開車過來，花了四小時四十五分鐘。還算可以。」

「總有一天你會害了自己，要不就害了別人。」

「哦，但願不會。」

「可是，你為什麼會住在這兒？」

貝施·塞奇威迅速向四周掃一眼。她似乎領會了這言外之意，並對此報以嘲諷的微笑。

「有人對我說，我應該來這兒住一下。我想他們說得對。我剛剛享用了最美妙的甜甜圈。」

「親愛的，他們還有正宗的鬆餅呢。」

「鬆餅，」塞奇威夫人若有所思地說，「是的……」她似乎對這點表示認可。「鬆餅！」

她點點頭，繼續向電梯走去。

「不同凡響的女孩。」賽利納夫人說。對她來說，和瑪波小姐一樣，任何小於六十歲的女人都是女孩。「從她還是孩子起我就認識她。誰都對她一籌莫展。十六歲時，她和一個愛爾蘭馬夫私奔，他們及時把她弄了回來……也許還不算及時。反正他們用錢把他打發走了，讓她穩穩當當嫁給了老科尼斯……他比她大三十歲，一個沒用的老廢物，拿她一點辦法也沒有。這樁婚事沒維持多久。她和強尼·塞奇威跑掉了。要是他沒在馬術障礙賽中摔斷脖子，兩人可能還在一起。此後，她嫁給了里奇韋．貝克，那艘美國遊艇的主人。三年前，他和她離婚。我聽說她現在和某個賽車手混在一起，好像是波蘭人。我不知道她到底結婚了沒有。和那個美國人離婚以後，她恢復塞奇威的姓。她和一些怪胎到處遊逛。據說她吸毒……我不知道，完全不知道。」

「不知道她是不是快樂。」瑪波小姐說。

賽利納夫人顯然從未考慮這一類問題，她十分吃驚。

「我想她手頭一定很寬裕，」她懷疑地說，「靠離婚贍養費什麼的。當然，那並不意味著一切……」

「是，沒錯。」

「而她總有一個……或者幾個男人，追隨著她。」

「是嗎？」

「當然某些女人到了這個歲數，她們只求這個。不過無論怎麼說……」

她停了停。

「不，」瑪波小姐說道，「我也不這麼認為。」

聽到這句話，也許有人會善意地嘲笑這位斷然不是女色情狂權威的保守老太太。事實上，瑪波小姐也不會用這麼一個詞語……用她自己的話說，應該是「對男人太感興趣」。但是賽利納夫人把她的觀點看作是肯定自己的看法。

「她的生活中確實有許多男人。」她指出。

「哦，是的，但我想說，你不覺得男人對她來說只是一種歷險，而不是一種需要？」

瑪波小姐懷疑，有哪個女人會來柏翠門旅館和男人幽會？柏翠門旅館絕對不是那樣的地方。但是對於貝施．塞奇威這種性格的人來說，這可能恰恰是她選擇這裡的原因。

她嘆了口氣，抬頭看看角落裡那座規律作響的漂亮大古鐘，然後忍著風溼痛，小心地站了起來。她慢慢走向電梯。賽利納夫人朝四周望了一眼，看到一位軍人模樣的老紳士正在看《旁觀者》雜誌。

「真高興再次見到你……呃，是阿林頓將軍，對吧？」

這位紳士彬彬有禮地否認了自己是阿林頓將軍。賽利納夫人道了歉，卻沒有感覺太難堪。她集近視與樂觀於一身。既然她人生最大的樂趣就是和老朋友、老熟人相逢，她便不時犯下這樣的錯誤。很多人也犯這樣的錯誤。因為室內光線柔淡，而且受到重重阻擋。但從沒有人覺得受到冒犯，反而好像給他們帶來了歡樂。

瑪波小姐一邊等著電梯下來，一邊暗暗發笑。賽利納就是這樣！總是堅信自己認識每一個人。瑪波自己可比不上她。她唯一的成就是認出了那位英俊、綁腿打得相當漂亮的西徹斯特大主教。她親熱地稱呼他「親愛的羅比」，而他也同樣親切地回答，並回憶起自己還小時，在漢普郡那個牧師住宅裡快活地大叫大喊：「變成一條鱷魚吧，珍妮阿姨，變成鱷魚來吃掉我。」

電梯下來了，穿制服的中年男子打開門。令瑪波小姐驚奇的是，出來的乘客是貝施．塞奇威，她看到她幾分鐘前才剛剛上去。

緊接著，一隻腳才站穩，貝施．塞奇威猛然全身僵住。這動作如此突然，以至於瑪波小姐吃了一驚，自己的腳步也躊躇不前。貝施．塞奇威從瑪波小姐肩上出神地望過去，那種專注的神態引得這位老太太也轉過頭去。

門衛剛剛推開入口處的兩扇彈簧門，正在拉著門讓兩位女士踏進入口大廳。其中一個是神經質模樣的中年婦女，戴頂很不得體的印花紫帽；另一個是身材修長、衣著樸素大方的女孩，十七、八歲的年紀，留著直直的淺黃色長髮。

貝施．塞奇威定了定神，突然轉身，又回到電梯裡。瑪波小姐跟進去時，她轉身向她表示歉意。

「真抱歉，我差點撞到您，」她的聲音熱情而友好。「我突然想到忘了點東西……聽起來很荒唐，不過確實是如此。」

「三樓嗎？」電梯操作員問。

瑪波小姐笑了笑，點頭表示接受道歉。她出了電梯，慢慢走回自己的房間。她在腦子裡愉快地思索著雜七雜八的小問題，這是她長久以來的習慣。

例如，塞奇威夫人說的不是真話。她剛剛才上樓到自己的房間，一定是上去之後，她想到「忘了點東西」（如果她的話裡還有點真實成分的話），於是下來找。或者她原本是下來和某人見面或者要找什麼人，但她在電梯門打開時看到使她震驚和不安的事，所以立即退入電梯重新上樓，這樣就不會與她看到的人見面。

一定是那兩個新來的客人。那中年婦女和女孩。是母女嗎？不，瑪波小姐想道，不是母女。

在柏翠門，瑪波小姐愉快地想，也可能發生有趣的事情……

# 03

「呃，拉史肯上校在……」

那個戴著紫羅蘭色帽子的婦女來到櫃檯前。戈林奇小姐微笑接待，一個在一旁站立聽命的侍者立刻給打發走了。但他這次不需要完成使命，因為拉史肯上校本人正好走進了入口大廳，很快來到櫃檯前。

「你好，卡彭特太太，」他禮貌地與她握手，接著轉向那個女孩。「親愛的艾薇拉，」他親熱地握住她的雙手。「嗯，嗯，真好。好極了……好極了。來，我們坐下吧。」他領她們到椅子上坐好。「嗯，嗯，」他重複著，「真好。」

他努力掩飾自己的不自在，但結果卻越發明顯，連「真好」都說不太出口了。兩位女士也愛莫能助。艾薇拉甜甜地微笑著。卡彭特太太無所適從地笑了笑，然後撫摸著她的手套。

「一路上都很順利？」

「是的，謝謝。」艾薇拉說。

「沒有霧吧？」

「哦，沒有。」

「我們的飛機提前五分鐘到。」卡彭特太太說。

「是的，是的。好，真好，」他直了直身子。「我想這個地方對你們還算合適吧？」

「哦，它相當不錯，」卡彭特太太四下看一眼，熱情地說，「非常舒適。」

「恐怕太老式了，」上校帶著歉意說，「都是一群老頑固。沒有……嗯，舞會什麼的。」

「對，我想沒有。」艾薇拉表示同意。

她面無表情地環視四周，把柏翠門和跳舞聯繫起來是不可能的。

「恐怕都是一群老頑固，」拉史肯又重複一遍。「也許，我應該帶你們去更現代化的地方。你看，這裡的東西都跟不上時代。」

「這兒很好。」艾薇拉客氣地說。

「只住幾個晚上，」拉史肯上校說，「我想我們今晚去看戲，一齣音樂劇……」他說這個詞語時有點猶豫，好像拿不準是否用對了，「《女孩們，放下你的頭髮來》，我想那還可以吧？」

「太棒了！」卡彭特太太叫出聲來。「太周到的招待了，是不是，艾薇拉？」

「很貼心。」艾薇拉平平淡淡地說了一句。

「然後吃晚餐，在薩伏飯店。」

卡彭特太太又發出一連串的驚嘆。拉史肯上校偷偷瞟了一眼艾薇拉，感覺稍好了一點。他想，雖然艾薇拉在卡彭特太太面前除了禮貌地贊同外不想多做表示，但她對這樣的安排還是滿意的。這不怪她，他心裡說。

他對卡彭特太太說：「也許你們想去看看你們的房間，看看是否合適……」

「哦，我相信一定很合適。」

「嗯，如果你們有什麼東西不喜歡的話，我會讓他們換掉。他們和我很熟。」

負責接待工作的戈林奇小姐十分熱情地歡迎來客。三樓的二十八和二十九號房，使用同一個浴室。

「我上去打開行李，」卡彭特太太說，「也許，艾薇拉，你想和拉史肯上校聊一會兒。」

真夠圓熟的，拉史肯上校心裡想。也許，有點太明顯了。不過，不管怎麼說，她離開一會兒也好。但是他不知道該跟艾薇拉聊些什麼。她是個非常文靜的女孩，而他不習慣跟女孩子在一起。他妻子因難產去世，而孩子……一個男孩，在妻子的娘家長大，那期間他的一個姐姐來幫他料理家務。兒子已經結婚了，去了肯亞定居。他的孫子孫女們一個十一歲，一個五歲，還有一個兩歲半；上次他們來玩的時候，他與大的談論足球和太空科學，給老二玩電動火車，還背著小的騎馬。和孩子們相處很容易，但與小女孩就不一樣了！

他問艾薇拉想喝點什麼。他打算建議苦檸檬、薑汁汽水或柳橙汁，但艾薇拉先開了口。

「謝謝。我想要一杯杜松子加苦艾酒。」

拉史肯上校懷疑地看著她。他猜測，像她這樣年紀的女孩——她多大了？十六還是十七——的確可以喝杜松子加苦艾酒。他說服自己艾薇拉應該知道分寸。他要了一杯杜松子加苦艾酒，和一杯純雪利酒。

他清了清嗓子，問道：「義大利怎麼樣？」

「很好，謝謝您。」

「你們待的那個地方，那個叫作康泰莎的，不會太嚴厲吧？」

「她相當嚴厲，但我不覺得困擾。」

他看著她，不十分確定這個回答是否有點模稜兩可。

他接著說，雖然有點結巴，但比剛才是自然多了。

「雖然我是你的監護人，又是你的教父，但我們之間的了解還不夠。要知道，對我來說……以我這樣的老古板而言，要知道一個女孩需要什麼……嗯……我的意思是，知道一個女孩應該有什麼……是有點困難。學校教育，然後是學校後教育……在我那個時候稱之為『精修』。但是現在，我想一切都更嚴肅些，像是事業，呃，或工作之類的。我們得好好談談這些。你有特別想做的事嗎？」

「我想上祕書課。」艾薇拉毫無熱情地說。

「哦，你想當祕書？」

「也不是特別想……」

「哦，這樣的話，那……」

「那算是一種入門。」艾薇拉解釋說。

拉史肯上校有一種奇怪的、被貶低的感覺。

「我的幾個表兄妹，梅爾福特一家，你喜歡跟他們住在一起嗎？要不……」

「哦，我想是的。我非常喜歡南希。麥珠表姐也很可愛。」

「那麼說沒問題了？」

「就目前來說，很好。」

拉史肯上校對此不知道說些什麼好。他正考慮接下來要說什麼，艾薇拉開口了。她的話簡單而直接。

「我是不是會有些錢？」

他又一次在回答前遲疑了一會兒，並且若有所思地看著她，然後說：「是的，你已經得到了很大一筆錢……或者說，你將在二十一歲的時候得到它們。」

「現在是誰管著呢？」

他笑了笑。

「現在有人替你保管，每年從收入中扣除一定的數目來支付你的生活費和教育費。」

「你是受託人嗎？」

「我是其中之一。總共有三個。」

「如果我死了，會怎麼樣？」

「唉，別這樣，艾薇拉，你不會死的。不要亂說！」

「我希望不會……但是誰也說不準，對吧？上星期就有一架飛機墜毀，所有的人都遇難了。」

「嗯，那不會發生在你身上。」拉史肯堅決地說。

「這誰能預料呢，」艾薇拉說，「我只是想知道，如果我死了，誰會得到我的錢？」

「我一點也不知道，」上校不耐煩地說，「你為什麼這麼問？」

「那可能很有趣，」艾薇拉若有所思地說，「不知道值不值得別人來害死我？」

「真是的，艾薇拉！談這個毫無意義。我不明白你的想法怎麼老停留在這些事情上。」

「哦，只是想想罷了。我們總會想了解事實真相。」

「你不是想到黑手黨什麼的吧？」

「哦，不會，那太傻了。如果我結婚了，誰會得到我的錢呢？」

「我猜是你丈夫。但實際上……」

「您能肯定嗎？」

「不，我不能肯定，那得根據委託書上的條文。但你還沒結婚，為什麼要擔心呢？」

艾薇拉沒有回答。她好像陷入了沉思。最後她從恍惚中清醒過來，問道：「你見過我媽媽嗎？」
「有時候，但不常。」
「她人在哪裡？」
「哦，在國外。」
「國外什麼地方？」
「法國……葡萄牙吧，我不十分清楚。」
「她想見我嗎？」
她那清澈的目光注視著他的雙眼。他不知如何作答。此時此刻，是要告訴她真相呢，還是含糊其詞？或者來個善意的謊言？這個女孩的問題如此簡單，而答案卻是如此複雜，他能對她說些什麼呢？他憂鬱地說：「我不知道。」
她的目光在他臉上搜索著，十分嚴肅。拉史肯感到很不自在，慌成一團。這個女孩在懷疑……很明顯正在懷疑。任何一個女孩都會。
他說：「你不要認為……我是說這很難解釋。你的母親，嗯，很不同於……」
艾薇拉使勁地頻頻點頭。
「我知道，我經常在報紙上看到她的報導，她是個很特別的人，對吧？事實上，她相當了不起。」
「是的，」上校表示贊同。「完全正確。她是個非常了不起的人，」他停了停，又說：

「但是一個了不起的人經常……」他停了停，又重新開始。「有一個了不起的人做母親未必是幸福的事。相信我，這是事實。」

「你不太喜歡談論事情的真相，對吧？但是，我想你剛才說的確實是真的。」

他們倆呆坐著，兩眼盯著那兩扇通向外面世界的銅皮大門。

突然，門被猛地推開（在柏翠門旅館很少有人會使這麼大的勁），一位年輕人大步走進來，徑直走向服務台。他穿一件黑色皮夾克。他的活力使柏翠門旅館相比之下像是一座博物館。這裡的人都像是上個時代遺留下來、落滿塵土的文物。他彎腰向戈林奇小姐問道：「塞奇威女士住在這兒嗎？」

這時戈林奇小姐臉上全無那種歡迎的微笑。她的目光冷冰冰地說：「對。」接著，很不情願地把手伸向電話機。「你想……」

「不，」年輕人說，「我只是想給她留一張便條。」

他把便條從皮衣口袋裡掏出來，沿著紅木櫃檯推過去。

「我只想確認是這家旅館。」

他的聲音裡帶著一絲不信任。他四下看了看，然後轉身朝向門口。他的眼睛冷淡地掃過坐在他周圍的人，也同樣掠過拉史肯和艾薇拉。拉史肯突然感到一種強烈的憤怒。「該死，」他心想，「艾薇拉是個漂亮的女孩。如果我還是個小夥子，我一定會注意到這個漂亮的女孩子，尤其是在這些老古董裡面。」

這年輕人似乎對漂亮女孩沒多少興趣。他轉向櫃檯，稍稍提高了聲音，像是要引起戈林奇小姐的注意。他問道：「這兒的電話號碼是多少？一一二九是嗎？」

「不是，」戈林奇小姐回答道，「三九二五。」

「雷根特區？」

「不是，梅費爾區。」

他點點頭，然後快步走向大門，推門出去，像進來時一樣弄出爆炸般的聲響，留下兩扇搖擺不定的門。

每個人都深深吸了一口氣，很難重新開始他們被打斷的談話。

「嗯，」拉史肯上校頗唐突地說，好像是一時找不到合適的話。「唉，真是的！現在這些年輕人……」

艾薇拉微笑著。

「你認出他了，對吧？」她說，「你知道他是誰嗎？」她帶點敬畏的語氣進一步提示他。「拉迪斯洛．馬利諾斯基。」

「哦，是那個傢伙，」這名字對拉史肯來說確實有點熟悉。「賽車手。」

「對，他連續兩年都是世界冠軍。一年前發生嚴重的撞車，撞斷了好多根骨頭。但是我想他現在又開始駕車了。」她抬起頭來聽。「他現在開的正是一輛賽車。」

引擎的轟鳴從馬路上傳進柏翠門旅館。拉史肯上校看出艾薇拉是拉迪斯洛．馬林諾斯基的崇拜者。「嗯，」他心想，「這總比那些流行歌手、抒情歌手、留著長髮的披頭四或者什麼的要好一些。」拉史肯對年輕人的看法有些過時。

旅館大門又開了。艾薇拉和拉史肯上校都滿懷期望地朝那兒望去，但是柏翠門旅館已經恢復正常。進來的不過是個白髮蒼蒼的神職人員。他站著向四周望了一會，帶著一縷疑惑的神情，好像不知道自己到底是在哪裡，又是怎麼來的。這樣的經歷對卡農・賓尼神父來說一點也不新鮮。坐火車的時候，他常想不起他從何而來、去往何處，或者為什麼要坐火車！走在大街上，他有這種經驗，坐在會議室也是。剛才還發生過這樣的事情……當他坐在教堂的布道席上時，他竟然不知道布道是結束了還是正準備開始。

「我想我認識那個老頭，」拉史肯盯著他說，「他叫什麼名字？經常住在這裡。艾伯克龍比？艾伯克龍比副主教……不，不是，但長得很像。」

艾薇拉扭頭掃了一眼卡農・賓尼神父，絲毫不感興趣。和賽車手相比，他根本沒有一點吸引力。雖然，因為在義大利待過，她自己也承認對那些紅衣主教懷有淡淡的崇慕，她認為，他們頗具魅力。但是打心底說，她對任何一種傳教士都不太感興趣。

卡農・賓尼神父的臉色漸漸開朗起來，讚賞地點著頭。他已經認出他在哪兒。一定是在柏翠門旅館，他旅行途中過夜的地方。他要去……他要去哪裡？查德明斯特？不對，不對，他剛剛從查德明斯特過來。他打算去……一定是去盧森參加會議。他高興且帶著微笑走到服務台前，戈林奇小姐熱情的問候。

「很高興見到您，卡農·賓尼神父，您看上去氣色真好。」

「謝謝，謝謝，我上週得了重感冒，不過現在已經好了。你給我留了房間吧？我寫過信來……」

戈林奇小姐讓他安心下來。

「哦，是的，卡農·賓尼神父，我們收到您的信了。我們留了十九號房間，您上次住過的那間。」

「謝謝，謝謝，嗯，讓我想想……這個房間我要住四天。其間，我要去盧森一趟，會離開一晚，請保留這個房間，我要把大部分東西留在這裡，只帶一個小包去瑞士。這不會有什麼困難吧？」

戈林奇小姐再次向他保證。

「一切都會安排妥當的。您在信裡已解釋得非常清楚。」

其他人也許不會使用「清楚」來形容這封信。不過既然他很詳盡地寫了信，「充分」一詞可能更恰當些。

所有的焦慮不安都消除了，卡農·賓尼神父輕鬆地吁了一口氣，然後連同行李一起被帶到十九號房間。

在二十八號房，卡彭特太太摘下頭上那頂紫羅蘭花冠，在床頭的枕頭上仔細整理她的睡袍。艾薇拉進來的時候，她抬起頭。

「啊，你上來了，親愛的。需要我幫你打開行李嗎？」

「不用，謝謝，」艾薇拉禮貌地說，「要知道，我不想拿太多東西。」

「你想住哪間臥室？浴室在中間，我叫他們把你的行李放在稍遠一點的那間。我想這間可能有點吵。」

「您真是太好了。」艾薇拉說，聲音裡不攙雜任何情感。

「你真的不用我幫忙嗎？」

「不用，謝謝，我真的不需要。我想我得洗個澡。」

「對，我想那是個很好的主意。你現在要先去洗嗎？我想先把東西收拾好。」

艾薇拉點點頭。她走進那間毗連的浴室，關上門，插上插銷。她走進自己的房間，打開行李箱，扔了幾樣東西在床上。然後脫下衣服，換上睡袍，走進浴室打開水龍頭。隨後她又回到房間，坐在床上，電話機就在床邊。她聽了一會兒以防別人打擾，然後拿起話筒。

「這是二十九號房，請給我接雷根特一一二九，好嗎？」

# 04

此刻，蘇格蘭警場正進行著一場會議。這是一個非正式的會議。大約六、七個人隨隨便便地圍坐在會議桌周圍，他們每個人在其專業範圍中都是舉足輕重的角色。這些法律捍衛者討論的話題，在近兩三年中變得愈來愈重要。它涉及到一連串的刑事案件，罪案的得逞使得全國上下感到不安。搶劫案的數量不斷上升，範圍相當廣泛。搶劫銀行、打劫發薪袋、盜取郵寄的珠寶，以及搶劫火車。平均不到一個月，便有大膽而龐大的事件發生並得手。

羅納．格雷夫先生（蘇格蘭警場的副局長）坐在桌子的一頭主持會議。按照他的慣例，他是聽得多說得少。這種場合沒有正式的會報。那是刑事調查部的事。這是一個高層會談，把各種不同角度的意見集合在一起。羅納．格雷夫先生的眼睛緩緩掃視了他的小組，然後朝坐在桌子另一端的人點頭示意。

「好吧。『老爹』，」他說，「說些親切的俏皮話來聽聽吧。」

這個被稱作老爹的人是馮烈．戴維探長。他不久就要退休了，但看上去他比實際年齡要大。這也正是他被稱作「老爹」的原因。他體態肥胖、閒適，而態度又和藹友善，以至於許多罪犯最後發現他其實並不像看來那麼和藹易騙後，常感到萬分沮喪。

「是呀，老爹，讓我們聽聽你的見解吧。」另一位探長說。

「它非常龐大，」戴維探長深深地嘆了一口氣。「是的，非常龐大，而且可能還在不斷變大。」

「你說很大，是指數量上嗎？」

「對。」

另一位探長名叫康斯達，長著一張稜角分明的狐狸臉和機警的眼睛，他插進來說：「你覺得這對他們來說有利嗎？」

「有，也沒有，」老爹說，「這可能會是個災難。但該死的是，到目前為止，他們仍能穩穩地控制著。」

刑事主任安楚是個金髮、瘦高、看起來像在作夢的人。他若有所思地說：「我總覺得，規模大小的問題，遠不是人們所能意識到的。就拿一個小企業來說吧，如果管理得當，而且這樣的規模正好合適，那它一定會是個贏家。然而一旦拓展業務、擴大規模、增加員工，你會突然發現這個規模並不合適，這時生意就開始走下坡了。無論是大型連鎖店還是工業龍頭，道理都一樣。如果它規模足夠，就會成功；如果不夠大，那它一定支持不下去。任何東西都有它合適的規模，當它規模合適而又經營有方時，才能達到頂峰。」

「你覺得規模有多大？」羅納先生嚴肅地問道。

「比我們最初想像的要大。」康斯達說。

體格健壯的邁尼爾警官說：「我想它的確還在變大，老爹說得對，它一直都在擴充。」

「這或許是件好事呢，」戴維說，「它可能會增長過快，然後就失去控制。」

「但問題是，羅納長官，」邁尼爾說，「我們該逮捕誰，又該何時行動呢？」

「我們要下手的差不多有整整一打，」康斯達說，「我們知道哈里斯那幫人和這有關。在盧頓附近有一小塊不錯的地方，在艾普瑟姆有一家汽車修理廠，在梅登黑德附近有一間酒吧，在大北方公路邊還有一座農場。」

「都得逮捕嗎？」

「我不這樣認為。他們只不過是些小人物，一個環節，或這或那地連接著這條長鏈。他們在某個地方改裝汽車並迅速轉手，透過一間正派的酒吧傳遞消息，最後在一家舊衣店裡改頭換面，而且東區的戲劇服裝設計師也會派上用場。這些人都有報酬。報酬相當高，但他們什麼都不知道。」

像是在作夢的安楚主任又說：「我們的對手是幫非常聰明的傢伙。我們還沒掌握他們，只知道他們是一些同夥，僅此而已。就像我說的，哈里斯那幫人在裡面一定有份，馬克斯在財務上和他們有牽連。他們在海外還和韋伯有聯繫，但他似乎只是一個代理人。實際上，我們對這些人的底細一無所知，只知道他們有辦法保持聯繫，與這個網絡中不同分支進行聯絡；但不知道他們到底是怎麼辦到的。我們會盯梢並跟蹤他們，而他們也知道我們在監視。一定有個巨大的中央交換機制。我們所要找的就是那些策畫者。」

康斯達說：「這就像一個巨大的網絡。我也認為有個行動總指揮部。每一次行動都是在這個地方精心策畫，確定每個細節，並使這些細節銜接順暢。在某個地方，某個人計畫了這一切，為搶郵件和發薪袋的行動制定藍圖。這些就是我們要找的人。」

「他們甚至可能不在我國。」老爹平靜地說。

「對，我想也是。也許在什麼地方的冰屋、摩洛哥的帳篷，或者瑞士的山頂小木屋。」

「我才不相信這些所謂的高手呢，」邁尼爾搖搖頭說，「把他們放在故事中還差不多。當然，一定得有個領導者，但我可不相信全靠這個犯罪大師。我覺得這幕後有個聰明的小董事會。一切都是在董事長的主持下集中策畫的。他們取得某種不錯的東西，而且隨時都在改進技術。但不管怎麼樣……」

「嗯？」羅納先生鼓勵他說下去。

「再緊密團結的小組，也有它必須犧牲的對象。我把它叫作俄羅斯雪橇定律。一旦覺得我們的調查有了進展，他們就會甩掉其中一個，那個認為最可以放棄的。」

「他們敢這麼做嗎？這不是很冒險嗎？」

「我想他們一定做得非常巧妙，不管那人是誰，他都不會知道他是被推下雪橇的。他會以為是自己不小心掉下去的。他會保持沉默，因為他覺得這樣做值得。一定是值得的，他們有太多錢，玩得起，甚至相當慷慨。一旦入獄，如果有家庭，他的家人會受到照顧；還可能策畫越獄。」

「這樣的事情太多了。」康斯達說。

「要知道，」羅納先生說，「我們這樣一次又一次的推測，意義不大。說來說去都差不多。」

邁尼爾笑了笑。

「那您想讓我們說些什麼呢，長官？」

「嗯，」羅納想了想說，「我們在大事上的意見是一致的，」他不疾不徐地說，「在基本對策以及必須勉力完成的事情上都達成了共識。我想，要是我們多尋找一些小事，一些並不重要但有點不合常規的事，可能會有些收穫。我很難解釋清楚我的意思，但和幾年前的庫爾弗案情況類似。一灘墨水的痕跡。還記得嗎？老鼠洞前一灘墨水的痕跡。為什麼要把墨水倒進老鼠洞呢？這看起來並不重要，也很難找出答案。不過當我們無意中發現答案後，這就帶來了線索。我想的就是這樣的事情，那種很奇怪的事。如果你們碰上了，一定要說出來。這樣的事情不僅瑣碎，而且讓人生氣，因為它們看起來與案子沒有多大關係……我看到老爹點頭了。」

「我完全同意你的觀點。」戴維探長說，「來吧，夥計們，努力想點什麼吧。哪怕只是有人戴了一頂可笑的帽子。」

沒有人立刻做出回應。大家看上去都有點疑惑和迷茫。

「開始吧，」老爹說，「我自己先說說。這只是個有趣的小事，但還值得一聽。『倫敦和大都市銀行』搶劫案，卡莫利大街分行。記得嗎？一長列的汽車牌號、顏色和牌子。我們請人前來作證，大家都來了……但他們是怎麼作證的啊！大約有一百五十條誤導信息。經整理後，約七輛車被人在附近看過，任何一輛都可能與搶劫案有關。」

「好，」羅納先生說，「說下去。」

「有一兩輛車似乎聯繫不上，好像換過車牌。這也不奇怪，經常有人這樣做。最後大部分的車子都查到了。我只舉一個例子：莫里斯牛津，黑色轎車，車牌號碼是CMG265，這是一個見習警察的報告。他說勒果夫法官開著那輛車。」

他向身邊看看。他們都在聽他講，但皆興趣索然。

「我知道，」他說，「照例又是一個錯誤。勒果夫法官是個引人注意的老傢伙，長得一臉凶相。那個人不是勒果夫法官，因為那時他正在法庭上。他的確有一輛莫里斯牛津，但號碼是CMG256。」他又看看周圍。「好吧，好吧。你會說，這並不能說明什麼。但你知道前面說的那個號碼嗎？CMG265。很相近是吧？是人們記憶車牌時會犯的一種錯誤。」

「對不起，」羅納先生說，「我不太明白……」

「不，」戴維探長說，「事實上，這並不能說明什麼，不是嗎？只是，兩個車號如此相似，不是嗎？265-256CMG。這的確是一種相當偶然的情形，同樣是莫里斯牛津，一樣的顏色，車牌只差一個數字，而且車主又長得那麼相似。」

「你的意思是……」

「只是一個數字的差別。即現在所謂的『故意錯誤』。看起來像是這樣。」

「對不起，戴維，我還是不明白。」

「噢，我想這其中並沒什麼奧妙。銀行被搶兩分半鐘後，一輛車牌號碼為CMG265的莫里斯牛津轎車在大街上行駛。而見習警察又認出裡面坐著的是勒果夫法官。」

「你暗指那個人就是勒果夫先生嗎？別繞圈子了，戴維。」

「不，我並不是說那個人就是勒果夫先生，也不是說他與那樁搶劫案有關。他那時住在龐德街上的柏翠門旅館，而案當發時他正在法庭上。這一切都被完全證實了。我是說那車子的車牌號碼、牌子，還有那位熟悉勒果夫長相的見習警察所提供的線索，全都是偶然的，但應該能說明什麼。然而目前顯然不能。真是太遺憾了。」

康斯達有點不安地動了動。

「在布萊頓的珠寶案中有一件事與它非常相似。一個老海軍上將什麼的……我現在想不起他的名字，有個婦女肯定地指出他在現場。」

「他不在嗎？」

「不在，他那天晚上在倫敦，我想是去參加一個海軍晚宴。」

「他住在俱樂部裡嗎？」

「不，他住在一家旅館……我想就是你剛提到過的那個，老爹，柏翠門，是嗎？一個安靜的地方。我想很多來參加傳統儀式的老年人都住在那兒。」

「柏翠門旅館。」戴維探長若有所思地說。

# 05

瑪波小姐早早地醒了過來，因為她經常醒得很早。她很欣賞她的床，很舒適。

她啪嗒啪嗒地走到窗前，拉開窗簾，讓倫敦那慘白的晨曦透了進來。然而，儘管這樣，她還是沒有關掉電燈。他們為她安排的這個房間很舒適，與柏翠門的傳統相一致。它印有玫瑰花的牆紙，一張漆得水亮的大紅木五斗櫃，與之相配的還有一張梳妝台。兩把高背椅，一把高度合適的安樂椅。旁邊一扇門通向一間現代化的浴室，但也貼著玫瑰花色的牆紙，所以並不給人一種過於冷清的清潔感。

瑪波小姐回到床上，把枕頭墊在一起，瞥一眼自己的鬧鐘。七點半。然後她拿起那本總是帶在身邊的祈禱手冊，像往常一樣讀了分配給這一天的一頁半。之後她拿起編織開始織起來，開始的時候有點慢，因為剛睡醒手指有些僵硬，而且還有風溼。但她漸漸織得快了起來，手指也不再因僵硬而痛苦。

「又是新的一天。」

瑪波小姐自言自語，以她一貫的快樂迎接新的一天。又是一天……誰知道這一天會帶來什麼呢？

她放下手中的編織，放鬆一下自己，讓思緒像緩緩流淌的小溪流過大腦……賽利納．哈茨……她在聖瑪莉米德住過的小屋多漂亮啊，但是現在竟有人給它加上一層難看的綠色屋頂……鬆餅，多浪費牛油啊，可是很好吃……還有一份妙極的傳統香餅。她沒期望過……一刻也沒有，一切還會和從前一樣，因為時間畢竟不是靜止的。像這樣刻意使時間靜止，一定得花大量金錢……這裡面竟沒有一點點的塑膠製品！她推測，這對他們一定合算的。過時的東西又栩栩如生地再現……人們現在是多麼嚮往老式的玫瑰茶而蔑視那些混種茶呀！這地方的一切好像全不是真的……唉，為什麼一定要是真的呢……她上次兒住這兒到現在已經有五十，不，快六十年了。這裡在她看來是那麼的不真實，因為她已經習慣了目前的生活……這一切引發了一連串有趣的問題。這種氣氛和這些人……

瑪波小姐用手指將編織推得更遠一點。

「這種地方，」她大聲說，「這些地方，我想……一定很難找得到……」

這能解釋她昨晚那奇怪的不適感嗎？那種有什麼不對勁的感覺……

那些老年人，和她五十年前在這裡遇到的老人很相像。那時候他們很自然，而現在則一點也不自然了。如今的老年人總帶著焦慮煩心、忙忙碌碌的神情，而且常因太累而難以應付煩人的家務事；要不就東奔西跑參加各種委員會，盡量顯得忙碌而能幹；還有將頭髮染成龍膽藍，或戴假髮，而她們的雙手也不是記憶中那種纖細精巧的雙手……由於洗滌和清潔劑，它們已變得粗糙不堪……

所以，唉，所以這些人看起來都不真實。

但問題是他們都是實實在在的。

賽利納．哈茨是真實的，角落裡那個長相英俊的老軍人也是真實的……她曾見過他一面，但想不起他的名字。還有那個主教（親愛的羅比）也是真實的。

瑪波小姐看了一眼小鬧鐘，八點半。該吃早餐了。

她查了查旅館所提供的服務指南手冊……字體印得相當大，這樣客人就沒必要戴上眼鏡了。

可以給客服部打電話點自己想吃的東西，也可以按下標有「客房服務生」的鈴。

瑪波小姐選擇了後一種，和客服部談話會讓她緊張不安。

服務效率極高。馬上就有人敲門，出現一個非常令人滿意的女服務生。一個看起來不真實的真實女服務生，穿著印有淡紫色條紋的裙子，還戴著一頂帽子……剛熨好的帽子。掛滿微笑的臉蛋紅撲撲的，帶著鄉下人所特有的憨厚淳樸（他們是從哪兒找到這種人的？）。

瑪波小姐點了早餐。茶，荷包蛋，新鮮的麵包捲。這位客房女服務生如此精靈，竟沒有提到麥片粥和橘子汁。

五分鐘後，早餐端上來了。一個感覺不錯的托盤上，放著一個圓肚大茶壺、奶油般的牛奶以及一只銀製熱水壺。兩個煎得非常好看、火候適中的荷包蛋放在一片烤麵包上，而不是放在錫杯中那種又小又圓、硬邦邦像子彈的東西，一塊大小適中的奶油上貼著一朵薊花。人造奶油，蜂蜜和草莓醬。看上去味道不錯的麵包捲——不是裡面像塞了紙般堅硬的那種——它們聞起來就有一股新鮮麵包的味道（世界上最美妙的味道）。還有一顆蘋果、一顆梨和一根香蕉。

瑪波小姐小心而自信地拿起刀子插進去。沒有令她失望，黃澄澄的蛋黃慢慢地流了出來。做得恰到好處。

每樣東西都是熱呼呼的，一頓真正的早餐。她自己也可以做，但沒那必要。所有東西都擺在她面前，好像——不，不用說是女王——好像她是個住在一家高貴不貴的旅館裡的中年貴婦人。那好像又回到了一九〇九年。瑪波小姐向服務生表示感謝，這女服務生微笑著回答道：「哦，是的，夫人，主廚對他的早餐要求非常嚴格。」

瑪波小姐讚許地打量著她。柏翠門就是能創造奇蹟。一個真正的女僕。她偷偷地掐了一下自己的左臂。

「你來這兒很久了嗎？」她問。

「三年多，夫人。」

「那以前呢？」

「在伊斯特本的一家飯店，非常現代化……但是我比較喜歡這種老式風格的地方。」

瑪波小姐啜了一小口茶，忍不住含糊不清地哼了起來……那是一首早已被人忘懷的老歌歌詞。

「我的生命中你究竟在哪裡？」

服務生有些吃驚地看著她。

「我只是想起一首老歌，」瑪波小姐抱歉而又興奮地訴說著。「它曾經流行一時。」

她又接著輕聲唱道：「哦，我的生命中你究竟在哪裡……也許你知道這首歌吧？」

「嗯……」

女服務生露出了抱歉的神色。

「對你來說太老了，」瑪波小姐說，「唉，人們總會回憶往事，尤其是在這種地方。」

「是的，夫人，我想很多住這兒的女士都有這種感覺。」

「我想，這是她們所以到這兒來的部分原因。」瑪波小姐說。

女服務生走了出去，顯然她已習慣了這些老婦人的嘮嘮叨叨和往事回憶。

瑪波小姐吃完早餐，輕鬆而愉快地站起來。她已經打算好了，要高高興興地去逛一上午的街。不逛太多，以免過於勞累。也許今天去牛津街，明天再去騎士橋。她興致勃勃地計畫著。

十點左右，她全副武裝地從房間出來，帽子、手套、雨傘……儘管天氣很好，還是得以防萬一，手提袋……她最精緻的購物袋……

跟她隔一個房間的房門猛然打開，有人探出頭來張望了一下。是貝施．塞奇威。她縮回房間又猛然把門關上。

瑪波小姐一邊下樓一邊琢磨。一大早，她還是喜歡走樓梯，而不願乘電梯。這樣她能順便活動活動筋骨。

她的步伐變得愈來愈慢……她停下了。

§

當拉史肯上校從房間裡出來沿著過道大步前行時，樓梯頂端的那間房門突然打開了，塞奇威女士對他說：「你終於來了！我一直在等你過來，等著抓住你。我們能去哪裡談談嗎？我是說，不要總碰到那隻老貓。」

「唉，真的，貝施，我也不知道……我想在一樓和二樓之間的半樓有個寫字間。」

「到裡面來好了。快一點，免得那女服務生看見了，對我們產生什麼古怪的想法。」

拉史肯上校很不情願地跨進了門檻，然後貝施把門關得緊緊的。

「我不知道你會住在這裡，貝施，一點也不知道！」

「我想也是。」

「我的意思是……我根本不該把艾薇拉帶來。你知道吧，我把艾薇拉帶來了。」
「是的，昨晚我見到你和她在一起。」
「但我真的不知道你在這兒。這不像你會待的地方。」
「有何不可，」貝施冷冰冰地說，「這絕對是倫敦最好的一家旅館，我為什麼不可以來？」
「你應該明白我一點都不知道……我的意思是……」
她看著他大笑起來。她穿著合身的深色套裝和一件豔綠色的襯衫，準備出門。她看起來愉快而充滿活力。
在她身邊，拉史肯上校卻顯得老態龍鍾。
「德里克，親愛的，別這麼不安。我並不是指責你試圖導演一場感人的母女相會。這是件很自然的事，人會在意想不到的地方相遇。但你必須把艾薇拉從這裡弄走，德里克。你必須立刻把她弄走……今天。」
「噢，她很快就會走的。我是說，我只是帶她來住一兩個晚上，做做樣子，如此而已。她明天就要去梅爾福特家了。」
「可憐的孩子，那對她來說很無聊。」
拉史肯上校關切地望著她。
「你認為她會感到很無聊嗎？」

貝施有點可憐他。

「或許在義大利過了監禁般的生活之後，她就不會有這種感覺。她甚至可能覺得非常刺激。」

拉史肯終於鼓起了勇氣。

「你知道，貝施，在這兒發現你真讓我大吃一驚，但是你不認為這……嗯，從某種意義上講，可能是上天注定的。我是說，這或許是個好機會……我想你一定不知道，嗯，那孩子的感受。」

「你想說什麼，德里克？」

「要知道，你是她母親。」

「當然，我是她母親，她是我女兒，但這個事實對我們兩個有什麼好處？對將來又有什麼好處？」

「你不能這麼肯定，我想……我想她已經感覺到了。」

「你為什麼這樣認為？」貝施·塞奇威厲聲問道。

「她昨天說了些話。她問你在哪裡、在幹什麼。」

貝施·塞奇威穿過房間走到窗前，站了一會兒，手指輕輕敲著玻璃窗。

「你真好，德里克，」她說，「你的想法不錯，但那行不通，我可憐的天使，這才是你應該對自己說的。這行不通，還可能很危險。」

「哦，怎麼會呢，貝施……危險？」

「是的，是的，是的，危險。我就很危險！我一直在危險當中。」

「當我想起你做過的一些事情……」拉史肯上校說。

「那是我自己的事，」貝施．塞奇威說，「冒險已經成了我的一種習慣。不，不應該說是習慣，不如說是上癮。就像毒品，像那美妙的海洛因，上了癮的人必須經常服用，這樣生活才顯得多姿多采，值得一活。嗯，沒什麼關係。那是我的葬禮──或者不是──隨便吧！我從不吸毒，從不需要它們，危險就是我的毒品。但是像我這樣生活的人，會給別人帶來禍害。別再做個頑固的老傻瓜了，德里克。你讓那女孩離我遠遠的，我對她沒有任何好處，只有害處。如果可能，甚至不要讓她知道我就住在同一家旅館裡。給梅爾福特家打個電話，今天就把她帶到那裡去。找個藉口，突然的緊急情況什麼的……」

拉史肯上校摸了摸鬍子，仍遲疑不定。

「我想你錯了，貝施，」他嘆了口氣說，「她問我你在哪裡，我說你在國外。」

「嗯，十二個小時後我就會在國外，那倒是完全吻合！」

她走到他的身邊，在他臉頰上吻了一下，靈巧地將他轉了過去，像是要玩捉迷藏一樣。她打開門，輕輕將他推了出去。

門在他身後關上時，拉史肯上校注意到一位老夫人上樓到樓梯拐彎處。她一邊往手提袋裡看，一邊咕噥著：「哎呀，哎呀，我一定是把它放在房間裡了，哦，天哪！」

她從拉史肯身邊走過，表面看來並沒怎麼注意他；可是當他走下樓梯時，瑪波小姐在她的房門前停了停，偷偷朝他身後瞟了一眼。然後又朝貝施・塞奇威的房門看了看。

「這麼說，那就是她所等待的人？」瑪波小姐自言自語道，「這倒是奇怪了。」

§

卡農・賓尼神父吃了早餐後打起精神，一個人溜達過入口大廳，沒忘記將鑰匙留在服務台。他推開大門走了出去，被那位專為顧客找計程車的愛爾蘭門衛俐落地塞進了車裡。

「去哪裡，先生？」

「哎呀，」卡農・賓尼神父突然有些沮喪。「讓我想想……我是要去哪裡？」

當卡農・賓尼神父和門衛就這個棘手的問題進行討論時，龐德街的交通被迫停止了幾分鐘。

最後卡農・賓尼神父靈感突發，於是門衛叫計程車開到大英博物館。

門衛站在人行道上，咧著嘴發笑。看上去一時還沒有人從裡面出來，他就沿著旅館正面的牆踱了幾步，一邊低聲哼著一首老歌。

柏翠門底層的一扇窗戶猛地一下打開了……但是門衛甚至連頭都沒回，直到一個聲音突然從那扇窗裡傳來。

「原來你到這兒來了，米基，你怎麼會來這兒的？」

他吃驚地轉過身來，瞪大了眼睛。

塞奇威女士從開著的窗子中伸出頭來。

「你不認識我了嗎？」她問道。

門衛臉上露出恍然大悟的樣子。

「哎呀，這不是我們的小貝西嗎？想想看，都過去這麼多年了，小貝西！」

「除了你，從來沒有誰叫我貝西。真是個讓人討厭的名字。這些年你都幹嘛了？」

「什麼都幹，」米基含糊其詞地說，「我可沒有像你那樣老上新聞。我經常在報紙上看到關於你的報導。」

貝施．塞奇威笑了起來。

「無論如何，我穿得可比你好，」她說，「你酒喝得太多。你總是這樣！」

「你穿得好是因為你有錢啊。」

「錢對你一點好處都沒有，你只會喝得更多而徹底地潦倒墮落。是的，你會的。你怎麼到這兒來的？這才是我想知道的。你怎麼會讓這裡給雇用了呢？」

「我需要一份工作。我有這些……」他用手輕輕地敲著那一排獎章。

「哦，我明白了，」她若有所思地說，「那都是真的，是吧？」

「當然是真的，怎麼會不是呢？」

「嗯，我相信你的話，你總是那麼有勇氣。你一直都是個好戰士。是的，軍隊適合你，我肯定。」

「在戰爭年代，待待軍隊還可以，但在平和時期，可沒什麼好處了。」

「所以你就喜歡上這一行？我一點也不明白……」她停住了。

「你不明白什麼，貝西？」

「沒什麼。這麼多年後再看到你，讓人感覺怪怪的。」

「我可從沒忘記過，」那男的說，「我從來沒有忘記過你，小貝西。啊！你真是個可愛的小女孩！一個可愛而瘦小的小女孩。」

「一個該死的傻女孩，那才是我呢。」塞奇威夫人說。

「對。你懂得太少，否則就不會和我交往。你對付那匹馬可真有一手。你記得那匹馬的名字嗎……叫什麼來著？莫利．奧弗林。啊，牠可真是個邪惡的魔鬼，真的是。」

「你是唯一能騎牠的人。」塞奇威夫人說。

「牠要是辦得到，早就把我摔下來了。當牠發現做不到時，就只能屈服了。啊，牠可真是個美人。但說起騎馬，再也找不出比你更好的女孩子。你有可愛的臀部、可愛的雙手，你從來都不怕，一刻也不會。直到現在，始終如此。你開飛機、駕駛賽車也從不害怕。」

貝施．塞奇威又笑了笑。

「我得回去繼續寫我的信了。」

她從窗戶縮回身去。

米基斜靠在欄杆上。

「我從來沒有忘記巴利高蘭，」他話中有話地說，「有時候我想給你寫信。」

房裡傳來貝施．塞奇威刺耳的聲音。

「你說這些是什麼意思，米基．戈爾曼？」

「我只是想說，我沒有忘記……任何事情，我只是想提醒你。」

貝施．塞奇威的聲音依然刺耳。

「如果你的意思是我所認為的那樣，那我給你一個建議：要是你膽敢給我惹什麼麻煩，我就會像槍斃老鼠一樣，輕而易舉地斃了你。我以前可是殺過人的……」

「也許是在國外吧？」

「不管是國外還是這兒，對我來說都一樣。」

「哦，天哪，我相信你會那麼做，」他的聲音裡帶著欽佩。「在巴利高蘭……」

「在巴利高蘭，」她打斷他的話說，「他們給你錢讓你閉嘴，給了你不少錢。你已拿了錢，你從我這兒再也得不到什麼，想都別想。」

「這對週末小報來說是個不錯的浪漫故事。」

「你聽到我說的話了？」

「啊，」他笑了笑。「我並不是認真的，我只是開玩笑而已。我不會做任何傷害我小貝西的事，我會閉上嘴。」

「告訴你，可別忘了。」塞奇威說。

她關上窗戶，低頭瞪著面前的書桌，看了看吸墨紙上那封還沒寫完的信。她拿起來瞧瞧，將它揉成一團扔進廢紙簍裡。然後她猛然從椅子上站起來走出房間，甚至沒有朝周圍看一眼。

柏翠門那些較小的寫字間即使有人，也總顯得空蕩蕩的。窗子下面整齊地擺放著兩張書桌，右邊的桌上放了一些雜誌，左邊朝著壁爐放著兩把高背扶手椅。這是那些老軍人下午最喜歡來的地方。他們安安穩穩地坐在那裡，美美地進入夢鄉，直到下午茶時間。而上午，這些椅子就不那麼搶手。

然而湊巧的是，這天早晨它們竟然被坐滿了，一位老婦人占了一把，另一把上面坐著一位年輕女孩。這女孩起身站了一會兒，遲疑地看著塞奇威夫人剛剛從那兒走過的門，然後慢慢地也向它走去。艾薇拉．布萊克的臉色像死人般蒼白。

又過了五分鐘，那位老夫人才開始有動靜。瑪波小姐覺得她穿衣下樓之後的小憩已經夠長了，該出去走走享受倫敦的迷人風光。她可以一直步行到皮卡地里，然後坐九路車到肯辛頓、高街；要嘛，她可以沿著龐德街走，再坐二十五路車到「馬歇和史內格商店」，或者坐相反方向的二十五路車，她記得，那樣可以一直到軍人商場。穿過旅館大門時，她仍在腦海裡計畫著這些令人高興的事情。那個愛爾蘭門衛又回到了工作崗位，他替她做了決定。

「您得坐計程車，夫人。」他堅定地說。

「我覺得不需要，」瑪波小姐說，「我想我可以坐二十五路車，車站就離這兒不遠，或者乘從帕克巷方向開來的二路車。」

「您不應該坐公共汽車，」門衛又無可置疑地說，「您年事已高，在公共汽車裡顛簸太危險了。他們那種開車方法，啟動、停車、再開車，會把您摔到地板上的，真的。這些傢伙一點良心也沒有。我吹吹口哨幫您叫一輛計程車，那樣您就可以像女王一樣想去哪裡就去哪裡。」

瑪波想了想，改變了主意。

「那好吧，」她說，「也許我最好是坐計程車。」

門衛根本就不用吹口哨，他只是彈了個響指，一輛計程車就奇蹟般地出現了。瑪波小姐被極為小心地扶進了車，就在那時，她決定去「魯濱遜和克利弗商店」，去看看那裡上好的正宗亞麻床單。

她愉快地坐在車裡，感覺正像那個門衛所說的一樣……像個女王。她現在滿腦子想的都是那些亞麻床單、亞麻枕套以及端莊的玻璃紗布和桌布，這些布料都沒有香蕉、無花果或調皮的小狗等圖案，及其他分散注意力的圖案。若印有這些亂七八糟的東西，在洗滌時非常讓人心煩。

§

塞奇威夫人來到服務台。

「漢合斯先生在辦公室嗎？」

「在的，塞奇威夫人。」戈林奇小姐顯得有些吃驚。

塞奇威夫人走到櫃檯後面敲了敲門，還沒等人回答就進去了。

漢合斯先生吃驚地抬起頭來。

「什麼事……」

「是誰雇用了那個邁克·戈爾曼？」

漢合斯有點急促而慌亂地說：「帕菲特走了……他一個月前出了車禍。我們得很快找個人代替他。這人看起來挺合適，各方面條件都不錯，是退役軍人，在軍中表現良好……可能不太聰明，但有時這反而更好……你不會是知道一些他不好的事情吧？」

「多到足以趕走他。」

「如果你堅持，」漢合斯慢吞吞地說，「我們會告訴他，讓他走人……」

「不用了，」塞奇威夫人緩緩說道，「不用了……太晚了，算了吧。」

# 06

「艾薇拉。」

「你好，布里姬。」

艾薇拉．布萊克推開昂斯洛廣場一八〇號的大門走了進去。她的朋友布里姬透過窗戶看到她，並趕緊衝下樓打開門。

「我們上樓吧。」艾薇拉說。

「對，最好這樣。要不，我們會讓媽媽給纏住的。」

這兩個女孩衝上樓梯，躲過了布里姬的母親，她母親走出自己的臥室，來到樓梯走廊上時已經太晚了。

「你沒有媽媽真是幸運，」布里姬把她的朋友帶到自己的臥室，把門緊緊地關上，然後上氣不接下氣地說道：「我的意思是，媽媽的確可愛，可是看她問的那些問題！上午，中午和晚上不停地問你去哪裡，你都見了誰？他們是不是另一個住在約克郡、也叫這個名字的人的表親？諸如此類的無聊事。」

「我猜她們沒有別的事可想。」艾薇拉含糊不清地說，「聽著，布里姬，我得做一件極為重要的事，你得幫幫我。」

「嗯，只要幫得上，我會的。什麼事……一個男人？」

「不，實際上不是。」（布里姬看起來有點失望。）「我必須離開二十四小時，也許更長，去愛爾蘭，你可得給我掩護。」

「去愛蘭爾？為什麼？」

「我現在不能告訴你。沒有時間。我一點半要到普魯尼飯店跟我的監護人拉史肯上校見面，和他一起吃午飯。」

「你是怎麼應付卡彭特太太的？」

「在德貝納躲過了她。」

布里姬咯咯咯地笑了起來。

「午飯之後，他們要帶我去梅爾福特家。我要和他們住在一起，直到二十一歲。」

「真是糟糕透頂！」

「我想我沒問題。麥珠表姐好騙極了。據安排，我要去聽些課、參加些活動。有個地方叫作『今日世界』，他們帶你去聽講座，並參觀博物館、美術館、上議院等等。關鍵是，沒有人知道你是否在你應該在的地方！我們可以偷偷做很多事。」

「我想我們會的。」布里姬咯咯咯地笑著說，「我們在義大利就常常得逞，不是嗎？麥考羅尼還以為她非常嚴格呢。她一點都不知道我們是屢試不爽。」

兩位女孩為她們成功的惡作劇開懷大笑起來。

「但是，那的確需要許多安排。」艾薇拉說。

「以及一些漂亮的謊言。」布里姬說，「你收到吉多的信了嗎？」

「哦，收到了。他給我寫了一封長信，署名是吉尼薇拉，好像他是個女孩。不要說這麼多了，布里姬，我們有許多事情要辦，卻只有一個半小時的時間。首先，你聽我說，我約好明天去看牙醫。那很容易，我可以打電話把時間推遲……你從這裡也能辦到。然後，中午的時候，你可以裝成你媽媽給梅爾福特家打電話，解釋說牙醫想讓我第二天再去看，所以我就跟你們一起在這兒過夜。」

「這點她們應該會相信。她們會說些你真是好心這樣沒完沒了的稱讚。可是，假如你第二天沒回來呢？」

「那麼，你就得再打打電話。」

布里姬看起來有些迷惑不解。

「在那之前，我們會有足夠的時間想出對策，」艾薇拉不耐煩地說，「現在我關心的是……錢。我想你沒多少吧？」艾薇拉沒抱多大希望地說。

「大概只有兩英鎊。」

「那一點用都沒有。我得買張飛機票。我已經查了班次，只要兩個小時。關鍵在於，我在那裡要花多少時間。」

「你打算幹什麼，不能告訴我嗎？」

「不，不能。但它非常非常重要。」

艾薇拉的聲音都變了，以至於布里姬看著她都有點吃驚。

「是不是有麻煩了，艾薇拉？」

「對，沒錯。」

「是不能讓任何人知道的事情嗎？」

「對，就是那樣的事情，非常非常機密。我得查明某件事情是不是完全屬實。令人討厭的是錢。而讓人痛苦的是我實際上非常有錢；我的監護人這樣跟我說過。但他們所給我的，只是一點點買衣服的零用錢。我一拿到這些錢馬上就花光了。」

「你那叫作什麼上校的監護人，不能借你一點嗎？」

「那行不通，他會問許多問題，想知道我要這些錢幹什麼。」

「唉，我想他會的。我真想不通為什麼每個人都要問這麼多問題。你知道嗎，一有人打電話給我，媽媽就問，你是誰？那和她毫不相干哪！」

艾薇拉同意她的看法，但她的思緒卻是朝向另一個方面。

「你曾經典當過什麼東西嗎，布里姬？」
「從來沒有。我不知道怎麼典當。」
「那一定非常簡單，」艾薇拉說，「你們經常光顧那個門上有三個球的珠寶商，對吧？」
「我沒有任何值錢的東西可以拿去典當。」布里姬說。
「你媽沒在什麼地方放些珠寶嗎？」
「我們最好別向她求助。」
「對，也許不要……可是我們或許能偷偷拿點什麼。」
「哦，我們不能那樣。」布里姬震驚地說。
「不能？嗯，你說得對。但是，我敢打賭她不會注意到。我們能在她發現丟失之前把它放回原處。我知道了，我們去找博拉德先生。」
「誰是博拉德先生？」
「哦，他是個家庭珠寶商。我經常把手錶送到他那兒修。六歲的時候他就認識我。快，布里姬，我們馬上就去，我們的時間剛剛夠用。」
「我們最好從後門出去，」布里姬說，「那樣媽媽就不會問我們去哪裡。」
在龐德街那家歷史悠久的「博拉德和惠特利」珠寶店外面，兩位女孩討論著她們最後的安排。
「你確定都明白了嗎，布里姬？」

「我想是的。」布里姬一點都不高興地說。

「首先，」艾薇拉說，「核對時間。」

布里姬臉上稍微開朗了些。這熟悉的簡短術語，有著令人振奮的效果。她們嚴肅地對了手錶，布里姬將她的錶調了一分鐘。

「行動時間是二十五分鐘之後。」艾薇拉說。

「那就很充足了。也許比我需要的還多，但還是這樣的好。」

「可是，要是……」布里姬欲言又止。

「要是什麼？」艾薇拉問道。

「嗯，我是說，要是我真的被車撞了呢？」

「你不會給撞上的，」艾薇拉說，「要知道，你的動作是多麼敏捷，而且倫敦的車輛都習慣突然煞車。不會有事的。」

看起來布里姬並未信服。

「你不會讓我失望的，布里姬，對吧？」

「沒錯，」布里姬說，「我不會讓你失望的。」

「好。」艾薇拉說。

布里姬走到龐德街的另一邊，艾薇拉則推開博拉德和惠特利先生——歷史悠久的珠寶商和手錶師——的店門。裡面有一股安靜祥和的氣氛，讓人感覺不錯。一個穿著長禮服、貴族模樣的人走上前問艾薇拉需要什麼。

「我能見見博拉德先生嗎？」

「博拉德先生？請問您怎麼稱呼？」

「艾薇拉·布萊克小姐。」

這貴族模樣的人不見了，艾薇拉移步走到一面櫃檯前。在厚厚的玻璃板下面，胸針、戒指和手鐲在顏色稍稍不同的天鵝絨布襯托下，展現著它們鑲有寶石的部分。過沒多久，博拉德先生出現了。他是這家公司的資深股東，是個六十多歲的老人。他熱情友好地和艾薇拉打招呼。

「啊，布萊克小姐，你到倫敦來啦。見到你真是讓人高興。我能幫你做點什麼？」

艾薇拉拿出一塊小巧精緻的夜用型手錶。

「這隻錶走得不準，」艾薇拉說，「您能修理嗎？」

「哦，當然可以，沒問題。」博拉德先生從她手中接過去。「我們要把它送到什麼地方？」

艾薇拉給了他地址。

「還有另外一件事，」她說，「我的監護人拉史肯上校，您認識他的……」

「是的，是的，當然。」

「他問我想得到什麼樣的聖誕禮物，」艾薇拉說，「他建議我到這兒來看些不同的東西。他問我希不希望他跟著一起來，我說我想自己先過來……因為我總覺得那樣很讓人難堪，不是嗎？我指的是價格什麼的。」

「嗯，那當然是個問題，」博拉德先生長輩般和藹地笑著說，「你有什麼想法，布萊克小姐？胸針，手鐲，還是戒指？」

「我覺得胸針更實用些，」艾薇拉說，「可是不知道……我能不能多看些東西？」

她懇切地抬頭看著他。他同情地笑笑。

「當然可以，當然可以。要是太快做出決定，那就一點樂趣都沒有，對吧？」

接下來的五分鐘她過得非常愉快。什麼都難不倒博拉德先生。他從一個又一個的盒子裡取出東西，胸針和手鐲在艾薇拉面前的一塊天鵝絨上堆成了一堆。她時不時地轉身照照鏡子，試試一枚胸針或一件垂飾的效果。最後，很拿不準地，她將一只漂亮的小手鐲、一隻小寶石手錶和兩枚胸針放在一邊。

「我們把這些記下來，」博拉德先生說，「這樣，以後拉史肯上校來倫敦時，也許會進來看看他自己想給你買什麼。」

「我想這樣做真是太好了，」艾薇拉說，「那麼他就更覺得是他自己挑選的，不是嗎？」

她抬起頭，那凝神貫注、清澈的藍眼睛看著珠寶商的臉。此時，剛好到了預定二十五分鐘後開始行動的時刻。

外面傳來尖厲的煞車聲和一個女孩子的尖叫。不可避免地，店裡每個人的眼光都投向面朝龐德街的商店櫥窗。這時，艾薇拉把櫃檯上的手鐲迅速放到她那整潔、特別定做的外套口袋裡，她的動作俐落而不引人注意，以至於儘管每個人都在看著，但還是察覺不到。

「嘖，嘖，」博拉德先生說，他把注意力從外面大街上收回來。「差一點點就造成意外。傻女孩！那樣穿越馬路！」

艾薇拉準備好向大門走去。她看看手錶，發出一聲驚嘆。

「哎呀，我在這兒待得太久了。我會趕不上回鄉下的火車。太感謝您了，博拉德先生，您不會忘記這四樣東西是什麼，對吧？」

一分鐘之後，她已經到了門外，迅速地連著向左拐了兩個彎，在一家鞋店的拱廊裡停下來，直到布里姬氣喘吁吁地前來與她會合。

「噢，」布里姬說，「嚇死我了！我還以為會給撞死。而且我的長襪也被劃破一個洞。」

「沒關係。」艾薇拉邊說，邊和她的朋友迅速沿街走去，又向右拐了一個彎。「快點！」

「剛才……都順利嗎？」

艾薇拉悄悄伸手到衣袋裡，掏出那個鑲著鑽石和藍寶石的手鐲。

「噢，艾薇拉，你太大膽了！」

「現在，布里姬，你得去我們記下的那家當鋪，看看這個手鐲能當多少錢。要一百。」

「你認為……假如他們說……我是說，我是說它也許已上了失竊物品的清單了……」

「別傻了！怎麼會這麼快？他們還沒發現它丟了呢。」

「可是，艾薇拉，等他們確實發現它丟了的時候，他們會認為……也許他們就知道是你拿走的。」

「他們可能會這麼認為……如果他們很快發現的話。」

「那麼，他們就會報警，而且……」

她沒有繼續說下去，因為艾薇拉慢慢地搖了搖頭，她的淡黃色頭髮也隨著來回擺動，嘴角露出一絲神祕的微笑。

「他們不會報警的，布里姬，如果他們認為是我拿的，就一定不會報警。」

「為什麼……你是說……」

「我跟你說過，等我到了二十一歲的時候，就會有很多很多錢。我會從他們那裡買許多珠寶。他們不會鬧出這種醜聞的。快去把手鐲當了，把錢拿到手。然後到林格斯航空公司去訂票。我得坐計程車去普魯尼飯店了。我已經晚了十分鐘。明天上午十點半見。」

「噢，艾薇拉，我真希望你別去冒可怕的風險。」布里姬嗚咽地說。

但是，艾薇拉已經叫了計程車。

§

瑪波小姐在「魯濱遜和克利弗商店」逛得很開心。她不僅買了昂貴但十分漂亮的床單

——她喜歡亞麻床單的質地，和它素淨的顏色——還買了一些品質上乘、紅色鑲邊的玻璃紗布。現在要買到漂亮的玻璃紗布實在太難了！相反的，你買到的通常是作為裝飾用的彩色桌布，上面印著各種圖案：小蘿蔔、龍蝦、艾菲爾鐵塔或特拉法加廣場，不然就零亂地印著檸檬和橘子。瑪波小姐留下了她在聖瑪莉米德的住址，然後搭乘了一輛順路的公共汽車來到了軍人商場。

多年前，瑪波小姐的姨媽曾是軍人商場的常客。當然，與昔日相比，現在這裡已有一些改變。瑪波小姐的思緒回到從前：海倫姨媽愜意地坐在椅子裡，頭戴有帶軟帽，身穿她一向稱為「黑府綢」的披風，在百貨部尋覓她中意的人。接下來便是悠閒漫長的一小時，海倫姨媽想出一切可以買下並儲藏起來以備將來使用的雜貨。聖誕節的用品備齊了，有時甚至連遙遠的復活節用品也想到了。小珍變得煩躁不安時，海倫姨媽就打發她去器皿部逛逛，解解悶。

買完東西後，海倫姨媽開始仔細地對她選中的售貨員詢問他的母親、妻子、二兒子和殘廢的嫂子。就這樣度過一個愉快的上午。海倫姨媽會以那個時代流行的戲謔口吻說：「對於午餐，一個小女孩會有什麼感覺？」於是，她們乘電梯來到五樓吃午餐，午餐最後總是一客草莓冰淇淋。然後，她們買上半磅奶油夾心巧克力，乘四輪馬車去看午後的演出。

當然，自那時起，軍人商場已經過多次改建翻新，事實上，如今已看不出往日的樣子了。它看上去更加富麗堂皇。儘管瑪波小姐樂於回憶過去的美好，但也不反對享受現下的快樂。這裡仍有一家餐館，她經常在這裡吃午餐。

當她仔細看著菜單，決定點什麼菜時，隨意掃視了一下房間，不禁吃了一驚。真是太巧了！坐在那裡的女士她昨天剛剛遇見，儘管在此之前，她早已從報紙上她的各類照片上見過這位女士多次了……在賽馬會上，在百慕達群島，或站在她的私人飛機或汽車旁。昨天，瑪波小姐第一次見到她本人。而現在——事情往往是這樣的——她卻在這個最意想不到的地方又遇見她。不知為什麼，她無法將軍人商場和這位貝施．塞奇威小姐聯繫起來。若是她身穿晚禮服、頭戴鑲嵌鑽石的冕狀頭飾，出現在蘇活區的一所房子，或是走出倫敦中央歌劇院，瑪波小姐是不會感到吃驚的。可是不知為什麼，她似乎不該出現在軍人商場。在瑪波小姐看來，光顧這裡的總是軍人、他們的妻子、女兒、姨媽和祖母們。

不管怎樣，貝施．塞奇威坐在那裡，看起來和往常一樣漂亮，身穿黑色套裝和豔綠色襯衫，正和一個男人一起吃午餐。這個男人十分年輕，臉龐瘦削，鷹鉤鼻，穿著一件黑色皮夾克。他們身體前傾，熱烈交談，一方面又大口大口吃著，卻似乎對吃的是什麼渾然不覺。

也許是幽會？是的，很可能是幽會。這個男人一定比她年輕十五歲到二十歲。不過，貝施．塞奇威可是一個魅力十足的女人。

瑪波小姐端詳著這個年輕人，然後得出結論。他正是她所謂的那種「英俊小生」。同時，她也發現自己對他並沒有太多好感。「就像哈里．拉塞爾，」瑪波小姐自言自語，像往常一樣，從記憶中找出一個原型。「從來都沒傳過好消息，與他牽扯過的女人也都沒有好下場。」

「她不會聽從我的勸告，」瑪波小姐心想，「否則，我倒可以勸勸她。」然而，別人的風流韻事與她無關，而且，根據以前的紀錄，在這方面，貝施·塞奇威是用不著別人操心的。

瑪波小姐嘆了口氣，吃著午餐，琢磨著到文具部去逛逛。好奇心，或者用她自己更喜歡的說法：「對別人的事情感興趣」，無疑是瑪波小姐的性格特點。

瑪波小姐故意將手套留在桌子上，站起來，走向收銀台。她選定的路線接近貝施·塞奇威的桌子。付了帳，她「發現」忘了手套，便回去取……不幸的是，在半路上又將手提包掉在地板上。手提包開了，各種各樣的物品散落一地。一個女侍急忙跑過來幫她撿，瑪波小姐又做出顫抖的樣子，結果剛撿起的零錢和鑰匙又掉在地上。

她的這些小伎倆並未取得多大成效，但也不是全然徒勞。有趣的是，她感到好奇的那兩個人，對這個總是掉這掉那、手忙腳亂的老婦人竟無暇瞥上一眼。

瑪波小姐等待電梯下來的時候，又把她所聽到的那一小段斷斷續續的對話背了一遍。

「天氣預報是怎麼說的？」

「很好。沒霧。」

「盧森的事都安排好了嗎？」

「安排好了。飛機九點四十分起飛。」

這是她第一次聽到的。回來的時候，她聽到的談話又長了一點。

貝施・塞奇威說話的時候非常生氣。

「你昨天怎麼跑到柏翠門來了……你不應該接近這個地方。」

「不要緊的。我只是問你是不是在那裡，反正大家都知道我們是很要好的朋友。」

「那並非問題所在。柏翠門對我來說沒有問題，對你就不一樣了。你在那兒顯得非常突兀，每個人都盯著你看。」

「讓他們看吧！」

「你真是個白癡。為什麼……為什麼？有什麼理由？你一定有個理由，我知道你……」

「鎮靜點，貝施。」

「你這個騙子！」

這是她所能聽到的一切。她覺得非常有趣。

# 07

十一月十九日的晚上，卡農．賓尼神父早早地在「雅典娜神廟」俱樂部吃了晚餐，和一兩個朋友打了招呼，還就確定死海文獻年代的重要問題，進行了一場輕鬆而言辭激烈的討論。現在他瞥了一眼手錶，發現他該動身去搭飛往盧森的飛機了。當他穿過大廳的時候，又有一個朋友，亞非研究學院的惠特克博士向他表示問候。他愉快地說：「你好，賓尼神父。很久不見了。會開得如何？有沒有讓人感興趣的？」

「我相信會有的。」

「你剛開完會回來，對吧？」

「不，不，我現在才要去呢。我要乘今晚的飛機。」

「哦，我明白了。」惠特克看起來有點迷惑不解。「我怎麼以為會議是今天召開的呢。」

「不，不，是明天，十九號。」

卡農．賓尼神父穿過大門走了出去，此時他的朋友在後面看著他的背影說：「可是我的老朋友，今天就是十九號，不是嗎？」

然而，卡農．賓尼神父已經走遠，聽不到他的話了。他在鐵圈球場叫了輛計程車趕到肯辛頓機場。今天晚上的人還真不少。他在櫃檯前站了好長時間才終於輪到他。他費力地拿出機票、護照以及這次旅行必需的其他證件。櫃檯後的小姐正要往這些證件上蓋章，突然停了下來。

「很抱歉，先生，這機票好像不對。」

「票不對？不，不，非常正確，飛往盧森的一〇……嗯，沒有眼鏡我認不清楚……一〇多少航班。」

「是日期不對，先生。這上面的日期是十八號星期三。」

「不，不，一定正確。我的意思是……今天是十八號星期三。」

「很抱歉，先生。今天是十九號。」

「十九號！」卡農先生沮喪地說。

他摸出一本小日誌，急切地翻著。最後他不得不相信了：今天是十九號。他要趕的飛機昨天就離開了。

「這麼說，那意味著……那意味著……天哪，那就意味著盧森的會議今天開過了。」

他無比沮喪地盯著櫃檯的另一邊，但還有許多其他旅行的人，於是卡農先生連同他的困惑就被擠到一邊去了。他悲哀地站著，手裡拿著那張作廢的機票。他推測各種各樣的可能性。也許他的票被人換過了？但這樣做無濟於事……一點用也沒有。現在是什麼時間？快到九點了吧？會議今天上午十點整開始，現在必定已經開過了。當然了，這就是惠特克在「雅典娜神廟」說那話的意思。他以為卡農．賓尼神父已經去開過會了。

「哦，天哪，」卡農．賓尼神父自言自語道，「看我把事情弄得亂糟糟的！」

他悲哀地、靜靜地、毫無目的地走上克倫威爾路……一個令人傷心的地方。

他沿著街道慢慢走著，手裡拎著行李，腦海裡思考著那些令人困惑的事情。當他終於比較滿意地分析出白天犯錯的各種原因時，他傷心地搖了搖頭。

「現在，我想，」他自言自語，「我想……讓我看看，已經九點多了，是的，我想我最好吃點什麼。」

奇怪，他想，他竟然不覺得餓。

他在克倫威爾路上漫無目的地走著，悲不自勝。最後他停在一家賣印度咖哩食品的小餐館。他覺得現在儘管還不像本來應該的那麼餓，但他最好還是吃一頓以提高自己的精神，之後他還得找一家旅館……哦，不，沒有必要那麼做。他有一家旅館！毫無疑問。他目前正住在柏翠門旅館，而且他訂了四天的房間。多好的運氣！多麼了不起的運氣！這麼說，他的房間就在那兒等著他了。他只要在服務台索取他的鑰匙……這時他又想起一件事：他口袋裡沉甸甸的是什麼？

他把手伸進去，拿出一把碩大而笨重的鑰匙。旅館都把房間鑰匙做成這樣，以防粗心的客人把它們放在口袋裡帶走。但這樣竟沒能阻止卡農先生！

「十九號，」卡農先生說，高興地確認。「完全正確。很幸運我沒有再去找旅館。據說目前住旅館的人特別多。是的，今晚在『雅典娜神廟』的時候，艾德蒙茲就是這麼說的。他好不容易才找到一個住處。」

他對自己安排旅行時的細心周到感到滿意……他事先訂好了一家旅館。於是，卡農先生不吃他的咖哩食品了——但沒忘記付錢——然後大步走出去，再次走到克倫威爾路。

就這樣回去，顯得有點狼狽，因為這時他應該在盧森用晚餐，談論各種有趣而迷人的問題。他的視線被一家電影院吸引住了。《耶利哥之牆》，片名看上去極為合適。看看它是不是完全忠實於聖經裡的故事，倒是很有意思的事情。

他給自己買了張票，跌跌撞撞地走進黑暗中。儘管他覺得片子和聖經裡的故事沒有任何聯繫，但他還是喜歡這部電影。好像連約書亞都省掉了。耶利哥之牆似乎只是一種象徵，指的是一位女士的結婚誓言。當這些牆幾次倒塌後，漂亮的女主角遇上了她暗戀的那位冷峻、粗魯的男主角。經商量，他們倆建議把牆再建起來，使它們更能經受時間的考驗。這部影片並非特意要吸引年長的神職人員，但卡農．賓尼神父非常喜歡。這不是他常看的那種影片，他覺得，它增進他對生活的了解。片子結束後，燈光四起，國歌響了起來，於是卡農．賓尼神父又跌跌撞撞地走進倫敦明亮的夜色之中。他已從早先那些遺憾事件的悲痛中恢復過來。

夜色很美，於是他向柏翠門旅館走回去。一開始，他是想坐公共汽車，可是坐錯了方向。他進門時已經是半夜了。午夜的柏翠門旅館總是一片沉靜，似乎每個人都已酣然入睡。電梯在較高的樓層，於是卡農先生沿樓梯走上去。他來到自己的房間，把鑰匙插進門鎖中，打開房門然後進了房間……

老天！他看到了什麼啦？可是誰……怎麼……當他看到那隻高高舉起的手臂時已經太晚了……

點點金星像煙火表演般在他的腦袋裡爆炸……

# ／08

愛爾蘭郵車在黑夜中飛馳。或者更準確地說，是在凌晨的黑暗中飛馳。

不時地，火車的柴油機發出一種怪怪的、預示著死亡的驚鳴。它正以每小時超過八十英里的速度行駛。非常準時。

接著，有點突然地，火車煞車，速度慢了下來。車輪摩擦著鋼軌發出尖叫。愈來愈慢，愈來愈慢……火車完全停下來之後，警衛把頭伸出窗戶，看到前面的紅色信號。一些乘客醒了過來，但大多數沒有。

一位老婦人被這突如其來的煞車驚醒，她打開門，往外面的過道上望了望。不遠處，一扇朝向鐵軌的門敞開著。一個老牧師模樣的人正從固定鐵道上爬進來，他長著一頭厚厚、亂蓬蓬的白髮。她推測，他剛才是爬下火車到鐵軌上了解情況去了。她感覺到清晨寒冷的空氣。過道的盡頭有人說：「只不過是個信號而已。」於是老婦回到她的車廂想再睡上一覺。

鐵道上更遠一點的地方，有人揮舞著燈籠，從一個信號箱朝著火車跑過來。司爐工人從鍋爐車上爬下來。警衛從火車上下來，過來和他站在一起。拿著燈籠的人上氣不接下氣跑到近前，不停地大口喘著說：「前面嚴重撞車……貨車脫軌……」

火車司機從駕駛室向外望了望，然後也爬下來加入。

在火車的後部，六個人爬上鐵路路基，從最後一節車廂上一扇開著的門登上火車；另有六個乘客從不同的車廂前來與他們會合。他們以相當嫻熟的速度操控這節載郵件的車廂，將它與火車的其他部分隔離開。兩個戴著大氈盔的人手持短棒，分別把守著車廂的前後。

一個穿著鐵路制服的人，沿著靜止的火車過道，向正待說明的乘客進行解釋。

「前面道路被阻。可能要耽誤十分鐘，不會超過太多……」他的聲音聽起來友好而令人寬慰。

在鍋爐車旁，火車司機和司爐工人嘴裡塞著東西，身體被結結實實地捆著。提著燈籠的人叫道：「這裡一切順利。」

警衛躺在路基邊上，一樣被塞著嘴捆綁著。

郵車裡，老練的竊賊已經完成他們的工作。又有兩個捆綁得更加結實的軀體躺在地上。那些特殊郵包被遞往車外的路基上，那裡還有其他人在等著接應。

在各自的車廂中，乘客們相互抱怨說，鐵路旅遊再不像以前那樣了。

不久，當他們安定下來準備睡覺時，從黑暗中傳來一陣排氣發出的轟鳴聲。

「天呀！」一個婦女嚷著，「那是噴氣式飛機嗎？」

「賽車！我想是的。」

咆哮聲逐漸遠去消失了……

§

在九英里遠的貝德漢普頓高速公路上，一長串夜行的卡車正在蜿蜒向北行駛。一輛白色大賽車閃電般從它們旁邊一掠而過。

十分鐘後，它離開了高速公路。

二級公路拐角處的汽車修理廠上掛著「暫停營業」的牌子，但它的兩扇大門被打開了，那輛白色賽車徑直開了進去，然後大門又被關上。三個人以閃電般的速度工作著。一套新的車牌被掛到車上；司機換了他的大衣和帽子，他原先穿的是白色羊皮大衣，現在他換上了黑色皮衣。他又出去了。離開三分鐘之後，一個牧師開著一輛破舊的莫里斯牛津吭嗞吭嗞地上了公路，它在蜿蜒曲折的鄉間小路上彎繞行駛。

一輛客貨兩用轎車行駛在鄉村小道上，看到一輛舊莫里斯牛津停在樹叢邊，旁邊還站著一位老人時，它減慢了速度。

這輛客貨兩用車的司機從車窗伸出頭來。

「遇上麻煩了？我能幫忙嗎？」

「你真是好心。我的車燈壞了。」

兩個司機走到一起，聽候著。

「危機解除。」

許多昂貴的美式箱子從莫斯里牛津轉移到兩用車上。

往前開了一兩英里之後，兩用車拐上一條崎嶇小路。但實際上是通向一棟華麗大宅院的後路……這一點很快就得到證明了。在一間曾經是馬房的棚子裡，停著一輛白色的大賓士轎車。兩用車的司機用鑰匙打開轎車的後車廂，把箱子轉移到後車廂裡，然後又開著這輛客貨兩用車走了。

附近的一家農場裡，一隻公雞吵鬧地叫了起來。

# 09

艾薇拉．布萊克抬頭看看天空，確定是個天氣晴朗的早晨，然後走進一個電話亭。她撥了昂斯洛廣場布里姬的電話。聽到應答，她很高興，說：「喂，布里姬嗎？」

「哦，艾薇拉，是你嗎？」布里姬的聲音聽起來有些不安。

「是我。一切都正常嗎？」

「哦，不，事情很糟。你的表姐梅爾福特太太昨天下午給媽媽打了電話。」

「什麼，為了我嗎？」

「是的。我午飯時給她打了電話，我還以為自己做得非常漂亮呢。但她對你的牙齒好像很擔心，以為它們真的有問題，膿腫什麼的。於是她親自打電話給牙醫，當然發現你根本就沒去過那裡。於是她就打電話給媽媽，而不幸的是，媽媽正好就在電話旁邊，所以我不能先趕過去。當然，媽媽說她對此一無所知，你也沒待在這兒。我當時真不知該怎麼辦才好。」

「然後你怎麼做？」

「假裝什麼都不知道。不過我說，你說過要去溫布敦看望朋友什麼的。」

「為什麼是溫布敦呢？」

「這是我第一個想到的地方。」

艾薇拉嘆了口氣。

「嗯，我想我不得不捏造些理由了。也許一位老家庭教師，她住在溫布敦。這些小題大作真把事情弄得非常複雜。我希望麥珠表姐別糊里糊塗，給警察局打了電話。」

「你現在要去那裡了嗎？」

「今天晚上才能去。我還有許多事情要先辦。」

「你到愛爾蘭，事情都順利嗎？」

「我查明了我想知道的事情。」

「你聽起來……有點不高興。」

「我感覺不愉快。」

「我能幫你嗎，艾薇拉？做什麼都行。」

「沒有人能真正幫我……我必須親自去辦。我曾希望那不是真的，但它的確是真的。我不知道該怎麼處理這件事。」

「你是不是處於危險之中，艾薇拉？」

「別太大驚小怪，布里姬。我不得不小心點，僅此而已。我得非常小心。」

「那麼說，你真的是處於危險之中了。」

艾薇拉停頓了一會兒說：「我希望我只是空擔心而已。」

「艾薇拉，你打算怎麼處置那只手鐲？」

「哦，那沒什麼問題。我已從別人那裡弄了些錢來，所以我可以去……該怎麼說……贖回它，然後把它送回博拉德。」

「你認為他們會不追究嗎？不是的，媽媽，是洗衣店來的電話。他們說我們從來沒有送去那條床單。好的，媽媽，好的，我會告訴女老闆。就這樣吧。」

在電話的另一端，艾薇拉笑了笑，放下話筒。她打開錢包，把錢整理一遍，數出她所需要的硬幣，把它們在面前擺好，然後接通一個電話。接通她想打的電話之後，她投進所需的硬幣，摁下A鍵，然後以一種恰當的喘息聲說：「你好，麥珠表姐。對，是我……我非常抱歉……是的，我知道……嗯，我是打算去……是的，是親愛的馬蒂，你知道，我們的女家庭教師……是的，我寫了一張明信片，但忘了寄出去。現在它還在我的衣袋裡……嗯，她病了又沒人照顧，所以我就留了一下，以確定她安然無恙。是的，我打算去布里姬家，但這件事打亂了我的計畫……我不明白你聽到的消息。一定有人把它弄錯了……好，回去之後，我會把一切都向你解釋清楚……對，今天下午。不行，我得等護士來照顧馬蒂……嗯，也不是個真正的護士。一個……呃，臨床護理的護士或什麼的。不，她討厭上醫院……我很抱歉，麥珠表姐，我真的非常非常抱歉。」她放下話筒，惱怒地嘆了口氣。「要是，」她喃喃自語，「不用對每個人都撒這麼多謊，該有多好。」

她走出電話亭，出來的時候，注意到巨大的報紙公告：「超級火車搶劫案——愛爾蘭郵車受暴徒襲擊。」

§

店門打開時，博拉德先生正在接待顧客。他抬起頭，看到艾薇拉·布萊克小姐走進來。

「不用，」她對走過來的店員說，「我想等博拉德先生。」

很快，博拉德先生的顧客忙完了他的事，於是艾薇拉挪到空出來的地方。

「早安，博拉德先生。」她說。

「很抱歉你的手錶還沒這麼快修好，艾薇拉小姐。」博拉德先生說道。

「哦，我不是為手錶而來的，」艾薇拉說，「我是來向您道歉。發生了一件糟糕透頂的事情。」她打開手提包拿出一個小盒子，從小盒子裡取出那個嵌著藍寶石和鑽石的手鐲。「我拿手錶來修的時候，你應該記得，我正在看著這些東西，想買一件作為聖誕禮物，那時外面的馬路上出了事。我想是有人被車撞了，或者幾乎被車撞了。我推測，我當時拿著這個手鐲，然後想都沒想就把它放進自己的口袋裡。但是我今天早上才發現它，所以立即趕來把它還回來。我深深抱歉，博拉德先生，我不知道自己怎麼會做出這麼一件蠢事。」

「嗯，這沒什麼，艾薇拉小姐。」博拉德先生慢慢地說。

「我想你一定以為有人偷了它。」艾薇拉說。

她清澈的藍眼睛看著他。

「我們已經發現它失蹤，」博拉德先生說，「非常感謝您，艾薇拉小姐，這麼快就把它送回來了。」

「發現它的時候感覺真是壞極了，」艾薇拉說，「非常感謝您，博拉德先生，對這件事如此通情達理。」

「總會發生奇怪的誤會，」博拉德先生說，他以叔父般的姿態對她微笑。「我們不會再去想這件事……但是不要再這樣做了。」他笑笑，像開了一個愉快的小玩笑。

「哦，不會的，」艾薇拉說，「以後我會非常小心。」

她衝他笑了笑，然後轉過身離開了。

「現在我倒是奇怪了，」博拉德先生自言自語，「真的奇怪……」

一直站在他附近的一個同事向他靠近了一些。

「這麼說她的確拿走了？」他說。

「對。她確實拿了。」博拉德先生說。

「但她又把它送回來了。」他的同事指出。

「她把它送回來了，」博拉德先生附和他的話。「我並沒有想到。」

「你是說，你不認為她會把它送回來？」

「對，如果拿走它的人是她的話。」

「你覺得她的話可信嗎？」他的同事好奇地問，「我的意思是，說她是出於無心而把它放入口袋裡？」

「我想這是可能的。」博拉德說，看上去仍在沉思。

「或許，這是竊盜癖。」

「或許，」博拉德同意道，「她像是有意的……但如果是這樣，為什麼她這麼快就把它送回來？這可真奇怪……」

「幸好我們沒有報警。我承認我曾打算這麼做。」

「我知道，我知道。你的經驗還沒有我豐富。在這種情況下，最好別這麼做。」他又輕聲地自言自語，「這件事真有趣，非常有趣，不知道她有多大？十七、八歲吧。她可能陷入了某種麻煩。」

「你說過她擁有大筆財產。」

「你可能是個繼承人，擁有大筆的錢財。」博拉德說，「但是，十七歲的時候，你並不能接觸到這些錢。有趣的是，你知道，這些繼承人往往比那些阮囊羞澀者更缺現金花用。」

他把手鐲放回展示櫃的老地方，然後闔上蓋子。

# ／10

「艾格頓、福布斯和威爾巴勒公司」位於布魯姆斯貝利區一個還沒發生太大變化的雄偉廣場。他們的銅牌被自然鏽蝕得難以辨清字跡。這家公司已經存在了一百多年，英格蘭的地方貴族中，有相當比例的人是他們的客戶。公司裡再也沒有福布斯家族，也沒有威爾巴勒家族，而是有了阿特金父子，一個威爾斯人勞德和一個蘇格蘭人麥利斯特。然而還有一個叫艾格頓的，是創始者艾格頓的後裔。這個艾格頓現在五十二歲，他的客戶中，有幾家在各自的年代曾分別委託他祖父、叔父和他的父親做顧問。

此時，在二樓的辦公室裡，他正坐在一張大紅木辦公桌後，言辭懇切而堅決地與一個滿臉沮喪的客戶交談。理查．艾格頓是個英俊的男人，身材高大，頭髮烏黑，但兩鬢已漸灰白，一雙灰眼睛精明強悍。他的建議總是不錯的忠告，但他說話從不拐彎抹角。

「坦白說，你並沒有好的藉口，菲第，」他說，「因為你寫了那些信。」

「你不認為……」菲第沮喪地嘟囔著說。

「不，」艾格頓說，「唯一的希望是庭外解決。如果上法庭，你可能會受到刑事指控。」

「哦，理查，這未免有點誇張了吧？」

艾格頓的桌上響起輕微、長短適中的嗡嗡聲。

他皺著眉頭拿起電話。

「我說過，我不想被人打擾。」

電話另一端的人輕輕說了些什麼。艾格頓說：「噢。好的……好的，我知道了。請她稍等一下。」

他放下話筒，再次轉向他那滿臉憂傷的客戶。

「要知道，菲第，」他說，「我了解法律而你不了解。你正處於嚴重的困境之中。我會盡最大努力讓你脫困，但那要花一些錢。我想一萬兩千英鎊跑不掉。」

「一萬兩千！」可憐的菲第驚呆了。「哦，天哪！我沒那麼多錢，理查。」

「嗯，那你就得設法籌到。總會有辦法的。如果她願意以一萬兩千英鎊解決，那算你走運；如果想打這場官司，你花的錢會更多。」

「你們這些律師！」菲第說，「鯊魚，你們都是！」他站起來。「那麼，」他說，「盡你他媽的最大努力幫我吧，理查老兄。」

他走了，悲哀地搖著頭。

理查·艾格頓把菲第和他的事從腦海裡拋開，思考著他的下一個客戶。他輕輕地自言自語道：「艾薇拉·布萊克小姐。不知道她長得什麼樣……」他拿起話筒。「菲第閣下已經走了，請把布萊克小姐帶來。」

等待的時候，他在案頭記事簿上進行著簡單的運算。已經過去多少年了……她應該是十五歲？十七歲？也許更大。時間過得真快。

「科尼斯的女兒，」他想道，「也是貝施的女兒。不知道她長得像哪一個？」

門開了，祕書告知艾薇拉·布萊克小姐來到，那女孩走進了房間。艾格頓從椅子上站起來迎了上去。

從表面上看，他想，她和父母誰都不像。修長的身材，白皙的皮膚，淡黃色的頭髮……有貝施的膚色，卻沒有貝施的活力，渾身帶著一股舊時代的氣息。但那也很難確定，因為此時她穿的可是時髦的鑲邊緊身衣。

「嗯，」他一邊與她握手一邊說，「真是讓人驚喜。我上次見到你的時候，你才十一歲。來，坐這邊。」

他拉過一把椅子讓她坐下。

「我想，」艾薇拉有點遲疑地說，「我應該先寫信，寫信約個時間。但我是突然做出決定，因為我來了倫敦，這好像是個機會。」

「你來倫敦幹什麼？」

「看我的牙。」

「牙齒真是麻煩的東西，」艾格頓說，「從搖籃到墳墓，一直給我們帶來麻煩。但我還是為此而感激，因為這使我有機會見你一面。讓我想想，你在義大利待過，是嗎，在一個現在很多女孩子都去的地方完成教育？」

「對，」艾薇拉說，「在康泰莎．馬蒂內利那裡。可是我已經永遠離開那裡了。我現在住在肯特的梅爾福特家，直到我決定是否去工作。」

「嗯，我希望你能找到令人滿意的事情做做。你沒考慮上大學？」

「沒有，」艾薇拉說，「我覺得我不夠聰明。」她停了停，又接著說：「我想，要是我想做的話，不管是什麼，您都會同意？」

艾格頓銳利的眼光一下子集中起來。

「我是你的監護人之一，也是你父親遺囑的受託人，是的，」他說，「因此，你可以在任何時候來找我。」

艾薇拉禮貌地說聲「謝謝您」。

艾格頓問道：「有什麼事使你不安嗎？」

「沒有，其實沒什麼。可是你了解，我什麼都不知道。從來沒有人跟我說過任何事，我又不好意思老是發問。」

他關心地看著她。

「你是指關於你自己的事？」

「對，」艾薇拉說，「您能理解真是太好了。德里克叔叔……」她猶豫了。

「你指的是德里克．拉史肯？」

「對，我一直叫他叔叔。」

「我明白了。」

「他心腸很好，」艾薇拉說，「但他不是會全盤透露的那種人。他只是幫我安排事情，而且看起來有點擔心，怕我會不喜歡它們。當然，他聽取很多人的意見……我的意思是說，女人，她們告訴他許多事情。像康泰莎．馬蒂內利。他安排我去學校或去進修禮儀。」

「他們沒安排些你想去的地方？」

「不，我不是那個意思。它們都非常令人滿意。我的意思是說，它們都是別人想去的地方。」

「我明白了。」

「可是，我對自己一無所知。我是說，我有什麼樣的錢、有多少，如果我想處理的話，我能怎麼處理。」

「實際上，」艾格頓笑咪咪地說，「你想談論公事，是這樣嗎？嗯，我想你說得很對。讓我想想，你多大了？十六？十七？」

「我快二十了。」

「哦，天哪，我一點都不知道。」

「要知道，」艾薇拉解釋說，「我總覺得自己受到嚴密的保護。在某種意義上這很不錯，但也令人非常痛苦。」

「那是種過時的看法，」艾格頓同意道，「但我很清楚，它對德里克・拉史肯還是具有說服力。」

「他是個可愛的人，」艾薇拉說，「但不知怎麼，很難與他嚴肅地交談。」

「是的，我能理解。嗯，你對自己了解多少，艾薇拉？對你的家庭環境？」

「我知道我父親在我五歲的時候去世，而我母親在我兩歲左右離開他、跟了別人，我一點都記不得她。我只記得我父親。他很老，一條腿架在椅子上。他常常咒罵，我很怕他。他去世後，我和父親的姑媽或表姐什麼的生活在一起，直到她去世，那以後我就和德里克叔叔及他姐姐住一塊兒。然後她也去世了，我便去了義大利，德里克叔叔為我安排的。現在我和他的表親梅爾福特一家住一起，他們為人熱情善良，有兩個年齡和我差不多的女兒。」

「你在那裡過得開心嗎？」

「我還不知道，我剛去那兒不久，他們都非常呆板。我真的想知道我有多少錢。」

「這麼說，你真正想得知的是財務情況？」

「對，」艾薇拉說，「我有些錢。是不是很多？」

此時艾格頓嚴肅起來。

「對，」他說，「你有一大筆錢，你父親是個非常有錢的人，你是他唯一的後代。他去世後，頭銜和不動產都歸了一個堂弟。他不喜歡這個堂弟，所以他把所有的個人財產——數目相當可觀，留給了他的女兒——給了你，艾薇拉。你是個非常富有的女人，或者說，將會是個富有的女人，等你長到二十一歲的時候。」

「你的意思是，我現在不富有？」

「不，」艾格頓說，「你現在就很有錢。但得等到你二十一歲或者結婚，這些錢才能由你支配。在那之前，它們由你的受託人管理。拉史肯、我，以及另外一個人。」他朝她笑笑。「我們可沒侵吞這筆錢，它們還在那兒。實際上，經過投資，我們已經大大地增加了你的資產。」

「我將會有多少錢？」

「一到二十一歲或者一結婚，你會繼承一筆粗略估計可能高達六、七十萬英鎊的遺產。」

「那可真不少。」艾薇拉說，嚇了一跳。

「沒錯，是很多。很可能就是因為錢數這麼龐大，所以人們都不怎麼跟你談起。」

在她思考這個問題的時候，他觀察著她。非常有意思的女孩，他想道，看上去是個清純得可以的大家閨秀，但事實不是那樣。遠不是那樣。

他略帶嘲諷地笑了笑，說：「你覺得滿意嗎？」

她突然衝他笑一笑。

「應該的，不是嗎？」

「比贏得足球彩券要強得多。」他說。

她點點頭，但心思不在這點上。

這時她突然蹦出一個問題：「如果我死了，誰會得到它？」

「就目前的情況看，那將歸你的至親所有。」

「我的意思是……我現在還不能立遺囑，對吧？得等我長到二十一歲。別人是這麼告訴我的。」

「他們說得很對。」

「那真讓人心煩。如果我結了婚，又死了，我丈夫將得到這筆錢？」

「對。」

「要是我沒結婚，我母親因為是我的至親，便會繼承。我真的好像沒什麼親戚……我甚至不認識我母親。她長什麼樣？」

「她是個非常了不起的女人，」艾格頓簡潔地說，「人們都會這麼說。」

「難道她不想見我嗎？」

「她可能已經見過你……我覺得她可能已經見過你。但因為她將自己的生活弄得——在某些方面——一團糟，因此她可能認為，讓你在遠離她的環境長大成人，對你會好些。」

「您是真的知道她這樣想嗎？」

「不是。我什麼都不知道。」

艾薇拉站起來。

「謝謝您，」她說，「您真好，告訴我這麼多。」

「我想，也許以前就該告訴你更多的情況。」艾格頓說。

「不了解情況讓人覺得無所適從，」艾薇拉說，「德里克叔叔一定認為我還是個孩子。」

「嗯，他自己已不是年輕人了。他和我，要知道，已經老邁年高了。你應該顧及到這一點，我們是從我們這個年紀的角度去看待問題。」

艾薇拉站著看了他一會兒。

「您並不認為我是個孩子，對吧？」她精明地說，又接著說道：「我想你對女孩子的了解要比德里克叔叔多。他只是和她姐姐一起生活過。」然後，她伸出手來，非常可愛地說：「非常感謝您。希望我沒打斷您的重要工作。」

然後她便走了出去。

艾格頓站在那裡看著她出去、關上房門。他撮起嘴唇，吹了會兒口哨，搖搖頭，然後重新坐下來，拿起鋼筆，若有所思地敲著辦公桌。他把一些文件拉到跟前，接著又猛力推回去，拿起電話。

「科德爾小姐，幫我接通拉史肯上校，好嗎？先試試他的俱樂部；然後再試施羅普希爾的地址。」

他放回話筒，再次把這些文件拉到跟前，開始閱讀，但他的注意力不在上面。很快的，蜂鳴器又響了。

「拉史肯上校已經接通了，艾格頓先生。」

「很好，接過來。你好，德里克。我是理查．艾格頓。你怎麼樣？剛才有一個你認識的人前來拜訪。你的受監護人。」

「艾薇拉？」德里克．拉史肯非常驚訝地說。

「對。」

「可是為什麼……究竟……她去你那裡是為了什麼？她沒遇上什麼麻煩吧？」

「沒有，我想不是的。相反地，她看起來相當……嗯，高興。她想知道關於她的財產情況。」

「你沒告訴她吧？」拉史肯上校警覺地說。

「為什麼不呢？這有什麼好保密的？」

「嗯，我總感覺，讓一個女孩知道她將繼承這麼一大筆錢有點不明智。」

「我們不說，別人也會告訴她。要知道，她應該有所準備。金錢就是責任。」

「對，但她還沒長大。」

「你很肯定嗎？」

「你是什麼意思？她當然是個孩子。」
「我不會這樣形容她。那個男朋友是誰？」
「你說什麼？」
「我說她的男朋友是誰？她現在應該有男朋友，對吧？」
「沒有，沒這樣的事。你到底是怎麼想的？」
「她沒說過任何這樣的話。不過你知道，我有些經驗。我想你會發現她有一個男朋友。」
「嗯，我向你保證，你是大錯特錯。我是說，她被非常小心周到地撫養長大，她進過非常嚴格的學校，她還去義大利上過一個挑選條件極高的儀表進修學校。要是有這類的事情發生，我應該會知道。我想她遇過一兩個風趣的年輕小夥子，但絕對沒有你所說的那種事情。」
「嗯，我的診斷是，她有個男友……而且很可能是個不適合的人選。」
「可是為什麼，理查，怎麼說？關於小女孩，你都知道些什麼？」
「很多，」艾格頓冷淡地說，「去年我有三個客戶，其中兩個成為受法院保護的對象，第三個威脅父母，讓他們同意了一樁必定是災難的婚姻。現在的女孩子不再像以前那樣接受照顧了。目前的形勢，要照顧她們非常困難……」
「你儘管放心，艾薇拉一直受到非常小心周到的照顧。」
「這種類型的年輕女孩，她們的聰明機智是你想都想不到的！你注意著她點，德里克。調查她都幹了些什麼壞事。」

「胡說。她只是個可愛而單純的小女孩。」

「對於可愛而單純的小女孩，你所不了解的情況可以灌一張慢轉唱片！她母親私奔造成醜聞，記得嗎？那時她還沒現在的艾薇拉大咧。而老科尼斯呢，他是全英格蘭最臭名昭著的浪蕩子。」

「你讓我不安，理查。你讓我非常不安。」

「你應該提高警覺。我不怎麼喜歡的是她另外一個問題。她為什麼急切地想知道，如果她死了，誰將繼承她的錢財？」

「你這樣說真是奇怪，因為她也問過我同樣的問題。」

「是嗎？她的大腦為什麼會想到早死？順便說一下，她還向我問了她媽媽。」

拉史肯上校的聲音聽上去有些擔心，他說：「我希望貝施與這女孩見見面。」

「你跟她談論過這個問題嗎……我是指貝施？」

「嗯，是……是的，談論過。在一次偶然的機會碰到她。實際上，我們住在同一家旅館裡。我鼓勵貝施見見這女孩。」

「她怎麼說？」艾格頓好奇地問。

「直截了當地拒絕了。她還說，她是個危險人物，不宜讓這女孩知道。」

「從某種角度看，我也覺得她是這樣的人。」艾格頓說，「她與那個賽車手有點關係，對吧？」

「我聽過傳聞。」

「是的，我也聽說了。我不知道這是不是真的，我想可能是。她或許是因為這事而有那樣的感覺。貝施的朋友都是些膽大妄為之徒！而她又是什麼樣的女人呢，呃，德里克？是個了不起的女人。」

「一直是她自己最危險的敵人。」德里克·拉史肯聲音粗啞地說道。

「非常漂亮的傳統評價，」艾格頓說，「那好吧，很抱歉打擾你了，德里克，當心活動中的不良份子。別說沒人告訴過你。」

他放下話筒，再次把桌上的文件拉到自己跟前。

這次他終於能夠專心做事了。

# 11

麥克雷太太——卡農·賓尼神父的管家——在他回家的那天晚上訂了多佛鰈魚。訂這麼一份多佛鰈魚好處多多：可以等到卡農·賓尼神父平安到家之後，才把它放在烤架上或煎鍋裡熱一熱；如果必要，還可以保存到第二天。卡農·賓尼神父喜歡多佛鰈魚，而且如果她接到電話或電報說卡農先生那晚會待在別的地方，麥克雷太太自己也會樂意享受一頓多佛鰈魚美食。所以一切準備就緒，只待迎接卡農先生的歸來。她打算吃完薄煎餅之後再上多佛鰈魚。所以鰈魚放在廚房裡的桌上，做薄煎餅的牛奶麵糊也在碗裡和好了。一切準備妥當。銅炊具發光，銀灶具閃亮，找不到一粒塵土。只是少了一樣東西：卡農先生本人。

按照計畫，卡農先生會從倫敦坐六點半到達的火車返回。

七點整他還沒回來。必定是火車誤點了。七點半他還是沒有回來。麥克雷太太苦惱地嘆了口氣。她懷疑這又是舊事重演。時間到了八點，還是不見卡農先生蹤影。麥克雷太太發出一聲長長、惱怒的嘆息。很快，必定地，她會接到一個電話，但也很有可能連電話都沒有。他或許給她寫信了。他一定寫了，但他很可能忘了把信寄出來。

「唉，唉！」麥克雷太太嘆息道。

九點整，她用麵糊給自己做了三塊薄煎餅，把鰈魚小心地放在冷藏櫃裡。「不知道這老先生去了哪裡？」她自言自語道。根據以往的經驗她知道，他可能在任何地方。他也許會及時發現自己的錯誤，從而在她上床睡覺之前給她發電報或打電話。「我就等到十一點，但不會更晚。」麥克雷太太說。她就寢的時間是十點半，延長到十一點她認為是她的職責，可是如果十一點還沒有任何動靜，沒有卡農的任何消息，那麼麥克雷太太就會按時關上大門去睡覺。

不能說她感到擔心。這樣的事情以前發生過。除了等待消息，你是無計可施。這樣的可能性數不勝數。卡農．賓尼神父可能上錯火車，到了蘭德或約翰奧格羅茨才發現自己的錯誤；要不，他或許仍待在倫敦，因為把時間搞錯了，所以以為自己直到明天才需動身；在那個他趕去參加的外國會議上，他可能遇上一個或一些朋友，而被留在那兒，也許要度完這個週末；他也許打算告訴她卻完全忘了。所以，就像剛才所說的，她並不擔心。後天，他的老朋友西蒙斯副主教會來待一陣子。這樣的事情卡農先生一定會記住的，所以毫無疑問，明天他自己或者他發的電報就會到來，他最遲後天回來，要嘛會有一封信。

然而，第二天早上，還是沒有他的消息。第一次，麥克雷太太開始有些不安。上午九點到下午一點之間，她不停疑惑地看著電話。麥克雷太太對電話有著執著的看法。她用過它，也認識到它的方便性，但她不喜歡電話。她的一些家庭購物是透過電話達成的，但她更喜歡親自前去選購，因為她堅持認為，如果你不親眼盯著東西，店老闆必定會想辦法欺騙你。此外，對於一些家庭內部事務，電話也是很有用。她有時候也給附近的朋友或親戚打打電話，但次數很少。打任何距離的長途電話或者打到倫敦，會使她深為愧疚。那簡直是可恥的浪費。此刻，她就面臨著這樣的問題，她猶豫了。

最後，當又一天的破曉還是沒有他的消息時，她決定行動了。她知道卡農住在倫敦的什麼地方……柏翠門旅館。一個不錯的老地方。打個電話詢問一下，應該沒什麼問題。他們很可能知道卡農先生在什麼地方。那不是家普通的旅館。她將要求接通戈林奇小姐。戈林奇小姐辦事總是迅捷、周到。當然，卡農先生可能十二點半之前回來。要是這樣的話，他隨時會出現在這裡。

但時間一分一秒過去，還是不見卡農的蹤影。麥克雷太太深深吸了口氣，鼓起勇氣要了倫敦的長途電話。等待接通的時候，她咬著嘴唇，把話筒緊緊地摁在耳朵上。

「柏翠門旅館，為您效勞。」一個聲音說道。

「我想，如果可以的話，我想和戈林奇小姐說話。」麥克雷太太說。

「請稍等。我該怎麼稱呼您？」

「我是卡農．賓尼神父的管家，麥克雷太太。」

「請稍等片刻。」

很快，戈林奇小姐那平靜而有效率的聲音傳了過來。

「這裡是戈林奇小姐。您說是卡農．賓尼神父的管家？」

「是的，我是麥克雷太太。」

「哦，對，當然是的。我能為您做什麼，麥克雷太太？」

「卡農．賓尼神父還住在你們旅館裡嗎？」

「我很高興您打電話過來，」戈林奇小姐說，「我們非常著急，不知道該怎麼辦才好。」

「你是說卡農．賓尼神父出事了？他出了意外？」

「不，不，完全不是。不過我們原以為他星期五或星期六會從盧森返回。」

「呃……是這樣的。」

「可是他沒有回來。嗯，當然那也不值得大驚小怪。他保留了房間……也就是說，一直保留到昨天。他昨天沒有回來也沒發來任何消息，而他的東西仍留在這兒，他的大部分行李。我們不知道該怎麼處理才好。當然啦，」戈林奇小姐急促地繼續說，「我們知道卡農先生……嗯，有時候有點健忘。」

「你完全可以這樣說！」

「那使我們有點難堪。我們的房間訂得很滿。事實上，他的房間已轉給了另外一位客人。」她接著說：「您不知道他在什麼地方？」

麥克雷太太帶著怨恨說：「這人可能在任何地方！」她讓自己鎮定下來。「謝謝你，戈林奇小姐。」

「要有什麼我能做的話……」戈林奇小姐很願意幫忙地說道。

「我想我很快會得到他的消息。」麥克雷太太說。

她再次感謝戈林奇小姐，然後掛斷了電話。

她坐在電話機旁，滿臉焦慮。她並不為卡農的個人安全而害怕。要是他遇上事故，現在她應該已經接到通知了。對此她非常肯定。卡農先生並不是那種所謂「容易出事」的人。他是麥克雷太太心裡稱作「精神有點失常的人」，而那種人似乎特別受到神靈的庇護。儘管全不留心也絲毫不假思索，但他們還是能夠化險為夷，即使碰上熊貓也能死裡逃生。不，她難以想像卡農．賓尼神父躺在醫院裡呻吟。他一定正在某個地方天真而幸福地和朋友閒聊。也許他仍在國外。難題在於西蒙斯副主教今天晚上就要到了，而西蒙斯副主教一定希望迎接他的是她的主人。她不能叫西蒙斯副主教別來，因為她不知道他在哪裡。真是太難為了，但像大多數難題一樣，它也有其閃光之處。它的閃光點是西蒙斯副主教。西蒙斯副主教會知道該怎麼做。她就把這件事交給他處理。

西蒙斯副主教與她的雇主正好形成鮮明的對比。他知道他要去哪裡、他正在做什麼，而且很確切地知道該做些什麼及如何去做。一個自信的神職人員。高大健壯的西蒙斯副主教到來之後，迎接他的是麥克雷太太的解釋、道歉和嘮叨。同樣地，他也沒有任何警覺。

「用不著擔心，麥克雷太太，」他坐下來，一邊享用她為他準備的食物，一邊和藹地說，「我們會找到這個心不在焉的老朋友。聽說過卻斯特頓的故事嗎？G．K．卻斯特頓，是個作家，一次他去做巡迴演說的時候給妻子打電話：『我人在克魯火車站。我應該去哪裡？』」

他大笑起來。麥克雷太太也敷衍般地咧咧嘴。她並不覺得這很好笑，因為卡農．賓尼神父正是如此這般。

「啊，」西蒙斯副主教讚賞地說：「你做的牛排真是棒極了！你是個了不起的廚師，麥克雷太太。我希望我的老朋友能賞識你。」

吃過牛排又吃了些黑莓醬城堡小布丁之後……麥克雷太太記得這是副主教最喜歡的甜點，這好心的人就急切投身於尋找失蹤朋友的行動中。他精神十足地忙著打電話，對電話費毫不顧忌。麥克雷太太不安地噘起了嘴唇，但並非真的反對，因為眼下一定要找出她主人的行蹤。

副主教首先循例地給卡農的姐姐打了電話。她極少注意弟弟的行蹤，像往常一樣，她一點都不知道他在哪裡或可能在哪裡。接著他就把網撒得大開。他再次給柏翠門旅館打電話，盡可能精確地詢問具體情況：卡農確定是在十九號傍晚離開那兒；他帶著英國歐洲航空公司的小手提包，但其餘的行李仍放在他保留的房間裡；他說過他要去盧森開個什麼會；他沒有從旅館直接去機場，門衛確認他上了計程車，他也按照卡農先生的吩咐讓計程車開到雅典娜神廟俱樂部。那是柏翠門旅館的人最後一次看到卡農．賓尼神父。哦，對了，還有一個小細節……他忘了把鑰匙留下來，而是帶在身邊。發生這樣的事已不是第一次。

打下一個電話之前，西蒙斯副主教停了一會兒進行思考。他可以給倫敦的飛機場打電話。那無疑會花些時間。也許有條捷徑。他撥了韋加頓博士的電話，韋加頓博士是個博學的希伯來語學者，他一定參加了那個會議。

韋加頓博士正好在家。一聽到對方是誰，他就沒完沒了地囉嗦起來，幾乎都是在貶抑盧森會議上宣讀的兩篇論文。

「很站不住腳，那個叫作霍加洛夫的傢伙，」他說，「我不知道他是怎麼混上來的！這傢伙根本不是做學問的人。你知道他是怎麼說的嗎？」

副主教嘆口氣，不得不打斷他。否則晚上剩下的時間，很可能全花在聆聽他批評盧森會議上的學者了。有點勉強地，韋加頓博士被迫關注那個已然緊迫的問題。

「賓尼神父？」他說，「賓尼神父？他應該去的。不知道為什麼他不在那裡。他說會去的。一星期之前我在『雅典娜神廟』見到他時，他這樣告訴我的。」

「你是說，他根本就沒參加會議？」

「我正是這個意思。他應該來的。」

「你知道他為什麼沒去嗎？他有說是什麼原因嗎？」

「我怎麼會知道？他確實說過要去那裡。對了，我想起來了，他是應該去的，有幾個人還對他的缺席發表看法，以為他可能得了傷寒什麼的。非常危險的天氣。」

他正打算回到他對學者的批評，可是西蒙斯副主教把電話掛斷了。

他獲知了一個事實，這個事實頭一次在他內心激起了一股不安。卡農・賓尼神父沒去參加盧森會議。他本來打算去的。在副主教看來，他沒去太非同尋常。當然，他可能乘錯了飛機，但一般來說，英國歐洲航空公司對你會非常關心，你不大可能犯這樣的錯誤。卡農・賓尼神父是不是忘了他去參加會議的確切時間？這是有可能的，他想。但要是這樣，他會去了哪兒呢？

接著他給機場打了個電話。這過程包括許多耐心的等待和從一個部門到另一個部門之間的切換。最終，他得到一個確鑿的事實：卡農・賓尼神父給自己訂了一張十八日晚上九點四十分飛往盧森的機票，卻沒上飛機。

「我們有了進展，」西蒙斯副主教對在旁邊踱步的麥克雷太太說，「現在，讓我想想。下一個該找誰試試呢？」

「這樣打電話會花不少錢。」麥克雷太太說。

「我想是的，我想是的。」西蒙斯副主教說，「可是要知道，我們得找到他的行蹤，他不是個年輕人。」

「哦，先生，您認為他可能發生意外嗎？」

「嗯，希望沒有……我不這樣認為，如果是的話，你一定已經接到消息了。他……呃，總是隨身帶著有姓名和地址的東西，對吧？」

「哦，是的，先生，他帶有名片。他的提包裡還有信件，以及各種這樣的東西。」

「嗯，那我認為他不會是在醫院裡，」副主教說，「讓我想想……離開旅館之後，他坐計程車去了『雅典娜神廟』。我接下來給他們打個電話。」

從那裡他得到了一些確切的情況。在那裡很有名氣的卡農．賓尼神父，十九日晚上七點半在那兒吃過飯。此時，副主教才注意到在那之前一直被他忽略了的事情：飛機票是十八日的，而卡農坐計程車離開柏翠門旅館去「雅典娜神廟」、去盧森參加會議卻是在十九日。有眉目了。「愚蠢的老東西，」西蒙斯副主教心裡想，但他小心沒有在麥克雷太太面前大聲說出來。「把日期搞錯了，會議是十九日召開的。我能肯定這一點，他一定以為他是十八日動身的。弄錯了一天。」

他仔細分析之後發生的事情。卡農去雅典娜神廟俱樂部吃了飯，然後去肯辛頓機場。在那裡，一定有人向他指出他的機票是前一天的，然後他就會知道他要去參加的會議已經結束了。

「據此分析，」西蒙斯副主教說，「事情的經過就是這樣。」他把這些向麥克雷太太做一番解釋。

麥克雷太太說這很有可能。

「然後他會怎麼辦呢？」

「回旅館。」麥克雷太太說。

「他不會直接回到這兒來吧……我是說直接到火車站。」

「如果他的行李還在旅館就不會。不管怎麼樣，他可以打電話讓他們把行李送去。」

「非常正確，」西蒙斯說，「好了，我們這樣想吧：他帶著小提包離開機場，然後返回旅館……或者說，動身要前往旅館。也許他先吃晚飯……不，他已經在『雅典娜神廟』吃過了。好吧，他返回旅館。但是，他從沒到達那裡。」他停頓了一會兒，然後不大相信地說：「還是到過旅館？好像那兒沒人看到他。那他在路上又發生了什麼事？」

「他可能遇見什麼人。」麥克雷太太疑惑地說。

「對，那當然可能，某個久未謀面的朋友……他可能和一個朋友去了朋友的旅館或家裡，但他不會在那兒住三天，對吧？他不可能整整三天都沒想起他的行李還在旅館裡。他應該打電話問問，打電話要行李，否則，即使是糊塗透頂，他也可能已經直接回家了。三天杳無音信，這是怎麼也解釋不了的。」

「要是他出了事呢……」

「對，麥克雷太太，當然那是可能的。我們可以問問醫院。你說他身上有很多文件可以表明他的身分？嗯……我想我們現在能做的只有一件事。」

麥克雷太太恐懼地看著他。

「我想，」副主教溫和地說，「我們不得不向警察求助。」

# ／12

瑪波小姐輕鬆愜意地享受著待在倫敦的時光。她做了許多事，以前她也來過首都，但停留時間太短，沒時間做這些事。必須很遺憾地說，她沒有參加那些廣泛的文化活動……這些活動對她來說很適合。她沒參觀美術館也沒參觀博物館，甚至想都沒想去觀賞任何形式的時裝表演。她確實光臨過的是大商場的玻璃瓷器部和家居布料部，還買了些特價的裝飾織物。在這些家庭投資上花了一筆她認為不太多的錢之後，她便盡情享受著許多屬於她自己的短程旅遊。她去了一些小時候就記得的地方和商店，有時候僅僅是出於好奇，想看看它們是否還在那兒。她以前沒有時間這樣逛，所以感到樂此不疲。她通常吃過午飯會好好地小憩一番，然後出門，盡可能地避開門衛向公車站或地鐵站走去，因為他堅信，像她這把年紀又這麼脆弱的老太太應該坐計程車出去。她買了一本公車及其路線手冊和一張地下鐵交通圖，這樣她就能仔細安排自己的旅行。一個下午你可能看見她幸福而懷舊地走在伊夫林花園或昂斯洛廣場，輕輕地喃喃自語：「對，那是范迪倫夫人的房子。它現在看起來很不一樣。他們好像把它改建了。天啊，我看到它有四個門鈴。我想有四個住家。這曾是個多好的廣場啊。」

她有點羞怯地參觀了圖索夫人的房子……她清楚記得，這個地方給她孩提時代帶來許多樂趣。她在衛司伯恩林道尋找布雷德利的房子但沒找到。海倫姨媽常為她的海豹外套去布雷德利家。

一般意義上的逛街對瑪波小姐沒有吸引力，但她花很多時間收集編織樣式、新品毛線等等她有興趣的東西，覺得很開心。她特別去拜訪里奇蒙，看看那棟曾歸托馬斯叔叔（一位退休的海軍上將）的房子。那漂亮的陽台還在，但這裡也是每棟房子都被分割成許多房間。更讓人難過的是那棟位於朗茲廣場的房子，一個遠房表親梅里多夫人曾在此榮華一時。這裡出現了一棟設計非常現代化的摩天大樓。瑪波小姐悲哀地搖搖頭，自言自語道：「我想，改變是必然的。但要是愛塞爾表姐知道了，她在墳墓裡一定會深感不安。」

那是一個格外溫和悅人的下午，瑪波小姐登上一輛公共汽車，坐車穿過貝特西大橋。她打算把雙重的喜悅結合到一起：傷感地看看她過去一位女家庭教師曾住過的特雷斯王子大廈，並參觀貝特西公園。她計畫的第一部分失敗了。萊伯里小姐的舊居已消失得無影無蹤，取而代之的是許多刺眼的混凝土建築。瑪波小姐轉而走進貝特西公園。她一向滿能走路，但也不得不承認，她的步行能力已大不如前。半英里的路程就足以讓她覺得很累。她想，得想辦法穿過公園然後走到切爾西大橋，那兒也有一條便利的公車路線。但她的步子變得愈來愈慢，所以當她突然發現湖邊一個圈起來的小茶館時，覺得非常高興。

儘管秋天的涼氣逼人，這裡仍有茶水供應。今天人不多，只有一些推著嬰兒車的媽媽和幾對年輕情侶。瑪波小姐買了一杯茶和兩塊鬆軟蛋糕，用一個托盤裝著。她端著托盤小心翼翼地走到一張桌子旁坐下來。這茶正是她需要的，又燙又濃，而且非常提神。精神又上來之後，她朝四周看了看。突然，視線停在一張桌上，她在椅子上使勁挺直了上身。真的，非常奇怪的巧合，真的非常奇怪！先是在軍人商場，現在是在這兒。這兩人選的地方真的很不尋常！哦，不對！她錯了。瑪波小姐從手提包裡拿出另外一副度數更深的眼鏡。對，她搞錯了。但當然有一定的相似之處。金黃色的頭髮長而直，但這不是貝施·塞奇威，而是個年輕許多的人。沒錯，這是她女兒！和賽利納·哈茨夫人的朋友拉史肯上校一起住進柏翠門旅館的小女孩。但那男人與塞奇威夫人一起在軍人商場吃午餐的是同一個人。毫無疑問，同樣英俊，像老鷹般的長相，同樣的瘦削，同樣勾魂的剛強……沒錯，同樣強烈、陽剛的吸引力。

「不好了！」瑪波小姐說，「太不好了！殘忍！缺德！我不喜歡看到這樣的場面。先是母親，現在是女兒。這意味著什麼？」

這意味著不妙。瑪波小姐能確定這點。瑪波小姐幾乎對任何東西都抱持懷疑態度，她總是向最壞的方面想。她堅持說，這樣做十之八九都是正確的。她撞見的這兩次見面，她能確定，大概都是祕密進行的。此時她看著這兩人隔著桌子身子前傾、頭幾乎碰在一起的模樣，以及他們交談時鄭重其事的態度。那女孩的臉……瑪波小姐摘下眼鏡，仔細地擦擦鏡片，然後又戴上。是的，這女孩正在戀愛，不顧一切地癡戀著，因為只有年輕人才會墜入愛河。但是她的監護人怎麼會讓她在倫敦亂跑、在貝特西公園祕密約會呢？那麼一個有教養、舉止文雅的女孩。教養得太好了，毫無疑問！她周圍的人很可能以為她在另外一個安靜的地方呢。她一定撒了謊。

瑪波小姐出去的時候，從他們坐的桌旁經過，在不至於太明顯的前提下盡可能放慢腳步。不幸的是，他們的聲音太低。她聽不到他們說什麼。那男的在說，那女孩在聽，一半是欣喜，一半是擔心。

「也許是計畫一起私奔？」瑪波小姐想道，「她還不夠大。」

瑪波小姐穿過籬笆的小門走上公園的人行道。人行道旁停了些汽車，不久她在一輛車旁停下來。瑪波小姐對汽車的了解不多，但與這輛一樣的汽車她並不經常看到，所以她就注意並記住它了。她從一個車迷孫輩那兒知道一點這種款式的汽車。它是輛賽車，一種國外的牌子……她現在想不起名字。不僅如此，她還見過這輛車……或者一輛與這完全一樣的車子，就是昨天晚上在柏翠門旅館附近的一條小巷裡。她注意到這輛車不僅是因為它的龐大身軀，及其驚人、不尋常的外觀，也因為它的車牌號碼勾起她一種模糊的記憶，在記憶裡似乎有些關聯的東西。FAN2266，這使她想到她的表妹范妮・戈弗雷。可憐的范妮曾結結巴巴地說：

「我有二……二……流……流……杯……」

她走過去看看這輛車的車號。對，她猜得非常正確。FAN2266。是同一輛車。瑪波小姐沉思著來到切爾西大橋的另一邊。她每邁一步都覺得比上一步更加痛苦。那時，她已經精疲力竭了，於是她堅決地叫了她所見到的第一輛計程車。

她被一種感覺所困擾，她覺得她應該就一些事情做點什麼。但那是什麼事情？她該做什麼。答案都那麼地模糊。她的雙眼漫不經心地注視著路邊的閱報欄。

「火車劫案的巨大進展」，一份報上說。「火車司機講述經過」，另一份報紙說。

唉！瑪波小姐心想，好像每天都發生搶銀行、搶火車或者搶發薪袋之類的案件。看來，罪犯是愈來愈猖狂了。

# ／13

戴維探長在刑事調查部裡踱過來踱過去，跟自己哼著什麼，這情形倒有點讓人想起大黃蜂來。大家都知道這是他個人所特有的習慣，所以並未特別注意，只是有人發表這樣的看法：「老爹又在潛行捕食了。」

最後他踱到坎貝爾警官的辦公室，此時後者正帶著厭煩的表情坐在辦公桌後面。坎貝爾警官是個有志氣的年輕人，他知道他的工作大都極為沉悶。然而對於分配給他的工作他都能夠應付，而且往往能完成。賞識他的上司們覺得他不錯，不時說些稱讚的話來鼓勵鼓勵他。

「早安，長官。」

老爹走進他的辦公室時，坎貝爾警官恭恭敬敬地和他打招呼。當然他在背後也和其他人一樣稱戴維探長老爹，但他還沒有資格當面這樣稱呼他。

「我能幫您做點什麼，長官？」他問。

「啦，啦，崩，崩。」探長哼道，有點魂不守舍。「我的名字是吉布斯小姐，為什麼他們非得叫我瑪麗呢？」

坎貝爾的問話，使他從過去的一部音樂喜劇片中回到現實，他拉過一把椅子坐下來。

「很忙嗎？」他問道。

「不太忙。」

「有一件失蹤案件是嗎，與什麼旅館有關吧。它是什麼名字來著？柏翠門，對吧？」

「對的，長官。柏翠門旅館。」

「違背了禁酒令？召妓？」

「哦，不是的，長官，」坎貝爾警官說道，聽到有人把柏翠門旅館與這樣的事情聯繫在一起，他有些震驚，「它是個安靜而老式的正派旅館。」

「它現在還是嗎？」老爹說，「對，它現在還是嗎？嗯，那可真有趣，真的。」

坎貝爾警官不知道這為什麼有趣。他也不想問，因為誰都知道自從發生郵車搶劫案之後，長官們的脾氣十分暴躁。而對那些罪犯來說，這次搶劫是個了不起的成功之作。他看著老爹龐大、肥胖而遲鈍笨拙的臉龐，不知道——他以前也幾次這樣懷疑過——戴維探長是如何爬到現在這個位置的，他在這個部門又為什麼受到這麼高的評價。「我想，在他那個時代他可能算不錯，」坎貝爾警官想道，「一旦這根枯枝被清理掉了，還有許多要求上進的人需要提拔呢。」

可是這根枯枝又開始了另一首歌，有一半是哼哼啊啊的，這兒一句那兒一句。

「告訴我，善良的陌生人，你家還有像你一樣的人嗎？」老爹吟誦道，接著突然又用假聲：「一些，你從不認識的善良紳士，以及可愛的女孩。哦，不對，我把性別搞錯了。那是『弗羅拉多拉』才對。那也是個不錯的節目。」

「我想我聽過，長官。」坎貝爾警官說。

「你躺在搖籃裡時，你媽媽唱著它哄你入睡，我想是這樣的。」戴維探長說道，「那麼，柏翠門旅館出什麼事？誰不見了？怎麼不見的，又是為什麼不見的？」

「一個叫作卡農．賓尼的神父，長官。上了年紀的神職人員。」

「挺無聊的案件，呃？」

坎貝爾警官笑了笑。

「是的，長官，從某種意義上講，確實相當無聊。」

「他長得什麼樣？」

「卡農．賓尼神父？」

「對。我想你有關於他的描述，對吧？」

「當然。」坎貝爾翻翻文件唸道，「身高五英尺八英寸。亂糟糟的白髮，駝背……」

「他從柏翠門旅館消失了……什麼時候？」

「大約一星期前，十一月十九日。」

「他們剛剛才報案。故意拖延時間嗎？」

「嗯，我想大家普遍認為他會出現。」

「你對此有什麼想法嗎？」老爹問，「這個清高虔誠的人，是不是與一個教會執事的老婆私奔了？要嘛是偷偷喝了酒，或侵吞了教會的基金？或者他是那種粗心的老公公，常惹這樣的事情？」

「嗯，從我所了解的情況，長官，我想是後者。他以前也發生過這樣的事情。」

「什麼？從一個體面的西郊旅館消失？」

「不，不是那樣，但他常不照預定時間回家。有時候，他去找朋友，而那天他們並沒有邀請他，或者，在他們邀請了他的那一天他又沒去。諸如此類的事情。」

「對，」老爹說，「對，聽上去很正常，很自然，而且不出人意料，不是嗎？你剛才說他是哪一天消失的？」

「星期四，十一月十九日。他本來應該參加一個會議，是在……」

他彎下腰研究了一下桌上的文件。

「哦，對了，在盧森召開的，聖經歷史學會。那是英語譯法。我想實際上是一個德國的學會。」

「在盧森召開的？這老頭……我猜他是個老年人？」

「據我所知，是六十三歲，長官。」

「這老頭沒有出席，是這樣的嗎？」

坎貝爾警官把文件向面前拉了拉，然後告訴老爹，到目前為止他們已經確認這件事。

「聽起來他不是跟一個唱詩班的男童出走了。」戴維探長評論說。

「我想他必定會出現，」坎貝爾說，「我們當然得進行調查。您……呃，對這樁案子特別感興趣嗎，長官？」他掩飾不住自己的好奇。

「不，」戴維若有所思地說，「不，我對這件案子不感興趣。我看不出這案子值得感興趣……」

接下來是一段時間的停頓，停頓裡，包含著坎貝爾警官說的幾個字：「那，是怎麼回事呢？」他對此精於訓練，所以能聽得出其中的疑問語氣。

「我真正感興趣的，」老爹說，「是那個日期。當然，還有柏翠門旅館。」

「它一直管理得非常不錯，長官。那裡沒問題。」

「非常好，我敢肯定，」老爹說。他又若有所思地加上一句：「我倒想看看這個地方。」

「當然可以，長官。」坎貝爾警官說，「您想什麼時候去都可以。我剛才還想親自去一趟呢。」

「我最好跟你一起去，」老爹說，「我不能冒昧前去，絕對不能。我只想看看那個地方，而你這個失蹤的副主教……管他是什麼，給了我一個很好的藉口。在那兒你用不著叫我長官。你擺出自己的架子，我只是你的隨從。」

坎貝爾警官產生了興趣。

「您是不是認為什麼事可能與那兒有關，長官？與其他的事情？」

「到目前為止，還沒有理由這樣認為，」老爹說，「但你知道，我們有時會有一種——我不知道該怎麼形容——奇怪的念頭，你覺不覺得？柏翠門旅館，不知為什麼，聽起來幾乎太好了而不像是真實的。」

他又開始模仿大黃蜂，哼著「讓我們一起去海邊」。

兩位警探一起動身了。坎貝爾穿著西裝顯得很有精神（他的身材極好），而戴維探長穿著花呢外衣，讓人感覺是從鄉下來的。他們倆這身裝扮十分完美。只有戈林奇小姐那精明的眼睛——她從登記簿上抬起頭來——認出他們，並為他們這身打扮而感動。因為她親自通報了卡農·賓尼神父的失蹤時，已經和一個低階警察談過了，她已預料到這次的察訪。

她向身邊一個看起來很熱心的女助手低聲說了什麼，後者便走上前，處理一般性的詢問和服務，戈林奇小姐輕輕沿著櫃檯向旁邊挪了一點，然後抬頭看著這兩個人。坎貝爾警官把他的名片放在她面前，她點了點頭，看著他身後那個身材碩大、穿著花呢外衣的人，她注意到他已稍稍地向旁邊側著身子，正在觀察著入口大廳和裡面坐著的人。看到一個活生生而有教養的上層階級世界，他的臉上表露出一種天真的愉悅。

「請到辦公室好嗎？」戈林奇小姐說，「我們在那裡談會更方便些。」

「好的，我想那再好不過了。」

「你們這地方真不錯，」那碩大肥胖、動作笨拙的人扭回頭來跟她說，「很舒適，」他讚賞地看著大火堆加上一句：「不錯的舊式溫存。」

戈林奇小姐高興地笑了笑。

「是的，的確是這樣。能使我們的顧客感到舒適，我們很自豪。」她又對助手說：「你接手好嗎，艾麗斯？登記簿在那兒。喬斯林夫人很快就要到了。她一看到她的房間一定想換一間，但你必須向她解釋，我們真的是客滿了。若有必要，你可以讓她看看三樓的三四〇房，把那間給她。原來那房間太糟糕了，她一看到就會對三四〇房感到滿意。」

「是的，戈林奇小姐。我會的，戈林奇小姐。」

「另外，提醒莫蒂默上校，他的單筒望遠鏡在這兒。他今天早上讓我替他保管。一定得讓他出門時帶上。」

「好的，戈林奇小姐。」

這些工作完成之後，戈林奇小姐看看這兩個人，從櫃檯後出來，再向一扇紅木房門走去，這扇門看起來很普通，上面什麼字也沒有。戈林奇小姐把門打開，然後他們走進一間狹小而頗為寒酸的辦公室。

三個人都坐了下來。

「我聽說，失蹤的是卡農·賓尼神父，」坎貝爾警官說。他看看紀錄。「我這裡有沃德爾警佐的報告。也許你能用自己的話告訴我，事情是怎麼發生的。」

「我認為卡農・賓尼神父的『失蹤』，並不是人們使用那個詞所表達的意義，」戈林奇小姐說，「我覺得，他是在什麼地方碰到了什麼人，某個老朋友吧，然後跟著他到歐陸去參加某種學術會議、團聚或者這一類的活動……他的行蹤總是飄忽不定。」

「你認識他很久了嗎？」

「哦，是的。我想，他到這兒來住已經……讓我想想……哦，至少五、六年了。」

「你自己在這裡也有一段時間了吧，女士。」戴維探長突然插話。

「我在這裡已經，我想想，十四年了。」戈林奇小姐說。

「是個不錯的地方，」戴維重複道，「卡農・賓尼神父在倫敦時通常住在這裡，是嗎？」

「是的，他經常來我們這裡。他通常早早就會寫信預訂房間。他寫信時腦筋比在實際生活中清楚得多。他訂了十七日到二十一日的房間。在那期間他要出去一兩個晚上，但他解釋說，他希望他不在的時候繼續保留他的房間。他經常那樣做。」

「你們是什麼時候開始為他擔心的？」坎貝爾問道。

「嗯，我們實際上並不擔心。當然這很讓人為難。你知道，他的房間從二十三日起就得讓出來，那時我意識到——一開始並沒有——他還沒有從盧加諾回來……」

「我這裡的記錄是盧森。」坎貝爾說。

「對，對，我想的確是盧森，某個歷史會議。不管怎樣，當我意識到他還沒回到這兒、而他的行李卻在房間裡等著他時，情況變得非常棘手。要知道，每年的這個時候，我們的房間總被訂得滿滿的，有別的人要住進他的房間。萊姆里吉斯的桑德斯夫人，她總是住那個房間。然後他的女管家打來電話，她很擔心。」

「女管家的名字叫麥克雷太太，我從西蒙斯副主教那兒聽說的。你認識她嗎？」

「沒見過面，只是在電話裡和她談過幾次。我想，她是個非常值得信賴的婦女，跟卡農·賓尼神父已經有些年了。她自然感到不安。我想她和西蒙斯副主教與卡農神父親近的朋友、親戚都聯繫過，但他們對卡農·賓尼神父的行蹤也一無所知。他早知道副主教要去拜訪他，但竟然沒有回家，這看起來當然非常奇怪……實際上，現在仍是這樣。」

「這位卡農先生經常那樣心不在焉嗎？」老爹問道。

戈林奇小姐沒理睬他。這碩大的男人，可能只是隨從的警佐，在她看來是太急於表現自己了。

「現在，」戈林奇小姐以一種厭煩的聲音繼續說，「我從西蒙斯副主教那兒得知，卡農先生根本就沒去參加盧森的會議。」

「他曾發出不克出席的口信嗎？」

「我想沒有……沒從這裡發出，沒有電報之類的東西。我對盧森的會議確實是一無所知。我真正關心的只是我們這一邊。我看到晚報上都登了……我是指他失蹤這件事。他們沒提到他住在這兒。希望他們不要提。我們這裡不需要新聞界，我們的顧客不會喜歡的。要是你們能使他們遠離我們，坎貝爾警官，我們將感激不盡。我的意思是，他好像不是從這裡失蹤的。」

「他的行李仍在這裡嗎？」

「是的，在行李間。如果他沒去盧森，你們認為他是否可能被車撞了？或其他事情？」

「他沒發生那樣的事情。」

「這真的是非常非常奇怪，」戈林奇小姐說，她流露出些許興趣以取代厭煩的情緒。

「我是說，這確實讓人想知道他可能去了哪裡，為什麼。」

老爹理解地看著她。

「當然，」他說，「你只是從旅館的角度來考慮這個問題，這很自然。」

「我得知，」坎貝爾警官再次查看他的紀錄。「卡農·賓尼神父於十九日星期四晚上六點半出門。他隨身帶了過夜用的小旅行袋，坐著計程車離開這裡，還讓門衛告訴司機到雅典娜神廟俱樂部。」

戈林奇小姐點點頭。

「對，他是在雅典娜神廟俱樂部吃的飯……西蒙斯副主教告訴我，那是人們最後見到他的地方。」

當她把最後看到卡農先生的責任，從柏翠門旅館轉移到雅典娜神廟俱樂部時，她的語氣非常肯定。

「嗯，能把事情都弄清楚真好，」老爹用低沉的嗓音輕聲說道，「我們現在已經弄清楚了。他帶著他藍色英國海外航空公司手提袋走的……不管他帶了些什麼，那的確是個英國海外航空公司的藍色提袋，對吧？他出發後就沒回來，事情就是這樣。」

「所以你了解，我真的幫不了你們什麼忙。」戈林奇小姐說，她打算站起來回去工作。

「看起來你是不能幫助我們，」老爹說，「但是別的人也許可以。」他補充說道。

「別的人？」

「當然啦，是的，」老爹說，「也許，一位員工吧。」

「我並不認為誰會知道任何情況，否則他們早已向我報告了。」

「嗯，也許，他們可能會，也可能不會。我的意思是，如果他們清楚知道任何情況，他們一定就告訴你了。但我想到的是，他可能說了什麼事情。」

「什麼樣的事情？」戈林奇小姐說，她看上去有些困惑。

「哦，可以為我們提供線索的閒談。比方說，『我今晚打算去見一位老朋友，自從那次在亞利桑那州見面後，我就再也沒見過他。』諸如此類的話。或者說，『我下週打算去我侄女那兒待上一星期，她女兒要舉行堅信禮。』要知道，對心不在焉的人而言，這樣的線索會很有幫助。它們顯示這人的腦海裡在想些什麼。事情可能是這樣的：他在『雅典娜神廟』吃完晚飯後，坐進計程車，然後想：『現在我要去哪兒？』於是便一路到了——比方說，他腦海裡的堅信禮——他想他是要去那兒。」

「噢，我明白你的意思了，」戈林奇小姐懷疑地說，「但看起來不大可能。」

「哦，人的運氣是不能預知的。」老爹愉快地說，「而且這裡還有些客人。我猜卡農・賓尼神父認識他們其中的一些人，因為他來這兒比較頻繁。」

「哦，是的，」戈林奇小姐說，「讓我想一想。我曾看到他與……對，賽利納・哈茨夫人交談。另外還有諾威奇的主教。我想他們是老朋友，他們曾一起在牛津待過。還有詹姆森太太和她的女兒，他們是同鄉。哦，是的，很多很多人。」

「你知道，」老爹說，「他可能與他們談過話。他可能只是提及一些無關緊要的事，但這些事卻會給我們一點線索。現在仍住在這兒的人裡頭，有對卡農先生比較了解的嗎？」

戈林奇小姐皺著眉頭想了想。

「嗯，我想拉德利將軍還在這兒。還有一位來自鄉下的老婦人……她告訴我，她還是個女孩時曾住過這裡。讓我想想……我一時想不起她的名字，但我能給你找出來。哦，對了，瑪波小姐，這就是她的名字。我想她認識他。」

「嗯，我們可以從這兩人著手。另外，我想還有一位女服務生。」

「哦，是的，」戈林奇小姐說，「但沃德爾警佐已經問過她了。」

「我知道。但也許不是從這個角度。在他的餐桌旁服務的侍者怎麼樣？或者領班？」

「那是亨利。」戈林奇小姐說。

「誰是亨利？」老爹問。

戈林奇小姐看上去相當震驚。對她來說，有人不認識亨利簡直是不可能的事。

「亨利不知道在這裡做了多少年，」她說，「你進來的時候，應該注意到他正在為顧客上茶點。」

「像個名紳，」戴維說，「我是注意到他了。」

「我不知道沒有亨利我們該怎麼辦，」戈林奇小姐動情地說，「他真是太了不起了。要知道，他給這地方立下風範。」

「也許他會願意為我上茶點，」戴維探長說，「鬆餅，我看到他那兒有。我想再吃一客好的鬆餅。」

「如果你喜歡，當然可以。」戈林奇小姐相當冷淡地說，「要我為你們在入口大廳裡要兩份茶嗎？」她轉向坎貝爾警官說。

「那……」

警官的話剛一開頭，門突然開了，漢合斯先生像幽靈一樣出現了。

他看上去有些吃驚，接著狐疑地看著戈林奇小姐。戈林奇小姐做了解釋。

「這兩位先生是從蘇格蘭警場來的，漢合斯先生。」她說。

「我是坎貝爾警官。」坎貝爾說。

「哦，是。對，我想你們一定是……」漢合斯先生說，「為了卡農・賓尼神父的事來的吧？非常特別的事情。我希望他沒發生什麼意外，可憐的老人。」

「我也希望，」戈林奇小姐說，「這麼一位受人尊敬的老人。」

「一個守舊派。」漢合斯先生贊同地說道。

「看來你們這兒有相當多的守舊派。」戴維探長發表評論。

「我想我們是，我想我們是，」漢合斯先生說，「是的，在許多方面，我們算是個倖存者。」

「你們知道，我們有自己的老主顧。」戈林奇小姐說，她的口氣十分自豪。「相同的人年復一年回到這裡來。我們有許多美國客人，波士頓人和華盛頓人。非常文靜，有教養。」

「他們喜歡我們這裡的英國氣氛。」漢合斯先生笑笑說，露出他那白花花的牙齒。

老爹若有所思地看著他。坎貝爾警官說道：「你非常確信這兒沒收到卡農先生的口信

嗎？我的意思是，可能有人接到卻忘了寫下來或傳下去。」

「電話口信會被非常仔細地記錄下來，」戈林奇小姐冷冰冰地說，「我不認為這種情況

是可能的，不可能有口信沒有傳到我手上或者轉給值班的人。」

她瞪眼看著他，坎貝爾警官給嚇了一跳。

「你們知道，我們以前已經回答了這些問題，」漢合斯先生冷冰冰地說，「我們把所了

解的情況都告訴了你的警佐……我一時想不起他的名字來。」

老爹動了動身子，以一種話家常的方式說：「嗯，你知道，情況已變得益發嚴重了。這

不僅僅是心不在焉。所以我想，我們最好能和你們開始提到的那兩個人談談……拉德利將軍

和瑪波小姐。」

「你們想讓我……安排你與他們面談嗎？」漢合斯先生看上去頗為不悅。「拉德利將軍的耳朵很不好。」

「沒必要弄得太正式，」戴維探長說，「我們不想讓大家感到不安。你們盡可以放心地把這留給我們來辦。只要指出那兩個你們提到的人就可以了。要知道，這只是姑且一試而已，可能卡農·賓尼神父曾提及他的某個計畫，或他打算在盧森見某個人，或者誰將和他一起去盧森。不管怎麼說，這值得一試。」

看上去漢合斯先生的情緒稍微放鬆了一點。

「沒別的事需要我們協助了嗎？」他問道，「你們知道，我們希望盡可能提供幫助，只要你們真能理解我們對新聞報導的感受。」

「非常理解。」坎貝爾警官說。

「另外，我還要和那個女客房服務生談談。」老爹說。

「如果你要的話，當然可以。我很懷疑她能夠告訴你什麼。」

「可能不會。但或許有些細節……卡農先生對一封信或一次約會發表了看法。誰也不知道。」

漢合斯先生瞥了一眼他的手錶。

「她六點才上班，」他說，「在三樓。也許，在這段時間裡，你們先喝點茶怎麼樣？」

「很好。」老爹馬上說。

他們一起離開辦公室。

戈林奇小姐說：「拉德利將軍會在吸菸室裡，那條通道左手邊第一個房間。他會坐在火爐旁看《泰晤士報》。我想，」她謹慎地加上一句，「他可能在睡覺。你真的不用我……」

「不用，不用，我會見機行事。」老爹說，「另外一個人呢……那位老婦人？」

「她正坐在那邊，壁爐旁。」戈林奇小姐說。

「那個長著毛茸茸的白髮、正在編織的人？」老爹看了看，說道。「簡直像個舞台人物，不是嗎？大眾化的老姨媽。」

「如今的老姨媽都不是那樣了，」戈林奇小姐說，「連祖母、曾祖母都不是那樣。說到她們，昨天我們這兒來了一個巴洛侯爵夫人，她已經當了曾祖母。老實說，當她進來時我還不知道是她。她剛從巴黎回來，臉上塗著厚厚一層胭紅和白粉，像是戴著面具，頭髮染成淡銀灰色，我覺得簡直就像個假人，但看上去倒是不錯。」

「嗯，」老爹說，「就我自己而言，我比較喜歡那種老式的。嗯，謝謝你，女士。」他向坎貝爾扭過頭去，「我來處理這件事，好嗎，長官？我知道你有一個重要的約會。」

「好的，」坎貝爾說，他領會了他的意思。「我覺得不會有太大收穫，但值得一試。」

漢合斯先生向他的密室走去，一邊說：「戈林奇小姐……請過來一下，就一會兒。」

戈林奇小姐跟著他進去然後關上門。

漢合斯在房裡走過來又走過去。他嚴厲地問道：「他們為什麼要見羅絲？該問的沃德爾都問過了。」

「我想只是例行公事而已。」戈林奇小姐滿腹狐疑地說。

「你最好先跟她交代一下。」

戈林奇小姐看上去有點吃驚。

「但是，坎貝爾警官……」

「嗯，我並不擔心坎貝爾。是另外那個人，你知道他是誰嗎？」

「我想他沒說出自己的名字。我猜是個警佐，但看起來倒像個鄉巴佬。」

「鄉巴佬？鬼才信呢。」漢合斯先生說，再也顧不上自己的風度。「那是戴維探長，簡直就是隻老狐狸。警方對他評價頗高。我倒想知道他在這兒幹什麼，伸著鼻子嗅來嗅去的，還裝成一個和藹慈祥的鄉巴佬。我很不喜歡這樣。」

「你不是認為……」

「我不知道該怎麼認為，但我告訴你我不喜歡。除了羅絲之外，他還向你要求見其他什麼人嗎？」

「我想他打算和亨利談談。」

漢合斯先生大笑了起來。戈林奇小姐也笑了。

「我們用不著擔心亨利。」

「不用，根本用不著。」

「也不用擔心認識卡農‧賓尼神父的客人？」

漢合斯先生又笑了。

「我希望他和老拉德利相談甚歡。他喊破了嗓子也不會得到任何有用的消息。歡迎他去找拉德利和那隻可笑的老母雞，瑪波小姐。不管怎麼樣，我不怎麼喜歡他在這兒嗅來嗅去……」

# ／14

「你知道，」戴維探長若有所思地說，「我不怎麼喜歡那個叫漢合斯的傢伙。」

「覺得他有什麼問題嗎？」坎貝爾問道。

「嗯……」老爹帶著抱歉的口吻說，「有種奇怪的感覺。屬於那種愛說奉承話的人。我不知道他是飯店的所有者還只是個經營者。」

「我可以去問問他。」坎貝爾轉身邁步要向櫃檯走去。

「不，不要問他，」老爹說，「把答案找出來……悄悄地。」

坎貝爾好奇地看著他。

「你是不是有所顧慮，長官？」

「也沒什麼，」老爹說，「我只是想得到更多此地的資料。我想知道誰在支應它、它的財務狀況如何等等。」

坎貝爾搖了搖頭。

「我應該說，如果倫敦還有一個地方是絕對不容懷疑的話……」

「我知道，我知道，」老爹說，「有這樣的聲望是多麼有利啊！」

坎貝爾又搖了搖頭，走開了。老爹沿著走廊來到吸菸室。拉德利將軍剛好從睡夢中醒來。一份《泰晤士報》從他膝上滑落，有點凌亂。老爹把報紙撿起來，把各頁重新整理好，然後遞到他手中。

「謝謝你，先生。你真是好心。」拉德利將軍聲音粗啞地說。

「您就是拉德利將軍嗎？」

「是的。」

「很抱歉打擾您，」老爹提高嗓門說，「我想和你談談卡農．賓尼神父的事。」

「呃，什麼？」將軍放一隻手到耳後。

「卡農．賓尼神父。」老爹大叫道。

「我父親？他多年前就死了。」

「卡農．賓尼神父。」

「哦。他怎麼了？我幾天前見過他，他住在這兒。」

「他本來打算給我一個地址。他說他會把地址放在你那兒。」

這些話更難讓拉德利將軍理解，但他最後終於成功了。

「他從未給我什麼地址。一定是把我和其他什麼人混淆了。糊塗的老笨蛋，總是這樣。你要知道，他是那種學究型的人，他們總是心不在焉。」

老爹又硬撐了一會兒，但他很快就發現，幾乎不可能與拉德利將軍進行交談，而且確定不會有什麼收穫。他走進入口大廳，在瑪波小姐的桌旁找了個位子坐下來。

「喝茶嗎，先生？」

老爹抬起頭，像任何人一樣，他為亨利的個人特質所折服。儘管高大而肥胖，但他出現的時候，就像能隨心所欲顯形、消失的精靈一樣，當然表面看起來，他和精靈有很大的差別。老爹要了茶。

「我看到你們這兒有鬆餅，對吧？」他問。

亨利和藹地笑了笑。

「是的，先生，我們的鬆餅的確非常不錯，容我這麼說，每個人都喜歡。您要一份鬆餅嗎，先生？印度茶還是中國茶？」

「印度茶，」老爹說，「或者錫蘭茶，要是你們有的話。」

「我們當然有，先生。」

亨利用手指做了個極不顯眼的手勢，於是，他的手下，一個臉色蒼白的年輕人，便轉身取錫蘭茶和鬆餅去了。亨利又和藹可親地踱往別處。

「你是個人物，的確是，」老爹想道，「不知道他們是怎麼控制你的，又付給你多少錢。一大包，我敢打賭，而你也值這麼多。」

他注視著亨利慈父般彎腰站在一位老婦人身邊。他不知道亨利對他老爹是怎麼看的……如果他有看法的話。老爹認為他挺適合於柏翠門旅館。他可能曾經是個富有的地主，也可能是個以賭賽馬為業的貴族。老爹就認識兩個那樣的人。總而言之，他想他過關了。但他也覺得可能沒騙過他。「是的，你是個人物，你是。」老爹心裡又這樣說。

茶和鬆餅送上來了。老爹咬了一大口，牛油順著下巴往下流。他用一條大手帕將它擦掉。他喝了兩杯放了很多糖的茶，然後身子向前靠，與坐在他旁邊的女士說起話來。

「對不起，」他說，「您是珍．瑪波小姐嗎？」

瑪波小姐把視線從她的編織上挪開，看著戴維探長。

「對，」她說，「我就是瑪波小姐。」

「希望你不介意我和您談話。事實上，我是個警察。」

「真的？我希望這裡沒什麼嚴重的問題吧？」

老爹趕忙像長輩般使她放下心來。

「噢，用不著擔心，瑪波小姐，」他說，「不是你所指的那種事情。沒發生失竊這樣的事情。只不過是一個心不在焉的神父出了點麻煩，僅此而已。我想他是你的一個朋友……卡農．賓尼神父。」

「哦，卡農．賓尼神父。他幾天前還在這兒。是的，我認識他已經很多年了，可是交往不深。正如你所說的，他確實非常心不在焉。」她又有些感興趣地加上一句：「他又做了什麼了嗎？」

「嗯，可以這樣說……他走丟了。」

「哦，天哪，」瑪波小姐說，「他應該去哪裡？」

「回到他在克洛斯大教堂的家，」老爹說，「但他沒有。」

「他曾跟我說，」瑪波小姐說，「他要去盧森開一個會，我想是關於死海文獻的會議。要知道，他是個研究希伯來文和亞拉姆文的大學者。」

「是的，」老爹說，「你說得對。那是他……嗯，人們以為他會去的地方。」

「你的意思是，他沒有去那裡？」

「沒有，」老爹說，「他沒去。」

「噢，」瑪波小姐說，「我想他是把日期搞錯了。」

「很可能，很可能。」

「恐怕，」瑪波小姐說，「這樣的事情並不是頭一次發生。有一次約好我去查德明斯特和他一起喝茶，他卻沒在家。那時他的管家告訴我，他平常是如何心不在焉。」

「我想，他待在這兒的時候，沒跟你說過任何對我們有幫助的事？」老爹問道，他說話的口氣輕鬆而充滿信任。「你知道我指的是……除了盧森會議之外，他碰到的任何朋友，或他所預定的一些計畫？」

「沒有。他只提到了盧森會議。我想他說是十九日，對吧？」

「那是盧森會議召開的日期，對的。」

「我沒特別注意日期。我是說……」像大多數老婦人一樣，瑪波小姐這時有些擔心了。「我覺得他說十九日……或者他可能說的是十九日，但與此同時，他或許真正指的是二十日。我的意思是，他可能以為二十日是十九日，或者以為十九日是二十日。」

「嗯……」老爹說，他覺得有點暈。

「我這番表達太糟糕了，」瑪波小姐說，「我的意思是，像卡農．賓尼神父這樣的人，如果他們說星期四去某個地方，你應該有這樣的心理準備：他們不是指星期四，他們實際上指的是星期三或星期五。通常他們能及時發現，有時候卻不能。我那時還想呢，這樣的事情一定又發生了。」

老爹看上去有點迷惑不解。

「瑪波小姐，聽起來您好像已經知道卡農．賓尼神父沒去盧森。」

「我知道他星期四不在盧森，」瑪波小姐說，「他整天……或者說大半天都待在這兒。這就是為什麼我這樣以為。當然了，儘管他可能對我說過是星期四，但他指的實際上是星期五。他是星期四晚上拎著他的手提包離開這兒的。」

「非常正確。」

「我那時以為他要去機場，」瑪波小姐說，「所以看到他又回來了，我覺得很驚訝。」

「對不起，您說『又回來了』是什麼意思？」
「噢，我是說，他又回這兒來了。」
「現在，讓我們把這件事整理一下吧。」老爹很小心地以一種愉快而追憶的聲音說道，好像這件事並不重要。「您看見那老傢……我是說，你看見卡農先生晚上拎著過夜用的小旅行袋離開這兒……如您所認為的，去機場。是這樣的嗎？」
「是這樣的。我想大約六點半或六點四十五分。」
「但是您說他又回來了。」
「也許他沒趕上飛機。這可能是他回來的原因。」
「他是什麼時候回來的？」
「嗯，我不清楚。我沒看到他回來。」
「哦，」老爹很吃驚地說，「您剛才說您見到他了。」
「噢，我後來是看到他了，」瑪波小姐說，「我是說，我並未看到他走進這家旅館。」
「您後來見到他了？什麼時候？」
瑪波小姐想了想。
「讓我想想。那時大約凌晨三點。我沒睡好，什麼東西把我弄醒了。是一種聲音。倫敦有許許多多奇怪的噪音。我看了一眼我的小鬧鐘，是三點十分。出於某種原因，我不能確定到底是什麼……我感到不安。我的房門外有……也許有，腳步聲。住在鄉下，要是半夜聽到腳步聲，一定會讓人感到緊張。於是我打開門往外看了看。卡農・賓尼神父正從他的房間出來——我住他隔壁——穿著大衣沿樓梯下去了。」

「他凌晨三點的時候穿著大衣從房間出來，然後走下樓去？」

「是的，」瑪波小姐說，接著又補充一句：「我那時覺得很奇怪。」

老爹看了她一會兒。

「瑪波小姐，」他說，「您以前為什麼沒把這事告訴任何人呢？」

「沒人問過我。」瑪波小姐天真地說。

# 15

老爹深深地吸了一口氣。

「沒有，」他說，「是沒有，我想沒有人會問您。就這麼簡單。」

他又陷入沉默之中。

「你認為他出事了，是嗎？」瑪波小姐問道。

「已經一個多星期了，」老爹說，「他沒有中風倒在大街上，也沒有遇上交通事故而住進醫院。那他在哪兒呢？他的失蹤已經被媒體報導了，但還沒有人前來提供任何消息。」

「他們可能還沒見到這樣的消息。我就沒有。」

「看上去，真的，看上去……」老爹正在理出自己的思路。「好像他是有意失蹤的。深夜裡那樣離開這個地方。您對此非常確定，是嗎？」他厲聲問道，「您不是作夢？」

「我絕對確定。」瑪波小姐斷言。

老爹費力地站了起來。

「我最好去見見那個女客房服務生。」他說。

老爹看見羅絲．謝爾登正在工作，他用審視的眼光打量著長相友善的她。

「很抱歉打擾你，」他說，「我知道你已經見過我們的警佐了。是關於那位失蹤的先生，卡農．賓尼神父的事。」

「哦，是的，先生，一位相當不錯的先生。他經常住這兒。」

「心不在焉。」老爹說。

羅絲．謝爾登那虛偽恭敬的臉上露出一絲得體的微笑。

「讓我看看，」老爹假裝查看紀錄。「你最後一次看到卡農．賓尼神父是在……」

「在星期四的早上，先生，十九日的星期四。他告訴我他那天晚上不回來，而且可能第二天也不回來。他要去……我想，要去日內瓦。不管怎樣，是瑞士的某個地方。他給我兩件要洗的襯衫，我說第二天早上就能洗好。」

「那就是你最後一次看見他，呃？」

「是的，先生。你知道，我下午不上班，六點整再回來工作。那時候他一定已經離開了，不然也已經到樓下了，不在他的房間。他留下了兩只手提箱。」

「對，」老爹說。箱子裡的東西已經檢查過了，不過沒有發現任何有用的線索。他繼續說：「你第二天早上叫他了嗎？」

「叫他？沒有，先生，他已經走了。」

「你通常是怎麼做的……給他送早茶？早餐？」

「只有早茶，先生。他經常在樓下吃早餐。」

「這麼說，你第二天根本沒有進他的房間？」

「哦，我進去了，先生。」羅絲聽起來有些震驚。「我像往常一樣進入他的房間。一方面我把他的襯衫拿進去。另外，我當然還打掃了他的房間。我們每天都打掃所有的房間。」

「床睡過嗎？」

她盯著他。

「床，先生？哦，沒有。」

「床上亂嗎……有任何皺褶嗎？」

她搖搖頭。

「浴室呢？」

「有一條溼手巾，長官，我推測是前一天晚上用過的。他可能洗了手……出發之前做的最後一件事情。」

「沒有跡象表明他又回到房間？也許很晚……半夜之後？」

她有些迷惑地盯著他。

老爹張開口，接著又閉上了。要嘛她對卡農先生的返回一無所知，要嘛她是個高水準的演員。

「他的衣服呢……西裝。它們都在箱子裡裝好了嗎？」

「沒有，先生，它們都掛在衣櫃裡。你知道，他保留了他的房間。」

「是誰把它們裝起來的？」

「戈林奇小姐吩咐的，先生。那時需要騰出這房間，讓一位新來的女士住進來。」

一個坦誠率直、前後一致的敘述。如果那位老夫人是正確的，說她看見卡農・賓尼神父於星期五清晨三點離開他的房間，那麼他必定在什麼時候又回到了那個房間。可是沒人看見他進入旅館。他是出於某種原因，故意不讓別人看到嗎？他在房間裡沒有留下任何痕跡，甚至沒在床上躺過。這整件事是不是瑪波小姐在作夢？像她這樣的年紀，這是非常有可能的。

他想出了個辦法。

「那去機場拿的手提包呢？」

「能重複一次嗎，先生？」

「一個小包，深藍色的……一個英國歐洲航空公司或英國海外航空公司的提包，你確定見過吧？」

「哦，那個……是的，先生。但當然了，他會帶著它出國去。」

「但他並沒有去國外，他根本沒去瑞士。所以他必定把它留下來了，可能他回來後，把它和其他行李一起放在這兒。」

「是的，是的……我想……我也不大確定……我想他是這樣做的。」

某種想法本能地掠過老爹的腦海：他們沒有提供你這方面的說法，對吧？羅絲．謝爾登此時已經平靜而且精明起來，但那問題曾使她不安。她不知道合適的答案，可是她應該知道的。

卡農先生拿著他的手提包去機場，又從機場離開了。如果回到柏翠門，那手提包就會跟著他。但瑪波小姐描述卡農先生離開房間走下樓梯的時候，並沒有提到它。它可能留在臥室裡，但它沒有和箱子一起放在行李堆裡。為什麼沒有呢？因為卡農先生已經去了瑞士？

他和藹地向羅絲表示感謝，便又下樓了。

卡農．賓尼神父！謎一樣的卡農．賓尼神父。大談特談去瑞士，把事情搞糊塗了又沒去成瑞士，偷偷地返回旅館沒讓一個人看見，淩晨時分又離開了旅館（去哪裡？幹什麼？）。

心不在焉能解釋這一切嗎？

如果不能，那麼卡農．賓尼神父在搞什麼鬼？更重要的是，他在哪裡？

老爹從樓梯上懷疑地看了一眼入口大廳裡的人，不知道是否每個人都是一如他們的外表。他一定要搞清楚！這些老年人、中年人（沒有太年輕的）都是有教養的舊派人，幾乎都非常富有，且值得尊敬。軍人、律師、牧師；一對美國夫婦坐在門邊，一家子法國人坐在壁爐旁。沒有人太惹眼，沒有人不合時宜；他們都在享受著一次傳統的英式下午茶。一個提供舊式下午茶的地方，可能會有什麼嚴重問題嗎？

那法國男人向他的妻子發表評論，他的話與這種環境真是配合得天衣無縫。

「Le Five-o'clock[1]，」他說道，「C'est bien Anglais ça, n'est ce pas[2]？」他讚許地環顧四周。

「Le-Five-o'clock，」老爹一邊想，一邊穿過旅館大門走向大街。「那傢伙不知道『Le-Five-o'clock』的傳統已經和大巨馬一樣死翹翹了！」

在外面，各種各樣巨大的美式衣箱和手提箱正被裝進一輛計程車中。看起來埃爾默．卡伯特夫婦正趕著去巴黎的旺多姆旅館。

在他旁邊的馬路鑲邊石上，埃爾默．卡伯特太太正在向她丈夫表達自己的觀點：「對這地方彭德伯里夫婦說得很對，埃爾默。它就是以前的英格蘭。如此漂亮的愛德華時代特色。我幾乎感覺愛德華七世會在任何時刻走進來，然後坐在那兒喝下午茶。我想明年還要來這兒，我真的想。」

「除非我們能有一百萬元的閒錢。」她丈夫冷淡地說。

1 法文，意思是「五點」。
2 法文，意思是「這很有英國特色，不是嗎」。

「得了，埃爾默，事情還沒那麼糟。」

行李裝好後，高大的門衛幫助他們坐進車中，當卡伯特先生做個意料之中的手勢時，他喃喃地說了聲「謝謝您，先生」。計程車開走了。門衛把他的注意力轉移到老爹身上來。

「要計程車嗎，先生？」

老爹抬頭看著他。

六英尺多，長相不錯，有點頹廢，退役軍人，很多勳章……很可能是真的。有點詭詐？太好酒。

他大聲說：「你是退役軍人？」

「是的，先生，愛爾蘭禁衛軍。」

「軍功章，我看到了。你在哪兒得到的？」

「緬甸。」

「你叫什麼？」

「邁克·戈爾曼。是個中士。」

「這兒的工作不錯吧？」

「這是個安靜的地方。」

「你不想去希爾頓？」

「我不想。我喜歡這兒的工作。來這兒的都是有教養的人，而且很多是賭馬的紳士……

他們去阿斯科特和紐伯瑞。我從他們那兒得到不少小費。」
「啊，這麼說，你是個愛爾蘭人，喜歡賭博，對吧？」
「哼！要是不賭博，那會是一種什麼樣的生活？」
「平靜而乏味，」戴維探長說，「像我的生活一樣。」
「真的嗎，先生？」
「你能猜出我是幹什麼的嗎？」老爹問道。
愛爾蘭人咧嘴笑了。
「不是冒犯您，先生，要是可以猜的話，我想您是個警察。」
「一下就猜對了，」戴維探長說，「你記得卡農．賓尼神父嗎？」
「卡農．賓尼神父，嗯，我不太善於記住名字……」
「一個上了年紀的神職人員。」
邁克．戈爾曼大笑起來。
「啊，那裡面的神職人員就像豆莢裡的豌豆一樣多。」
「這一個從這兒失蹤了。」
「哦，那一個啊！」門衛似乎有點吃驚。
「你認識他嗎？」
「如果不是有人向我問起他，我是不會想起來的。我所知道的是，我把他送進一輛計程車，然後他去了雅典娜神廟俱樂部。那是我最後一次見到他。有人告訴我他去了瑞士，但我聽說他從未去那兒。他好像是走丟了。」

「你後來再沒見過他？」

「後來……沒有，確實沒有。」

「你什麼時候下班？」

「十一點半。」

戴維探長點點頭，他沒要計程車，而是沿著龐德街慢慢走著。一輛汽車吼叫著從他身邊的馬路邊駛過，然後在柏翠門旅館外面停下來，發出尖厲的煞車聲。戴維探長滿臉嚴肅地回過頭，注意到了那面車牌：FAN2266。這數字使他想起什麼，但一時又想不起來。

他慢慢又折回原路，剛走到入口處，那不久之前走進旅館大門的車手又出來了。他和那輛汽車倒是很相配。是一輛白色賽車，長長的車身發出道道白光。年輕人也有同樣急切的獵狗般神情，他長著一張英俊的臉蛋，身上沒有一寸贅肉。

門衛把車門拉開，年輕人跳進去，扔給門衛一枚硬幣，然後把車開走了，車子的引擎發出強勁的轟鳴聲。

「你知道他是誰嗎？」邁克・戈爾曼對老爹說。

「不管是誰，都是個危險的駕駛。」

「拉迪斯洛・馬利諾斯基。兩年前贏得賽車大獎……他是個世界冠軍。去年曾受重傷，據說他現在又沒事了。」

「別告訴我他正住在柏翠門旅館裡。很不合適。」

邁克．戈爾曼咧嘴笑笑。

「他不住在這兒，不是的。但他的一個朋友是……」他眨了眨眼。

一個穿條紋圍裙的侍者搬了更多的美國豪華旅行裝備出來。

老爹魂不守舍地站在那兒，看著這些東西給放在一輛戴姆勒轎車裡。同時努力回想他對拉迪斯洛．馬利諾斯基的了解。一個冒冒失失的傢伙——據說與某個小有名氣的女人有點關係——她叫什麼名字來著？他仍盯著一只漂亮的衣箱，正打算轉身走開時又改變了主意，再次走進旅館。

他走向櫃檯向戈林奇小姐索取登記簿。戈林奇小姐正忙著應付離館的美國人，她把本子從櫃檯上向他推過去。他翻看著登記簿。賽利納．哈茨夫人，小農舍，梅里菲爾德，漢茲；亨尼西．金夫婦，愛德伯里斯，埃塞克斯郡；約翰．伍斯托克爵士，博蒙特克雷森五號，徹特罕；塞奇威夫人，赫斯汀豪斯，諾森伯蘭郡；埃爾默．卡伯特夫婦，康乃狄克州；拉德利將軍，格林十四號，奇徹斯特；伍爾默．皮克金頓夫婦，馬布黑德，康乃狄克州；珍．瑪波小姐，聖瑪莉米德，馬奇班罕；拉史肯上校，小格林，薩福克郡；卡彭特女士；艾薇拉．布萊克；卡農．賓尼神父，克洛斯，查德明斯特；霍爾丁太太、霍爾丁先生、奧德麗．霍爾丁小姐，馬諾豪斯，卡曼頓；拉伊斯維爾夫婦，福治谷，賓州；邦斯特保公爵，杜恩城堡，北德文郡……在柏翠門旅館住過的人當中，他們是典型代表。他們形成了……他想道，一種樣本……

他闔上登記簿的時候，前面一頁上的一個名字吸引了他的視線：威廉．勒果夫爵士。法官勒果夫先生，一個見習警察曾在一次銀行搶劫案的現場附近看到他。法官勒果夫先生，卡農．賓尼神父，他們都是柏翠門旅館的主顧……

「您的茶怎麼樣，先生？喜歡嗎？」是亨利站在他身旁。他說話的神態彬彬有禮，還帶有一點完美主人所特有的渴望。

「這是我幾年來喝到最好的茶。」戴維探長說。

他想起他還沒付帳。他正打算這樣做的時候，亨利抬手阻止了。

「哦，不用，先生。您的茶錢記在旅館的帳上。漢合斯先生吩咐的。」

亨利走開了。

老爹呆在那兒，不知道他剛才是不是該給亨利一份小費。想到亨利比他更清楚知道這個社交問題的答案，他就覺得氣苦。

他在大街上走了一會兒，突然停了下來。他取出筆記本寫下一個名字和地址……得把握時間。

他走進一個電話亭，決定堅持到底，不管有多艱難，他打算憑著直覺把這一切查個水落石出。

# 16

使卡農．賓尼神父焦慮不安的是那個衣櫃。他在完全醒過來之前就感到不對，接著他便忘了它，又睡著了。但當他再次睜開雙眼的時候，那個衣櫃仍然待在不合適的地方。他是向左側臥，面向窗戶的，衣櫃應該靠在他和窗戶之間的左邊牆上。但它不是，而是靠在右邊的牆上。這使他感到不安。如此不安以至於他都覺得累了。他意識到他的頭疼得厲害，而雪上加霜的是，衣櫃放的又不是地方。這時，他的雙眼又闔上了。

當他又一次醒來的時候，屋裡亮多了。還不是大白天的光線，只是清晨微弱的亮光。

「哎呀，」卡農．賓尼神父心裡說，突然解決了衣櫃難題。「看我多傻！我一定不是在自己家裡。」

他小心地動了動身子。不，這不是他自己的床。他不在家裡。他在……他在哪裡？哦，當然了，他去了倫敦，不是嗎？他住在柏翠門旅館……哦，不對，他不是在柏翠門旅館。在柏翠門旅館，他的床是朝向窗戶的。這麼說，床也不對勁了。

「唉，我在哪兒呢？」卡農・賓尼神父說。

接著他想起來他是要去盧森。「錯不了，」他心裡想，「我是在盧森。」

他開始思考他將要在會議上宣讀的論文。沒想多久。想到論文使他覺得頭疼，於是他又睡著了。

再次醒來時，他的大腦清楚多了，而且房間裡的光線也更充足。他不是在家裡，不是在柏翠門旅館，更不是在盧森。這根本就不是個旅館的房間。他仔仔細細打量著。這是個完全陌生的房間，裡面幾乎沒什麼家具。一個櫥櫃（他一開始以為是衣櫃）和一扇窗，光線透過上面掛著的花窗簾照進來。一把椅子、一張桌子以及一個五斗櫃。事實上，就這些東西。

「天哪，」卡農・賓尼神父說，「這太奇怪了。我在哪兒呢？」

他打算起來調查一下，但當他從床上坐起來時，他的頭疼又發作了，於是他躺了下去。

「我一定是病了，」卡農・賓尼神父得出這樣的結論，「對，我絕對是病了。」他想了一兩分鐘又對自己說：「事實上，我想我的病還沒好。也許是……流行性感冒？」人們常說，流行性感冒來得非常突然。

也許，也許是在「雅典娜神廟」吃晚餐的時候染上的。對，是這樣的。他想起來他在「雅典娜神廟」吃過晚餐。

房子裡有人來人往的聲音。也許他被送到一家私人小醫院。可是不對，他並不認為這是一家醫院。隨著光線的增強，他發現這是一間相當破舊、裝潢很差的小臥室。走動的聲音在持續。樓下有個聲音叫道：「再見，寶貝。晚上吃香腸和馬鈴薯泥。」

卡農・賓尼神父想了想。香腸和馬鈴薯泥。這些字眼竟有一點誘惑力。

「我想，」他心裡說，「我是餓了。」

房門開了，一位中年婦女進來。她徑直走到窗前把窗簾拉開點，然後朝著床轉過身來。

「啊，你醒了，」她說，「現在感覺如何？」

「說真的，」卡農・賓尼神父無力地說，「我也不大清楚。」

「啊，我想也是。要知道，你的情況曾經非常不妙。你讓什麼給撞成了嚴重腦震盪……醫生是這麼說的。這些開車的，他們把你撞倒之後甚至停都不停。」

「我出了事？」卡農・賓尼神父問道，「交通事故？」

「對，」這中年婦女說，「我們回家時，在路邊發現了你，開始還以為你喝醉了呢。」想到這裡她歡快地咯咯笑了起來。「我丈夫說他最好去看看，他說可能是出了事故。沒有一點酒精的氣味，也沒有一點血跡。儘管這樣，你卻像木頭一樣躺在那兒。於是我丈夫說：『我們不能放他躺在那兒不管。』便把你給背到這裡來了。明白了嗎？」

「啊，」卡農・賓尼神父虛弱地說，從某種意義上說，他是讓這些敘述給壓垮的。「真是慈善的撒馬利亞人。」

「見你是個神職人員，我丈夫說：『值得尊敬的人。』然後他說他最好別去報警，因為身為神職人員，你可能不會喜歡。也就是說，如果你是喝醉酒的話……儘管沒有酒精的氣味。然後我們想到請斯托克醫生來看看你。儘管他已經被除名，我們仍叫他斯托克醫生。他是個非常好的人，因為被除名而有些痛苦。實際上，他只是出於好心幫了許多女孩的倒忙。但沒有他的幫助，這些女孩的生活會一樣糟糕。不管怎樣，他還是個相當好的醫生，我們就請他來給你看看。他說你並沒受到真正的傷害，只是輕度的腦震盪。我們只需讓你在一間沒有光線的房間裡平躺著。『注意，』他說，『我不是要給意見，這是非正式的，我沒有權利開處方或說任何事情。但我想你們有義務向警察報告這件事，但要是你們不想，又何必呢？』給這個可憐的老怪物一次機會吧，他是這麼說的。原諒我說了不禮貌的話。這位醫生是個粗魯而熱心的人，他是的。現在喝點湯怎麼樣？或者熱麵包和牛奶？」

「隨便，」卡農．賓尼神父虛弱地說，「哪種都可以。」

他靠到枕頭上。事故？就是那樣。出了事故，可是他一點都想不起來！過了幾分鐘，那好心的女人用托盤端著一只冒著熱氣的碗回來了。

「喝完這個你會感覺好一些，」她說，「我倒是想往裡頭放點威士忌或白蘭地，但醫生說你不能喝這樣的東西。」

「當然不能，」卡農．賓尼神父說，「腦震盪，絕對不能，這樣是不可以的。」

「我在你背後再放個枕頭好嗎，寶貝？這樣子，感覺怎樣？」

被人以「寶貝」相稱，卡農．賓尼神父有點吃驚。他對自己說，它的含義是友好的。

「把你墊得高高的，」女人說，「就是這樣。」

「是的，可是我們在哪裡？」卡農．賓尼神父說，「我的意思是，我在哪裡？這是什麼地方？」

「米爾頓聖約翰，」女人說，「你知道嗎？」

「米爾頓聖約翰？」卡農．賓尼神父說。他搖了搖頭。「我以前從未聽過這個地名。」

「噢，這並不怎麼算是個地名，只是個小村莊。」

「你真是太好了，」卡農．賓尼神父說，「我可以問一下你的姓名嗎？」

「惠靈太太，奧瑪．惠靈。」

「你真是很好心，」卡農．賓尼神父喃喃地說，「可是發生了這樣的意外，我根本想不起……」

「別再掛心著那件事，親愛的，你會好起來的，到時候就能恢復記憶了。」

「米爾頓聖約翰，」卡農．賓尼神父自言自語，語調中帶著驚奇。「這名字對我沒有任何意義。真是奇怪極了！」

# 17

羅納．格雷夫爵士在他的吸墨紙上畫了隻貓。他看看坐在他對面那位高大肥胖的戴維探長，又畫了隻鬥牛犬。

「拉迪斯洛．馬利諾斯基？」他說，「可能。有任何證據嗎？」

「沒有。他這人符合條件，不是嗎？」

「是個膽大妄為的人，不知道什麼叫神經緊張。曾獲世界賽車冠軍。一年前嚴重撞車。和女人的名聲很壞。收入來源可疑。在國內外花錢不眨眼。經常往來於這裡和歐陸之間。你認為他是這一系列搶劫案的幕後操縱者嗎？」

「我並不認為他是策畫者。但我想他是和他們一夥的。」

「為什麼？」

「一方面，他開著一輛奧托轎車，賽車型號。郵車搶劫案發生的那天早晨，有人在貝德漢普頓附近也看到一輛這樣的車子。車牌不同……不過我們已經習慣這種情況。同樣的引人注意……不一樣，也不是太不一樣。FAN2299而不是2266。沒多少人開這種型號的賓士—奧托車。塞奇威夫人和梅里維爾勳爵各有一輛。」

「你不認為馬利諾斯基是故意要讓人看見？」

「不，我覺得上面有比他聰明的人。但他必定涉嫌。我把以前的卷宗又仔細研究了一下，拿發生在米德蘭平原和倫敦西部的攔路搶劫案為例吧：三輛客貨兩用車碰巧……只是碰巧……阻塞了那條街道。現場的一輛奧托轎車由於阻塞而走得遠遠的。」

「它後來又給截住了。」

「對。經過檢查，也沒發現什麼問題。尤其是目擊者對正確的車號也沒把握。我們被告知是FAM3366……馬利諾斯基的登記號碼為FAN2266。又是完全相同的一幕。」

「既然你執意要從柏翠門旅館調查此事，他們為你弄到了一些柏翠門的資料……」

老爹拍了拍他的衣袋。

「在這兒呢。合法註冊的公司；收支……已繳清全部費用；董事，等等等等。沒有任何意義！這些財務報告都一樣……只不過是一大群相互廝殺的蛇而已！公司、控股公司……把頭腦都給弄糊塗了！」

「好了，老爹，那只不過是他們在倫敦城裡採取的一種方式而已。必定和稅收有關係。」

「我要得到的是真正可靠的情報。如果您願意給我寫張字條的話，長官，我想去見一個大人物。」

副局長瞪眼看著他。

「你說大人物是什麼意思?」

老爹說出一個名字。

副局長看上去有些不安。

「我不知道。我們幾乎不敢接近他。」

「那可能非常有幫助。」

沉默。兩人都相互看著對方。老爹看上去遲鈍、平和而有耐心。副局長讓步了。

「你真是個倔強的老魔鬼,馮烈,」他說,「照你的方法去做吧。去打擾那些歐洲跨國資本家身後的菁英吧。」

「他知道的,」戴維探長說,「他一定知道的。要是不知道,他只要按一下辦公桌上的按鈕或打個電話就能找出來。」

「我不知道他是否樂意幫忙。」

「很可能不願意,」老爹說,「但不會花他太多時間。而且我背後有公權力支持著。」

「你對這個地方,柏翠門旅館,真的很認真嗎?你還想了解什麼?它營運良好,客人正派,也沒觸犯酒類販賣的法律。」

「我知道,我知道。沒有酒,沒有毒品,沒有賭博,沒有為犯罪份子提供住宿。純潔如堆雪。沒有嬉皮，沒有暴徒，沒有少年犯。有的只是穩重的維多利亞—愛德華時代的老媼，那裡的紳士家庭，來自波士頓及美國其他民風端正的地方。即便如此，還是有人看見一個受人尊敬的卡農牧師於早上三點鬼鬼祟祟離開……」

「誰看到的？」

「一位老夫人。」

「她是怎麼看見他的？她為什麼不是在床上睡覺呢？」

「上了年紀的婦女都那樣，長官。」

「你不是在說——他叫什麼——卡農．賓尼神父吧？」

「是的，長官。他已被報案失蹤，坎貝爾正在調查。」

「有趣的巧合……他的名字正好和貝德漢普頓的郵車搶劫案聯繫在一起。」

「真的嗎？怎麼聯繫在一起的，長官？」

「另一個老年婦女——或者只是中等年紀——在火車讓做了手腳的信號燈阻擋下來時，很多人都醒過來向過道張望。這個婦女……她住在查德明斯特，見過卡農．賓尼神父，她說看到他從一扇門進了火車。她以為他出去看出了什麼事又回來了。因為他被報失蹤，我們打算做進一步的調查……」

「我們再想一想……火車早上五點半被攔截，卡農．賓尼神父三點過一些離開柏翠門旅館。對，這是辦得到的，要是他坐車去的話……嗯，坐一輛賽車……」

「這樣我們又回到拉迪斯洛．馬利諾斯基身上了！」

副局長看著他在吸墨紙上的塗鴉之作。

「你真是隻鬥牛犬[3]，馮烈。」他說。

§

半小時之後，戴維探長走進一間安靜卻相當破舊的辦公室。

坐在辦公桌後的大個子男人站起來伸出一隻手。

「戴維探長嗎？請坐，」他說，「想抽根菸嗎？」

戴維探長搖了搖頭。

「浪費您寶貴的時間，」他說，聲音深沉得像是鄉下人。「我深表歉意。」

羅賓遜先生笑了笑。他長得很胖，但穿著得體。他臉色蠟黃，長著一雙憂鬱的黑眼睛和一張溫柔的大嘴。他不時地笑著露出過大的牙齒。「這大牙吃東西倒不錯。」戴維探長沒來頭地想道。他的英語說得極好而且沒有口音，但他不是個英國人。老爹覺得奇怪，就像其他許多人一樣……羅賓遜先生真正的國籍是什麼？

「嗯，我能幫您點什麼？」

「我想知道，」戴維探長說，「誰擁有柏翠門旅館？」

羅賓遜先生臉上的表情沒有變化。聽到這個名字既沒表示驚訝也沒表示認可。他若有所思地說：「您想知道誰擁有柏翠門旅館。它，我想，是在皮卡地里的龐德街。」

「非常正確，閣下。」

「我自己還在那兒住過。一個很安靜的地方。經營得不錯。」

「是的，」老爹說，「經營得相當出色。」

「您想知道誰擁有它？這應該很容易查出來吧？」

他的微笑帶有些許諷刺。

「您是指正常管道？哦，對了……」

老爹從口袋裡掏出一小張紙，唸出三、四個姓名和地址。

「我明白了，」羅賓遜先生說，「有人費了很大的氣力，很有趣。於是您就來找我？」

「要是有人知道的話，那一定是您，閣下。」

「實際上我不知道。但是我有辦法打聽消息倒是不假。人們都有……」他聳聳他那寬闊厚實的肩膀。「人們都有提供情報的人。」

「是的，閣下。」老爹表情冷漠地說。

3 比喻有毅力與勇氣之人、英國的象徵。

羅賓遜先生看看他，然後拿起桌上的電話。

「索妮亞，給我接卡洛斯。」

他等了一兩分鐘又接著問道：「卡洛斯嗎？」

他用外語很快地說了五、六句話。老爹甚至不能辨認出這是哪種語言。

老爹能用不錯的英式法語進行交談，對義大利語有一知半解的程度，能猜出觀光客吐字清晰的德語；雖不能理解，但從發音能辨認出是西班牙語、俄語，還是阿拉伯語。但這種語言不是其中任何一種。他把握不大地猜測，可能是土耳其語、波斯語或亞美尼亞語，但即使這樣，他也是一點都不能確定。羅賓遜先生放下話筒。

「我想，」他愉快地說，「我們不會等太久。要知道，我產生了興趣，非常感興趣。有時我還覺得奇怪……」

老爹看上去有些不解。

「關於柏翠門旅館，」羅賓遜先生說，「要知道，從財務上說，大家都奇怪它如何負擔得起。不過，它和我沒有任何關係。人們總是欣賞……」他聳聳肩。「設備舒適而且擁有卓越員工的旅館……是的，我覺得奇怪。」他看著老爹。「你知道怎麼樣和為什麼嗎？」

「不知道，」老爹說，「但我想知道。」

「有幾種可能性，」羅賓遜先生說，仍在沉思之中。「要知道，這就像音樂。八度音階只有這麼多的音符，但人們能……怎麼說呢，以幾百萬種不同的方式把它們組合起來。一位音樂家對我說，你無法得到兩次完全一樣的旋律。非常有意思。」

桌上響起輕微的嗡嗡聲，他再次拿起話筒。

「喂？是的，你真有效率，我很高興。我知道了。哦！阿姆斯特丹，好……啊，謝謝你……好的。你拼一下好嗎？很好。」

他在手邊的便條簿上飛快地寫起來。

「我希望這對您會有幫助。」

他一邊說，一邊把那張紙撕下來，遞過桌子給老爹。老爹把上面的名字大聲地唸出來：

「威廉‧霍夫曼。」

「瑞士人，」羅賓遜先生說，「但是我想，不是在瑞士出生。在銀行界很有影響力，儘管一直嚴格依法行事，他還是操縱過大量的……可疑交易。他僅在歐陸操作，而不是在這個國家。」

「哦。」

「但他有個兄弟，」羅賓遜先生說，「羅伯特‧霍夫曼。住在倫敦……一個鑽石商人，很愉快的行業……他的妻子是荷蘭人。他在阿姆斯特丹也有辦事處，你們的人應該了解他。我說過，他主要經營鑽石，但非常富有，擁有許多財產，通常不是用他自己的名字。對，他控制著許多企業。他和他的兄長是柏翠門旅館的真正所有者。」

「謝謝您，閣下，」戴維探長站起身來。「我用不著說我對您是多麼的感激。真是太好了。」

熱誠十足。

「您不說我也應該知道您的感激嗎？」羅賓遜先生問道，他開心地笑了笑。「不過這是我的專業，情報。我喜歡了解情況。這是你來找我的原因，不是嗎？」

「嗯，」戴維探長說，「我們的確知道您。內政部、調查局等等，」他天真地補充道：

「我來您這裡還真有些緊張。」

羅賓遜先生又笑了。

「我發現你這個人很有意思，戴維探長，」他說，「不管你在做什麼，我都祝你成功。」

「謝謝您，閣下。我想我是需要您的祝福。順便問一下，這對兄弟，您認為他們是很凶暴的人嗎？」

「當然不是，」羅賓遜先生說，「那和他們的原則大相逕庭。霍夫曼兄弟做生意並不使用暴力。他們有其他辦法達到目的。我想，他們的財富年復一年在不斷穩定增長……或者說，我來自瑞士銀行界的情報是這麼說的。」

「那真是個好用的地方，瑞士。」戴維探長說。

「對，的確是。我不知道沒有它我們該怎麼辦！那麼的正直誠實，多高貴的商業良心！是的，我們這些生意人都對瑞士心懷感激。我本人，」他補充道，「對阿姆斯特丹的評價也頗高。」

他認真地看著戴維，然後又笑了笑，接著警官告辭了。

回到總部之後，他發現有一張留給他的便條：

卡農・賓尼神父出現了……安然卻難說無恙。看樣子他在米爾頓聖約翰被汽車撞成了腦震盪。

# ／18

卡農・賓尼神父看著戴維探長和坎貝爾警官，戴維探長和坎貝爾警官也看著他。卡農・賓尼神父又回到了自己家裡。他坐在書房裡的一張大扶手椅上，頭下枕著枕頭，雙腳放在一個坐墊上，膝上搭著厚毛毯，凸顯出病弱之態。

「恐怕，」他客氣地說道，「我想不起任何事情。」

「你想不起是如何被車撞上的？」

「很抱歉，真的想不起來。」

「那麼，你怎麼知道你是被車撞的？」坎貝爾警官大聲發問。

「那裡的一個婦女，名叫——是叫惠靈太太嗎——告訴我的。」

「她是怎麼知道的？」

卡農・賓尼神父看上去迷惑不解。

「哎呀，你說得對。她不可能知道，不是嗎？我想，她可能認為事情必是如此。」

「你真的什麼都想不起來嗎？你是怎麼到米爾頓聖約翰的？」

「我不知道，」卡農．賓尼神父說，「連這名字我都覺得非常陌生。」

坎貝爾警官愈來愈惱怒，但戴維探長以安慰、話家常似的聲音說：「只要再跟我們說說最後一件您確實記得的事就可以了，先生。」

卡農．賓尼神父扭頭看著他，鬆了一口氣。坎貝爾警官冷淡無情的懷疑態度使他如坐針氈。

「我打算去盧森參加一個會議。我坐計程車去機場……至少到了肯辛頓機場。」

「嗯，然後呢？」

「就這些，其他的我就記不得了。下一件我想得起來的事，就是那個衣櫃。」

「什麼衣櫃？」坎貝爾警官問道。

「它的位置擺得不對。」

坎貝爾警官打算就這個位置擺放不當的衣櫃繼續追問到底，但戴維探長打斷了他。

「您記得曾到達機場嗎，先生？」

「我想是的。」卡農．賓尼神父說，但他好像對這件事也沒把握。

「於是您按時飛往盧森。」

「是嗎？如果是那樣的話，我也一點都記不得了。」

「您記得那天晚上您又回到了柏翠門旅館嗎？」

「不。」

「您一定記得柏翠門旅館？」

「當然。我住在那兒，非常舒適。我保留了我的房間。」

「您是坐火車旅行嗎？」

「火車？不，我想不起坐過火車。」

「發生了一起搶劫案，那列火車被劫。一定的，卡農・賓尼神父，你一定能想起這些。」

「我是應該想起來，不是嗎？」卡農・賓尼神父說，「但是不知道為什麼……」他帶著歉意說，「我想不起來。」

他平靜溫和地微笑著，分別打量著這兩位警察。

「你的意思是，自你坐計程車到機場之後，就什麼也記不起來了，直到從米爾頓聖約翰惠靈家的農舍裡醒過來？」

「那很正常，」卡農先生向他保證。「如果得了腦震盪，這種情況經常發生。」

「當你醒過來的時候，你想自己是發生了什麼事？」

「我頭疼得厲害，幾乎不能思考。接著，我當然想知道我是在哪裡，於是惠靈太太跟我解釋一番，並端來極為美味的湯。她叫我『親愛的』、『可人兒』還有『寶貝』，」卡農先生有點不悅地說，「但她非常好心，的確非常好心。」

「她應該向警察報告這起事故，這樣你就能進醫院得到妥善的照護。」坎貝爾說。

「她對我照顧得非常好，」卡農先生反駁說，情緒有些激動。「而且我知道，對於腦震盪除了讓病人保持安靜之外，你很難再做什麼。」

「要是你想起任何別的事情，卡農．賓尼神父……」

卡農神父打斷了他的話。

「整整四天，我好像從我的生活中消失了，」他說，「非常奇怪，的確是奇怪極了。我非常想知道我去了哪裡，做了些什麼。醫生告訴我，我可能會想起這些事情來，然而也可能不會。我可能永遠都不會知道我那幾天發生了什麼事。」他的眼皮顫動了幾下。「請原諒，我想我太累了。」

「你們談得夠多了。」麥克雷太太說，她一直就在門邊逡巡，準備在她覺得必要的時候進行干涉。她向他們走去。「醫生說不能讓他擔心。」她斬釘截鐵地說。

兩位警察站起身向房門走去。麥克雷太太像隻認真負責的牧羊犬一樣，把他們引到外面的大廳裡。卡農先生嘟囔著說了點什麼，於是戴維探長——他最後一個穿過房門——當即轉過身來。

「那是什麼？」他問。

但此時卡農先生的眼睛已經闔上了。

「你聽到他說什麼了？」坎貝爾問。

麥克雷太太毫不熱心地請他們吃些點心再走，他們謝絕了，然後離開卡農先生的家。

老爹若有所思地說：「我想他是說『耶利哥之牆』。」

「你說這會是什麼意思？」

「聽起來與聖經有關。」老爹說。

「你覺得，我們會不會知道，」坎貝爾問道，「那老傢伙是怎麼從克倫威爾路到米爾頓聖約翰的？」

「看來我們從他那裡不會得到太多幫助。」戴維說。

「那個說火車被攔截後在車上看到他的婦女，她的話正確嗎？他可能會和這些搶劫案聯繫在一起嗎？看起來不可能。他是個如此可敬的長者。人們很難想像查德明斯特教堂的教士會涉嫌火車搶劫案，不是嗎？」

「對，」老爹若有所思地說，「對，就像人們不能想像勒果夫法官涉嫌銀行搶案一樣。」

坎貝爾警官好奇地看著他的上級。

查德明斯特之行，就在與斯托克醫生一次簡短、徒然的會談後結束。

斯托克斯醫生說話很衝、不合作，而且態度粗魯。

「我認識惠靈夫婦已經很久了。他們是我的鄰居。他們從路邊撿回一個老傢伙。不知道是醉死了還是病了，請我去看看。我告訴他們，他沒喝醉，而是得了腦震盪……」

「然後你就給他治療。」

「根本沒有。我沒有治療他，沒有為他開處方，也沒有照料他。我不是醫生——以前是，但現在不是了——我對他們說，他們應該做的是給警察局打電話。他們有沒有打，我就不知道了。不關我的事。他們有點木訥，兩人都有點……但都是心腸很好的人。」

「你沒想過親自給警察局打電話？」

「沒有，沒想過。我不是醫生，跟我沒有任何關係。出於良心，我告訴他們不要往他的喉嚨裡灌威士忌，只要讓他平躺並保持安靜，直到警察到來。」

他瞪眼看著他們，於是他們很不情願地就此告辭。

# 19

霍夫曼先生是個身材魁梧、長相刻板的人，他看起來就像是用木頭（很可能是柚木）雕刻出來的。

他的臉上毫無表情，這不禁讓人猜測，這樣的人能進行思考、懷有感情嗎？好像是不可能的。

他的舉止相當合乎禮節。

他站起身，彎彎腰，然後伸出一隻楔子樣的手。

「戴維探長？我有幸認識您，已經是多年前的事了，您可能都不記得了……」

「哦，我當然記得，霍夫曼先生。亞倫堡鑽石案。你是法庭傳喚的證人……非常出色的證人，請允許我這樣說。辯護律師根本不能影響您。」

「我是不容易動搖的。」霍夫曼先生沉著臉說。

他看起來不是會被輕易搖動的人。

「我能為您效勞嗎？」他接著說道，「我希望沒什麼麻煩……我極願和警方密切合作。對你們這些出色的警察我深感欽佩。」

「噢！沒什麼事。我們只是想證實一點消息。」

「我很樂意盡我所能提供幫助。正如我所說的，我對你們倫敦警察機關非常欣賞。你們有一群了不起的人，滿懷忠誠，十分正直，十分公正。」

「您讓我感到慚愧。」老爹說。

「謹聽吩咐。您想知道的是什麼？」

「我只打算請您提供一點柏翠門旅館的消息。」

霍夫曼先生的臉色沒有變化。可能有一會兒他的態度比剛才更加刻板……但也就那麼短暫一會兒。

「柏翠門旅館？」他說。

他聲音裡透著不解，有些迷惑。好像他從未聽說過柏翠門旅館，或者記不清他是否知道柏翠門旅館。

「您與它有點關聯，不是嗎，霍夫曼先生？」

霍夫曼先生的肩膀動了動。

「我每天有許許多多的事情，」他說，「不可能把它們都記住。許多生意事務……很多，這使我非常繁忙。」

「你在很多方面都有涉足，我知道這點。」

「是的，」霍夫曼先生僵硬地笑笑。「我的攤子鋪得很大，您是這樣認為嗎？所以您認為我和這……柏翠門旅館有關聯？」

「我不該說有關聯。實際上，您擁有它，不是嗎？」老爹和氣地說。

這一次，霍夫曼先生真正地呆住了。

「這是誰告訴您的，能告訴我嗎？」他輕聲說。

「這麼說，這是真的，對吧？」戴維探長高興地說，「那真是個不錯的地方。說真的，您一定為它感到自豪。」

「哦，是的，」霍夫曼說，「一開始……我都想不大起來了……您要知道……」他反感地笑了笑。「我在倫敦擁有許許多多的房地產。房地產是種不錯的投資。如果有產品進入市場，只要我覺得位置不錯，而且有機會以便宜的價格買下來，我就投資。」

「柏翠門旅館那時便宜嗎？」

「作為一個控股公司，它那時正在走下坡。」霍夫曼先生搖著頭說。

「嗯，它現在又興旺起來了，」老爹說，「就在幾天前我還去過那裡。我深深地為那兒的氣氛所打動。有教養的舊派顧客，舒適的舊式房屋，四周環境幽雅，看起來樸素大方，實際上卻富麗豪華。」

「就個人而言，我對它了解甚少，」霍夫曼先生解釋，「它只是我的投資之一……但我相信它經營得不錯。」

「是的，您好像有個一流的屬下在經營它。他叫什麼名字來著？漢合斯？對，漢合斯。」

「他非常出色，」霍夫曼先生說，「我讓他掌管一切。我只是每年看一下資產負債表，以保證一切運行良好。」

「那地方住的都是有頭銜的人物，」老爹說，「和富有的美國遊客。」他搖搖頭，好像還在回憶。「絕好的組合。」

「您說您幾天前去過那裡？」霍夫曼先生問道，「我希望不是……不是公事？」

「沒什麼太大的事情。只是想解開一個謎。」

「一個謎？在柏翠門旅館裡？」

「似乎是這樣的。神父失蹤案，您可以這樣稱呼它。」

「這是笑話吧，」霍夫曼先生說，「那是你們的夏洛克．福爾摩斯的專用術語。」

「這位神父某天傍晚走出那個地方，就再也沒人見過他。」

「真是太奇特了，」霍夫曼先生說，「但這樣的事情的確發生過。我記得很多年前一個轟動的新聞：一位上校……讓我想想他的名字……我想是弗格林上校，瑪麗女王的侍從，一天晚上從他的俱樂部裡走出後，也是再也沒人見過他。」

「當然，」老爹嘆了口氣說，「許多這樣的失蹤都是自願的。」

「關於這點您知道得比我多，親愛的探長先生。」霍夫曼先生說。他補充道：「我希望在柏翠門旅館，他們給了您任何可能的幫助。」

「他們對我真是再好不過了，」老爹讓他放心。「那個戈林奇小姐，她在那裡工作了一段時間，我想是這樣吧？」

「可能。我對它真是不大了解。您知道，我個人對它不感興趣。實際上……」他示好地笑笑。「您知道它屬於我，這令我吃驚。」

這並不算提問，但他的眼裡再次露出不安。老爹注意到了，但沒有表現出來。

「遍布城裡那些縱橫交錯的分支，就像一張巨大的拼圖遊戲，」他說，「處理那些事，真覺得頭疼。我推測，一家公司……五月花信託公司或相似的名字，是註冊的所有者；而它們又為另外一個公司所有等等。歸根結柢，事實是，它屬於您。就這麼簡單。我說得對，不是嗎？」

「我和我的董事同僚們是——恕我冒昧——是您以為的幕後老闆，是的。」霍夫曼先生很不情願地承認道。

「您的董事同僚們，他們是誰？您自己和……我想，您的一個兄弟？」

「我弟弟威廉在這宗投資上和我有關聯。您應該了解，柏翠門只是我們一系列賓館、辦公大樓、俱樂部以及其他倫敦房地產中的一部分。」

「還有其他董事嗎？」

「龐弗雷特爵士，艾貝爾・艾薩克斯坦。」霍夫曼的語氣突然變了。「您真的要知道這些事情嗎？就因為您正在調查神父失蹤案？」

老爹搖搖頭，滿臉歉意。

「我想這只是出於好奇。尋找失蹤的神父引我去了柏翠門，可是很快地我就……嗯，要是您能理解我的意思……對它產生了興趣。有時一件事情會牽涉到另一件事，對吧？」

「可能是這樣，是的。現在，」他笑了笑。「您的好奇心得到滿足了嗎？」

「要想了解情況，沒有比直接到馬嘴裡掏更好的辦法了，不是嗎？」老爹和氣地說。他站起來。「我還有最後一件想知道的事……但是我想您不會告訴我。」

「是什麼，探長先生？」霍夫曼謹慎地問道。

「柏翠門是如何控制職員？真是棒極了！那個——叫什麼名字來著——亨利，他看起來像個大公或大主教，我不知道比較像哪一種。儘管如此，他卻親自服侍你茶水和鬆餅……絕好的鬆餅！真是一次難忘的經歷。」

「您喜歡放很多牛油的鬆餅，對吧？」

霍夫曼先生反感的目光在老爹圓胖的身子上停留了一會兒。

「我想您能看出來我的確喜歡，」老爹說，「好了，我不再耽誤您的時間了。我想您必定忙著接管、投標，或這一類的事。」

「啊，假裝對這些事一無所知實在讓您見笑了。不，我不忙。我不太讓生意吸引我的注意力。我的品味很簡單。我生活簡單，有閒暇……我喜歡種玫瑰，我和家人住一起，我很愛他們。」

「真是太理想了，」老爹說，「希望我也能過這樣的生活。」

霍夫曼先生笑了笑，然後笨拙地站起來和他握手。

「希望您很快找到失蹤的神父。」

「哦！那沒問題。很抱歉我沒把意思表達清楚，他已經找到了……真的是失蹤案。讓汽車給撞了，得了腦震盪，就那麼簡單。」

老爹走到門邊，又轉身問道：「順便問一下，塞奇威夫人是您公司的董事嗎？」

「塞奇威夫人？」霍夫曼想了一會兒。「不是。她為什麼會是呢？」

「嗯，聽說的……只是個股東？」

「我……是的。」

「好吧，再見，霍夫曼先生。非常感謝您。」

老爹回到警察局後直接去找副局長。

「霍夫曼兄弟是操縱柏翠門旅館的人……從財務上。」

「什麼？是那兩個無賴？」羅納問道。

「對。」

「他們這點做得很隱祕。」

「是的。羅伯特・霍夫曼一點都不喜歡我們發現這點。他當時很震驚。」
「你說了些什麼？」
「哦，我們自始至終都非常的正式，而且客氣。他試圖——不是太明顯——探出我是怎麼找出來的。」
「我想，你沒有稱他的心。」
「當然沒有。」
「你為了去見他，找了什麼樣的藉口？」
「我什麼也沒說。」老爹說。
「他不覺得這有點奇怪嗎？」
「我想是的。總之，我覺得那樣子逗弄他倒是個不錯的方法，長官。」
「要是霍夫曼兄弟操縱這一切，那就能說明很多問題。他們自己從不牽扯進任何卑鄙的事情，不會的！他們不策畫犯罪，但他們提供經費！」
「威廉負責和瑞士那邊的銀行打交道。他操縱著戰後那些外匯訛詐……我們知道這點，但找不到證據。這兄弟倆控制著大量的金錢，他們用這些錢來支持各種各樣的企業……有些是合法的，有些不是。但他們非常小心，他們熟知這種行當的任何伎倆。羅伯特的鑽石買賣就很能說明這點……但這勾畫出一幅暗示性的景象：鑽石、存款收益，還有房地產……俱樂部、文化中心、辦公大樓、酒店、旅館……表面上都是別人所擁有的。」

「你認為霍夫曼是這一系列搶劫的策畫者嗎？」

「不，我認為這兩個只處理財務上的事。不，我們必須到別的地方尋找策畫者。在某個地方有個絕頂聰明的人在操縱著。」

# ／20

那天晚上，大霧突然降臨倫敦。戴維探長豎起外套領子走進龐德街。他慢慢走著，像一個正在想著事情的人。

他看起來並不像有什麼特別的目的，但任何了解他的人都會知道，他的大腦是完全警覺的。他正在潛行，就像貓在撲向獵物之前那樣。

今晚龐德街非常安靜，沒什麼車。開始時霧還是一片一片的，後來幾乎散去，接著又加深了。從帕克巷傳來的車輛噪音降到郊區偏僻公路上的程度。大部分的公共汽車都停開了，只是時不時有私人轎車仍以堅決樂觀的態度繼續趕路。戴維探長拐上一條小巷子，走到盡頭又返回。他再次拐彎，彷彿毫無目的，先走這條路，接著又走另一條路。但他不是沒有目的的。實際上，他這樣貓一般的潛行，是繞著一個特定的建築物轉圈子……柏翠門旅館。

他正在仔細查看它的東邊有什麼、西邊有什麼、南邊有什麼、北邊有什麼。他查看停在人行道旁的車輛，檢查停在小巷裡的車輛。他格外仔細地查看著某條街道。有一輛車特別使他產生興趣，於是他停了下來。他撮起嘴唇輕聲說：「啊，你又在這兒了，美人。」他查看一下車號，點點頭。「今晚是FAN2266，是嗎？」他彎下腰，用手指小心地摸著車牌，然後讚賞地點點頭。「他們做這東西的手藝倒不錯。」他低聲說。

他繼續前行，從街道的另一端出去，向右拐，再右拐，便又一次出現在龐德街上，距柏翠門旅館的大門五十碼。又一次，他停了下來，欣賞著另一輛賽車的優美線條。

「你也是個美人，」戴維探長說，「你的車牌號碼與我上次見到你時一模一樣。我還以為你的車牌總是一樣。而這意味著……」他停了下來。「意味著什麼嗎？」他嘟囔著。他向上望著天空。「霧變得愈來愈重了。」他自言自語。

柏翠門旅館的大門外，愛爾蘭門衛正站在那裡使勁地前後甩著手臂，以便使自己暖和起來。戴維探長跟他道聲晚安。

「晚安，先生。真是個討厭的夜晚。」

「沒錯。我想若非不得已，今晚不會有誰想出門。」

大門被推開，出來一位中年女士，她遲疑地在台階上停住了。

「想要輛計程車嗎，夫人？」

「哦，天啊。我本來打算步行的。」

「我要是您的話就不，夫人。這霧非常令人討厭。即使是坐計程車，出門也不太容易。」

「你覺得你能幫我找輛計程車嗎？」這女士疑惑地問道。

「我盡力而為。您現在先去裡邊暖和一下，我要是叫到車就進去告訴您。」他的聲音變了，語氣含著勸說。「除開您非出去不可，夫人，今晚我是根本不會出門的。」

「哦，天啊，也許你是對的。但是切爾西的一些朋友等著我去。我不知道……回到這裡一定非常困難。你覺得呢？」

邁克．戈爾曼取得了主動。

「我要是您的話，夫人，」他堅決地說，「我就進去給您的朋友打電話。像您這樣的女士，在大霧之夜出去是不大好的。」

「嗯……真的，對，嗯，也許你是對的。」

她又回到旅館裡去了。

「我得照顧她們，」邁克．戈爾曼轉向老爹解釋說，「那樣出去，她的手提包會被人搶的，一定會的。這個時候在大霧中出去，在切爾西、西肯辛頓或不管她打算去的什麼地方轉來轉去，太危險了。」

「我想你應付上了年紀的女士非常有經驗，是嗎？」戴維探長說。

「啊，是的，的確是。對她們來說，這地方是外面的家。願上帝保佑這些日漸衰老的人們吧。您呢，先生，您打算要輛計程車嗎？」

「我即使要，我想你也不能為我找到一輛，」老爹說，「這地方好像沒多少計程車經過。這也難怪。」

「啊，不，我向您保證能弄到一輛。通常會有個計程車司機把車停在轉角那兒，在那裡熱身，並喝點什麼抵擋寒氣。」

「計程車對我沒什麼用處。」老爹嘆息一聲說。他伸出大拇指指著柏翠門旅館。「我得到裡面去。我還有工作要做。」

「真的嗎？還是那失蹤的卡農？」

「不是。他已經給找到了。」

「找到了？」這人盯著他。「在哪裡找到的？」

「出了交通事故，得了腦震盪，在外四處漂泊。」

「啊，那可以預料得到。我想，一定是過馬路的時候沒看車。」

「好像是這個原因。」老爹說。

他點點頭，然後推動大門走進旅館。今天晚上入口大廳裡的人不是太多。他看到瑪波小姐坐在火爐旁的一把椅子上，瑪波小姐也看到他了。然而，她並沒有表現出來。他走向櫃檯。戈林奇小姐像往常一樣坐在她的登記簿後面。看到他——他這樣認為——她有點驚惶失措。這只是個很不明顯的反應，但他注意到了。

「你應該記得我，戈林奇小姐，」他說，「我幾天前來過這裡。」

「是的，我當然記得您，探長先生。您還想知道點什麼嗎？您想見漢合斯先生？」

「不，謝謝，我想沒那必要。如果可以的話，我還想再看看你們的登記簿。」

「當然可以。」她把登記簿推向他。

他打開它，慢慢地、一頁一頁地往下看。在戈林奇小姐眼裡，他好像是在找一個特定的人選。而實際上並不是這樣。老爹年輕時就學會了一種技巧，這種技巧現在已經發展為一門高度嫻熟的藝術。他能完整無缺像照片一樣記住姓名和地址。他能將這種記憶保持二十四甚至四十八個小時。他搖搖頭，闔上登記簿後還給她。

「我想，卡農・賓尼神父沒有再住進來？」他輕聲說道。

「卡農・賓尼神父？」

「你知道他已經出現了嗎？」

「不知道。沒有人告訴過我。在哪裡？」

「鄉下的一個地方。看起來是讓汽車撞了。沒人向我們報告。有兩個好心的撒馬利亞人把他接回家並照顧他。」

「哦！我很高興。是的，我真的非常高興。我還為他擔心呢。」

「他的朋友們也曾為他擔心，」老爹說，「實際上，我原想看看現在他們之中還有誰可能住在這裡。一位副主教什麼的，我現在記不得他的名字，但看到時就會知道。」

「湯姆林森？」戈林奇小姐說，她想提供一點幫助。「他下週來，從索茲伯里。」

「不，不是湯姆林森。嗯，這沒關係。」

他轉身走了。

今晚入口大廳裡靜悄悄的。

一個看起來像禁欲主義者的中年男子，正在仔細閱讀一篇打得亂七八糟的論文，他不時在紙邊的空白處寫幾句批註，字寫得又小又潦草，幾乎辨認不出來。每次下筆時，他都露出滿意而奸詐的微笑。

有幾對結婚多年不需太多交談的夫妻；不時地有幾個人因天氣狀況而聚集到一起，焦急地討論他們或一家人怎麼去他們想去的地方。

「我打電話請蘇姍不要開車來……因為在霧中開上高速公路太危險……」

「據說米德蘭平原的霧要薄一點。」

戴維探長經過這些人的時候，一邊注意著他們。他不快不慢、看上去像沒什麼目的似地走到他的目標跟前。

瑪波小姐正坐在火爐附近，看著他走上前來。

「啊，你還在這兒，瑪波小姐。我很高興。」

「我明天離開。」瑪波小姐說。

這個事實，在一定程度上，可從她的姿態中得到暗示。她緊張地挺著上身坐著，就像人們坐在機場候機室或火車站的候車室一樣。她的行李，他相信，已經打點好了，只要把盥洗用品和睡衣放進去就行。

「我兩星期的假期結束了。」她解釋說。

「我希望你過得不錯。」

瑪波小姐沒有馬上回答。

「從某種意義上說，是過得不錯……」她停住了話頭。

「從另一種意義上說，過得不好？」

「很難解釋我的意思……」

「你是不是太靠近火爐了？這裡太熱了點。你想挪個地方嗎……那個角落如何？」

瑪波小姐看看他指的那個角落，然後看著戴維探長。

「我想你說得很對。」她說。

他伸手幫她站起來，拿著她的手提包和書，然後讓她安坐在他建議的一個安靜角落。

「怎麼樣？」

「很好。」

「你知道我為什麼提出這個建議嗎？」

「你覺得——真是太好心了——火爐邊對我來說太熱了。而且，」她接著說：「我們在這兒談話不會有人聽到。」

「你有什麼想告訴我的嗎，瑪波小姐？」

「你為什麼這樣認為？」

「你看上去好像是有什麼事。」戴維說。

「很抱歉我表現得這麼明顯，」瑪波小姐說，「我並不想這樣。」

「那，是什麼事？」

「我不知道我是否應該這樣做。請相信我，警官先生，我並不太喜歡干涉別人的事情，我反對干涉他人事務。儘管通常都是出自好心，但往往產生很大的危害。」

「是那樣的，不是嗎？我能理解。是的，對你來說，這是個難題？」

「有時候你看到人們在做些你覺得不明智……甚至是危險的事情。但你有權利干涉嗎？我想是沒有的。」

「你談的是卡農・賓尼神父嗎？」

「卡農・賓尼神父？」看上去瑪波小姐非常吃驚。「哦，不是的。哦，不是的，與他沒有關係。那和……一個女孩有關。」

「一個女孩，真的嗎？你認為我能幫上忙嗎？」

「我不知道，」瑪波小姐說，「我一點都不知道。但是我很擔心，非常擔心。」

老爹沒有逼迫她。他坐在那兒，看上去碩大、舒坦而且相當愚蠢。他讓她從容一點。她曾盡她所能幫助他，而他也很樂意盡最大努力去幫助她。也許……不太有用，但是，誰也說不準。

「報紙上有許多……」瑪波小姐清楚地小聲說道，「犯罪事件的報導，關於年輕人及

『需要關懷和保護』的兒童和女孩。我想這只是個法律上的術語，但它可能意味著什麼。」

「你提到的這個女孩，你覺得她需要關懷和保護嗎？」

「對。我是有這樣的感覺。」

「是個孤兒嗎？」

「哦，不是的，」瑪波小姐說，「很大程度上不是，如果我能這樣說的話。從表面上看，她受到非常嚴密的保護和非常周到的關懷。」

「聽起來很有趣。」

「她住在這個旅館裡，」瑪波小姐說，「我想是和一位卡彭特太太一起。我在登記簿裡查看了姓名，女孩名叫艾薇拉·布萊克。」

老爹馬上產生了興趣，他抬起頭。

「她是個可愛的女孩。很年輕，非常年輕，正如我所說的，是受到關懷和保護的。她的監護人叫作拉史肯上校，一個很不錯的人，相當有魅力。當然是上了年紀，不過恐怕極為天真。」

「女孩還是監護人？」

「我指的是監護人，」瑪波小姐說，「我不了解那女孩。但我真的認為她處於危險之中。我非常偶然地在貝特西公園裡碰到她。她和一名年輕人坐在公園裡的一個茶鋪。」

「哦，是那樣嗎？」老爹說，「我想他一定是個不受歡迎的人。嬉皮、騙子、暴徒……」

「一個很英俊的男人，」瑪波小姐說，「不是那麼年輕。三十多歲，我想是對女人來說很有吸引力的男人，但他的臉相很糟糕，冷酷，貪婪，奸詐。」

「他可能並不像看上去的那麼壞。」老爹安慰她說。

「他只可能比看上去的還要壞，」瑪波小姐說，「我對這一點深信不疑。他開著一輛大賽車。」

老爹迅速抬起頭。

「賽車？」

「對。我有幾次看到它停在旅館附近。」

「你不會記得它的車牌號碼吧？」

「不，我記得。FAN2266。我有個口吃的表妹，」瑪波小姐解釋說，「我就是這麼記住的。」

老爹露出困惑的表情。

「你知道他是誰嗎？」瑪波小姐問。

「事實上，我知道他，」老爹慢慢說道，「一半法國血統，一半波蘭血統，非常出名的賽車手，三年前是世界冠軍。他名叫拉迪斯洛．馬利諾斯基。你對他的一些看法非常正確。他和女人的關係名聲不好。也就是，對一個年輕女孩而言，他不是個合適的朋友。但對這樣的事情很難採取任何行動。我想她是偷偷去見他的，對吧？」

「必定是的。」瑪波小姐說。

「你和她的監護人接觸過嗎？」

「我不大了解他，」瑪波小姐說，「只是有一次，我們一位共同的朋友把我介紹給他。我不希望像散布謠言般地去找他。我不知道你們是不是可以用某種方式採取行動。」

「我可以試試，」老爹說，「順便說一句，你可能會很高興知道你的朋友——卡農·賓尼神父——又出現了。」

「真的！」瑪波小姐看上去有了生氣。「在哪兒？」

「一個叫作米爾頓聖約翰的地方。」

「真是奇怪。他在那兒幹什麼？他自己知道嗎？」

「從表面上看……」戴維探長拉長聲音以示強調。「他出事了。」

「什麼樣的事故？」

「被汽車撞了，得了腦震盪。當然，可能是別的原因，像頭部遭受重擊。」

「哦，我明白了。」瑪波小姐考慮著這個問題。「他自己不知道嗎？」

「他說……」探長又強調這個字。「他什麼也不知道。」

「很不尋常。」

「可不是嗎？他記得的最後一件事是，坐計程車去肯辛頓機場。」

瑪波小姐困惑地搖搖頭。

「我知道，得了腦震盪的確會發生這種情形，」她喃喃地說，「他沒說任何……有幫助的事？」

「他嘟囔著說了些與『耶利哥之牆』有關的事情。」

「約書亞？」瑪波小姐猜測說，「要嘛是考古、發掘物，要嘛……我記得，是很早以前的一部戲……我想是蘇特羅先生寫的。」

「這個星期，泰晤士河以北地區都在上演戈蒙特影業公司的影片《耶利哥之牆》，由奧爾加·拉德本和巴特·萊文主演。」老爹說。

瑪波小姐疑惑不解地看著他。

「他可能在克倫威爾路看過那場電影。他可能十一點出來，回到這裡……但如果是這樣的話，一定會有人看到他，那時候近午夜了……」

「坐錯了車，」瑪波小姐提示說，「那樣的事情……」

「如果他半夜之後回到這兒，」老爹說，「他就可能走上樓，到他的房間，沒讓任何人看到。但如果是這樣，接下來又發生了什麼呢……他為什麼在三小時之後再次出門呢？」

瑪波小姐在尋找合適的回答。

「我想到的唯一答案是……噢！」

外面大街上傳來一聲巨響，使她嚇了一跳。

「汽車逆火了。」老爹安慰道。

「很抱歉這麼神經兮兮的，我今晚特別緊張，一種莫名其妙的感覺⋯⋯」

「是預感會發生什麼事情嗎？我想你用不著擔心。」

「我從來就不喜歡霧。」

「我想告訴你，」戴維探長說，「你給了我很多幫助。你在這裡注意到的事，雖然只是些小事，但都很合情合理。」

「那麼說，這地方真有過什麼問題？」

「這裡發生過問題，現在仍然有問題。」

瑪波小姐嘆了口氣。

「它開始看上去還很了不起，你知道，沒什麼變化，就像回到過去一樣⋯⋯過去那一段人們熱愛並享受過的時代。」她停了停。「可是當然啦，它也並不真的如此。我理解到（我還以為我已經知道了呢），人們永遠不能回到過去，甚至不應該試圖回到過去⋯⋯生活的本質就在於進步。生活真的是條單行道，不是嗎？」

「差不多。」老爹同意道。

「我記得，」瑪波小姐說，她很有技巧地岔開主要話題。「我和母親、外婆在巴黎的時候，我們去艾麗榭飯店喝茶。我外婆向四周看看，突然說道：『克拉拉，我真的認為我是這裡唯一戴著圓軟帽的女人！』她真的是！回家之後，她把所有的圓軟帽都給打點好（還有帶帽子的斗篷），然後把它們都送走了⋯⋯」

「送到舊衣物慈善義賣處？」老爹關切地問。

「哦，不是的。舊衣物義賣處沒有人需要這些東西。她把它們送到一家劇院了。他們非常欣賞。讓我想想……」瑪波小姐又找到了方向。「我本來在說什麼？」

「分析這個地方。」

「對。它看起來不錯，但其實未必。它很混亂，真實的人和不真實的人你很難區分開。」

「你說不真實是什麼意思？」

「有些是退休軍人，但也有些看起來像軍人，卻從未在軍隊待過；不是牧師的牧師，從未在海軍裡待過的艦隊司令和海軍少校。我的朋友，賽利納．哈茨……開始我還覺得好笑，她怎麼總是那麼急切地認出她認識的人（當然，這很自然），而她又經常鬧笑話，因為他們都不是她所認為的那些人。但這發生得太頻繁了，於是我便開始懷疑。即使是羅絲，那個女服務生，這麼好的人……我都開始以為她或許也不是真實的。」

「如果你有興趣知道的話，她曾經是個演員，不錯的演員。這兒的薪水比她當演員的時候還要多。」

「可是，為什麼會這樣呢？」

「作為一種裝飾吧。也許還有其他原因。」

「我很高興就要離開這裡了，」瑪波小姐說。她微微地顫抖了一下。「在發生任何事情之前。」

戴維探長好奇地看著她。

「你想會發生什麼事？」他問道。

「某種邪惡的事。」瑪波小姐說。

「邪惡是個相當廣泛的字眼……」

「你覺得這太誇張了嗎？但我有些經驗，和……經常地和謀殺聯繫在一起。」

「謀殺？」戴維探長搖搖頭。「我不覺得有謀殺。這裡只是一群天才罪犯的安樂窩。」

「那是另外一回事。謀殺和企圖謀殺，是非常不同的事。謀殺……該怎麼說呢？它背叛上帝。」

他看著她，輕輕搖著頭表示安慰。

「不會有謀殺。」他說。

突然一聲巨響，比開始那聲還高的巨響從外面傳來；接著是一聲尖叫和另一聲巨響。

戴維探長站起來，以令人吃驚的速度移動碩大的身軀。幾秒鐘之後，他就穿過旅館大門來到大街上。

§

尖叫聲……一個女人的尖叫聲，帶著恐懼刺破迷霧。戴維探長沿著龐德街向尖叫聲傳來的方向衝過去。他隱隱約約辨認出靠著欄杆的一個女人身影。十幾步之後，他就到了她身邊。她穿著一件淺色毛領長大衣，閃閃發亮的金色頭髮從兩邊臉上向下垂著。有一陣子，他還以為他知道她是誰，接著他意識到這只是個瘦小的女孩。一個穿著制服的人蜷縮在她腳邊的人行道上。戴維探長認出他了，那是邁克．戈爾曼。

戴維走到女孩跟前，她死死抓著他，渾身發抖，結結巴巴地說著不連貫的話。

「有人想殺我……有人……他們向我開槍……如果不是他……」她向下指著腳邊一動不動的軀體說，「他把我推向身後擋在我前面，接著第二顆子彈飛來……於是他倒下……他救了我的命，我想他受傷了，傷得很厲害……」

戴維探長跪下一條腿，手電筒拿在手中。高大的愛爾蘭門衛像個戰士般倒下。他上衣的左邊有溼溼的一塊，隨著鮮血不斷湧出滲透到衣料裡，這一塊變得愈來愈潮溼。戴維翻起他一隻眼皮，又摸了摸手腕。他重新站起來。

「子彈打得太正了。」他說。

女孩大哭起來。

「你是說他死了？哦，不，不，他不能死！」

「向你開槍的是誰？」

「我不知道……我把車停在轉角處，正沿著欄杆摸索前行……我要去柏翠門旅館。接著突然有人開槍，一顆子彈從我耳邊飛過，然後……他，柏翠門旅館的門衛……沿著馬路向我跑過來，把我推向身後，接著另一槍打過來……我想，我想不管是誰，他必定是躲在那邊的區域。」

戴維探長順著她指的方向看過去。在柏翠門旅館的那一端，大街的水平線之下有一片廢地，從一扇門進去，再下幾級台階就可以到達。那裡只有幾間庫房，大部分面積沒有利用。但是藏一個人還是輕而易舉。

「你沒有看到他嗎？」

「沒看清楚。他像影子一樣從我身邊一掠而過。都是因為這場大霧。」

戴維點點頭。

女孩開始歇斯底里地啜泣起來。

「但誰想殺死我呢？為什麼有人想殺死我？這是第二次了。我不明白……為什麼……」

戴維探長一隻手摟著女孩子，另一隻手在衣袋裡摸索著。

刺耳的警哨聲穿過迷霧。

§

在柏翠門旅館的入口大廳裡，戈林奇小姐猛然從櫃檯抬起頭來。

幾位客人也抬起了頭。只有年紀大的和耳朵不好的沒有反應。

亨利正要把一杯陳年白蘭地放到桌子上，這時也停止動作，就這樣手中拿著酒呆站著。

瑪波小姐坐直了身子，雙手緊抓著椅子的扶手。一位退休的艦隊司令嘲弄地說：「事故！我想是汽車在大霧中相撞了。」

朝向大街的旅館大門被人推開，進來的是一個警察模樣的人，看起來比實際生活中大了許多。

他正架著一個穿著淺色毛領大衣的女孩。她幾乎不能行走。警察有點難堪地環顧四周尋求幫助。

戈林奇小姐從櫃檯後走出來，準備處理。但就在這時，電梯下來了，出現一個高大的身影。於是女孩搖晃著身子掙脫警察的扶持，發瘋似地跑過入口大廳。

「媽媽，」她哭喊著，「哦，媽媽，媽媽……」

她抽泣著撲到貝施·塞奇威的懷中。

# ／21

戴維探長回到自己的椅子上坐好，打量著坐在對面的兩個女人。已經過了半夜，警察來來去去忙碌了好一陣子，有醫生、採指紋人員，還來了輛救護車將屍體運走。現在一切都集中到這間柏翠門旅館貢獻出來做辦案用途的房間裡。戴維探長坐在桌子的一邊。貝施．塞奇威和艾薇拉坐在另一邊，另一個警察坐在牆邊做記錄。沃德爾警佐坐在房門附近。

老爹若有所思地看著面前的兩個女人，母親和女兒。他注意到，表面上看起來她們倆非常相似。他明白了在大霧中他怎麼會把艾薇拉認作是貝施．塞奇威。但是現在，看著她們，他覺得不同之處比相同之處更為明顯。除了膚色，她們並不是太相像。但他有一種強烈的印象，這是一個人的兩種不同版本：積極的和消極的。貝施．塞奇威是積極的，她具活力、精力以及磁性般的吸引力。他崇拜塞奇威夫人，一直都崇拜她。她崇拜她的勇氣，並總是為她的英勇事蹟而激動不已。他以前看《週日新聞》的時候總說：「她這樣遲早會出事。」但她卻每每化險為夷；他認為她不可能成功，但她成功了。他尤其崇拜她那堅不可摧的個性。她碰到過一次飛機失事，幾次汽車相撞事故，兩次重重地從馬背上摔下來，但不管怎麼樣，她此刻就在這裡，生氣蓬勃，精力充沛，一個每時每刻都讓人側目的人物。他對她佩服得五體投地。總有一天，必定的，她會遭受慘敗。你只能過著某段受魔力保護的生活。他的視線從母親移到女兒身上。他覺得奇怪，非常奇怪。

在艾薇拉・布萊克身上，他認為，一切都是深藏不露。貝施・塞奇威是透過把意志力強加於生活之上而生活著。艾薇拉，他猜測道，有一種不同的生活方式。他想，她服從，她聽話，她溫順地微笑著，但在那背後，他想道，她總從你的指尖溜過。「狡猾，」他心裡說，進行評價。「我想這是她能夠成功的唯一方法。她不可能厚著臉皮行事，也不可能強迫自己。我想這就是為什麼照看她的人，從來就沒想過她可能會幹什麼壞事。」

他想知道，在這麼深沉的霧夜，她從大街上溜回柏翠門旅館之前在幹些什麼。他打算立即向她提問，但又覺得答案不可能是真的。「那是這可憐的孩子……」他想道，「保護自己的唯一方法。」她來這兒，是為了見她媽媽或是找她媽媽？極有可能，但他並不這樣認為，自始至終都不相信這點。相反地，他想到了隱匿於角落的那輛大賽車，車號為FAN2266的那輛車。拉迪斯洛・馬利諾斯基一定在附近的某個地方，因為他的車在那兒。

「好了，」老爹非常關心且像慈父般對艾薇拉說，「嗯，你現在感覺怎麼樣？」

「我沒事。」艾薇拉說。

「很好。如果你沒事，我想讓你回答幾個問題。因為你知道，對這樣的事情，時間尤為重要。你被開了兩槍，一個人被殺。我們希望得到足夠的線索，找出殺害他的人。」

「我會告訴您我所知道的一切，但這一切都來得太突然了，而且在大霧中看不到任何東西。我自己都不知道是誰，甚至他長得怎麼樣。所以，這實在太可怕了。」

「你說過這是第二次有人想殺死你。這是不是說，你以前還有一次經驗？」

「我這樣說了嗎？我記不得了。」她的眼睛不安地轉動著。「我想我沒那麼說。」

「哦，你知道，你說過。」老爹說。

「我只是有些……歇斯底里。」

「不，」老爹說，「我想你不是。我認為你說的時候是認真的。」

「我可能是在胡思亂想，」艾薇拉說，她的眼睛又望到一邊去了。

貝施．塞奇威動了動身子，她輕聲說：「你最好告訴他，艾薇拉。」

艾薇拉迅速而不安地看了她媽媽一眼。

「你不用擔心，」老爹安慰地說，「我們當警察的都很清楚，女孩子不會把任何事都告訴母親或監護人。我們對那些事情不會追究，但我們必須了解。因為你知道，它們對案情會有幫助。」

貝施．塞奇威說：「是發生在義大利嗎？」

「是的。」艾薇拉說。

老爹說：「你曾在那裡上過中學，是嗎？是個儀表進修學校……不知道現在人們怎麼叫法？」

「是的。我是在康泰莎．馬蒂內利中學。我們總共有十八到二十個人。」

「你認為有人試圖殺死你。事情的經過是怎麼樣？」

「嗯，有人送給我一大盒巧克力和糖果之類的東西，並附有一張卡片，上面用花稍的字體寫著一句義大利語。上面寫著『送給最美麗的小姐』，反正是這樣的話。我和我的朋友們，嗯，我們為此大笑一番，不知道是誰送來的。」

「那是郵寄來的嗎？」

「不，不是的，不可能是郵寄來的，它就放在我的房間裡。一定是有人把它放進去的。」

「我明白了。我想是賄賂了一個服務生。我猜你沒有讓那個叫作康泰莎什麼的來處理這件事，對吧？」

艾薇拉的臉上露出一絲微笑。

「沒有，沒有。當然沒有。不管怎樣，我們打開了盒子，那些巧克力都非常可愛。你知道，有好多種，還有一些紫羅蘭奶油巧克力。那是一種頂上有朵結晶紫羅蘭的巧克力，我最喜歡的那種。所以我理所當然地先吃了幾個。後來到了晚上，我覺得很難受。我並沒有想到是巧克力的原因，我想也許是晚飯的時候吃了什麼。」

「有別人覺得難受嗎？」

「沒有，只有我。嗯，我非常不舒服，但到第二天晚上又沒事了。然後過了一兩天，我又吃了一塊同樣的巧克力，同樣的事情又發生了。於是我和布里姬談起這件事。布里姬是我最要好的朋友。我們看了看巧克力，發現紫羅蘭奶油巧克力下面都有一個堵起來的洞，所以我們認為有人在裡面下了毒，而且他們專往紫羅蘭奶油巧克力裡放，這樣吃這些巧克力的就只可能是我了。」

「別人都沒覺得不舒服？」

「沒有。」

「這麼說，沒別人吃那些紫羅蘭奶油巧克力？」

「沒有，我想她們不會吃。要知道，那是我的禮物，而且她們知道我喜歡那種紫羅蘭花樣的，所以她們會把那些留給我。」

「那傢伙冒了一次險……不管他是誰，」老爹說，「因為整個地方的人可能都會中毒。」

「荒唐，」塞奇威夫人猛然說道，「真是太荒唐了！我從來沒聽說過這麼歹毒的事情。」

戴維探長做了個輕微的手勢。

「請不要插話。」他說，然後接著對艾薇拉說：「我發現這非常有意思，布萊克小姐。你還是沒有告訴那個叫康泰莎的？」

「哦，沒有，我們沒告訴她。她會大驚小怪。」

「你們怎麼處理那些巧克力？」

說。

「把它們給扔了，」艾薇拉說，「那些巧克力真是可愛。」她帶著如釋重負的口氣補充說。

「你沒試圖找出送巧克力的是誰？」

艾薇拉露出難為情的樣子。

「嗯，你知道，我想可能是吉多。」

「是嗎？」戴維探長高興地說，「吉多是誰？」

「哦，吉多……」

艾薇拉停了停，她看著母親。

「別傻了，」貝施．塞奇威說，「和戴維探長談談吉多，不管他是誰。像你這個年齡的女孩子，生活中都有個吉多。我猜，你是在哪裡遇上他的？」

「是的。我們坐同一班車去看戲，他和我說話，是個不錯的人，很有吸引力。上課的時候我經常見到他。他常給我遞紙條。」

「我想，」貝施．塞奇威說，「你是不是撒了許多謊，並且與一些朋友串通好，這樣你就能出去見他？是這樣的嗎？」

看起來這種直截了當的坦白，使艾薇拉放鬆了。

「有時候是吉多想辦法……」

「吉多的名字是什麼？」

「我不知道，」艾薇拉說，「他從未告訴我。」

戴維探長衝她笑笑。

「你的意思是，你不打算告訴我們？沒關係。如果這真有關係，沒有你的幫助，我們也能夠一字不差查出來。但你為什麼認為這個年輕人——他可能喜歡你——會想害死你？」

「哦，因為他經常發出這樣的威脅。我是說，我們常吵架。他總帶些朋友和他一起，而我假裝比較喜歡他們，這樣他就變得非常非常瘋狂和憤怒。他說我這樣做最好小心點，說要是我對他不忠，他就殺了我！我才不怕他呢，我認為，他這樣太誇張也太戲劇性了。」艾薇拉突然出乎意料地笑了。「但這相當有趣。我覺得那都不是真的，也不是認真的。」

「嗯，」戴維探長說，「我覺得，這麼一個如你所描述的年輕人，似乎不可能真的在巧克力裡下毒，然後給你送去。」

「嗯，我也是這麼想，」艾薇拉說，「但一定是他，因為我想不出還有誰。那使我略感不安。然後，回到這裡之後，我收到一個便條……」她打住了話。

「什麼樣的便條？」

「它是裝在信封裡寄來的，而且是打印出來的。上面寫著：『小心，有人想殺你。』」

戴維探長的眉毛揚了揚。

「真的嗎？非常奇怪，是的，非常奇怪。它使你不安。你害怕嗎？」

「是的。我開始……開始懷疑是誰想要我的命，所以我便想辦法查明我是不是真的非常富有。」

「接著說。」

「然後，幾天前在倫敦又發生了另外一件事。我正在地鐵站裡，站台上有很多人。我想有人企圖將我推向鐵軌。」

「我親愛的孩子！」貝施．塞奇威說，「不要亂說。」

老爹再次做個輕微的手勢。

「是的，」艾薇拉帶著歉意說，「我希望這些都是我想像出來的，我不知道……我的意思是，今晚發生這樣的事情之後，這一切看來好像都是真的，不是嗎？」她突然轉向貝施．塞奇威，急切地說：「媽媽，你可能知道吧？是不是有人想殺死我？可能有這樣的人嗎？我有仇人嗎？」

「你當然沒有仇人，」貝施．塞奇威不耐煩地說，「別傻了，沒人想殺死你。他們為什麼要這樣呢？」

「那今晚是誰向我開槍的呢？」

「在這樣的大霧裡，」貝施．塞奇威說，「你可能被誤認為是別的人。那是可能的，不是嗎？」她對老爹說。

「是的，我想這很有可能。」戴維探長說。

貝施．塞奇威專注地看著他。他感覺她的嘴唇蠕動著說「接著說」。

「好吧，」他愉快地說，「我們現在靜下心來討論別的事情。你今晚是從哪裡回來的？在這樣的大霧之夜，你走在龐德街上幹什麼？」

「我今天上午去塔特上藝術課，然後和我的朋友布里姬去吃午餐。她住在昂斯洛廣場。我們去看了場電影，等我們出來時，大霧已經降臨了……很濃，而且愈來愈厚。於是我想，我最好還是別開車回家。」

「你開車？」

「是的，我去年夏天參加了駕駛考試。可是，我的車開得並不好，不喜歡在霧天開車。所以布里姬的母親說我可以在那兒過夜，於是我給麥珠表姐打電話，我在肯特時是住在她那兒……」

老爹點點頭。

「我說我打算在那兒過夜，她說那樣才對。」

「然後呢？」老爹問道。

「然後，霧似乎突然變少了。你知道，霧總是一片一片的。於是我說，我還是開車去肯特。我向布里姬道別便動身了，但是不久霧又來了。我很不喜歡。我遇上了一片很濃的霧便迷了路，不知道自己在什麼地方。過了一會兒，我意識到我是在海德公園拐角處，我心裡想：『這麼大的霧，我怎麼也到不了肯特。』起初，我想我還是回到布里姬家，但我又馬上想到，我已經不知道路該怎麼走了。然後我發覺我離這家旅館非常近，我從義大利回來的時候，德里克叔叔帶我在這兒住過，於是我想：『我去那兒吧，我相信他們能給我一個房間。』那應該很容易。我找到一個地方把車子停好，然後回到大街上，向旅館走來。」

「你碰到什麼人或者聽到附近有人走動嗎？」

「您這樣說很有趣，因為我的確聽到背後有人走動。當然了，一定有許許多多的人在倫敦往來奔波。但在這樣大的霧裡，那會使你感到緊張。我停下來聽聽，但聽不到任何腳步聲，我便以為這些都是我想像的。那時我離旅館已經很近了。」

「然後呢？」

「然後，突然有人開了一槍。我跟你說過，子彈好像就從我耳邊飛過。站在旅館外邊的門衛向我跑過來，把我推到他身後，然後……然後，又一顆子彈打來……他……他倒下了，我則叫起來。」此時她渾身發抖。

「穩住，孩子。」貝施以一種低沉而堅定的聲音說，「穩住。」

這種聲音是貝施．塞奇威用於駕馭馬匹的，但用於她的女兒也一樣有效。艾薇拉衝她眨了眨眼，稍稍挺直了身子，便又平靜下來。

「好女孩。」貝施說。

「然後您過來了，」艾薇拉對老爹說，「您吹響哨子，告訴警察把我帶到旅館裡。我一進來，就看到了……就看到了媽媽。」她扭頭看著貝施．塞奇威。

「這或多或少給我們提供了最新的情況。」老爹說。他在椅子上稍稍挪動一下身軀。

「你認識一個叫作拉迪斯洛·馬利諾斯基的人嗎？」他問道。

他的語調平靜、隨便、沒有任何明顯的變化。他沒看著那女孩，不過他注意到——因為他的耳朵正以最大限度發揮作用——她急促地輕輕吸了一口氣。他的雙眼沒看著女兒卻看著母親。

「不，」艾薇拉過了一段不算太長的時間說，「我不認識。」

「哦，」老爹說，「我認為你可能認識他。我以為他今晚在這兒待過。」

「是嗎？怎麼說他來過這裡呢？」

「嗯，他的車子在這兒。」老爹說，「所以我覺得他可能在這兒。」

「我不認識他。」艾薇拉說。

「那是我弄錯了，」老爹說，「你應該認識吧？」他扭頭向著貝施·塞奇威。

「那是自然，」貝施·塞奇威說。「我認識他已經很多年了。」她接著說道，並微微地笑了笑。「要知道，他是個瘋子，開車像個天使或者魔鬼……總有一天他會摔斷脖子。他一年半前出過一次嚴重的事故。」

「對，我記得看過這件事的報導，」老爹說，「他到現在還沒有再出場比賽過，是嗎？」

「沒有，現在還沒有，也許他永遠都不會了。」

「您覺得我可以去睡覺了嗎？」艾薇拉可憐巴巴地問道，「我……真的是太累了。」

「當然可以，你一定是累了，」老爹說，「你能想起來的都已經告訴我們了？」

「哦，是的。」

「我跟你一起去。」貝施說。

母女倆一起走了出去。

「她一定認識他。」老爹說。

「您真的這麼認為嗎？」沃德爾警佐問道。

「我知道，她一兩天前還與他在貝特西公園喝過茶。」

「您是怎麼知道的？」

「一個老夫人告訴我的……她覺得非常難過，認為對一個年輕女孩來說，他不是個合適的朋友。他當然不是。」

「尤其是，如果他和這母親……」沃德爾突然敏感地打住了。「這不過是人們的閒言碎語而已……」

「對。可能是真的，也可能不是……很可能是。」

「在這種情況下，他真正追求的是哪一個？」

老爹沒理會這點，他說：「我想把他抓起來，非常想。他的車子在這裡……就在轉角附近。」

「您認為他可能就住在這個旅館裡嗎？」

「我不這樣認為，那說不通。他不該在這裡。如果他來這裡，就是來見這個女孩。我認為，她一定是來和他見面。」

門被推開，貝施．塞奇威又出現了。

「我又回來了，」她說，「因為我想和你談談。」

她看看他，又看看另外兩個人。

「不知道我能不能單獨跟你談談？我已經如實告訴你們我所了解的情況，但我想和你私底下說幾句。」

「那當然可以。」戴維探長說。

他以頭示意一下，於是那年輕的警探拿起記錄簿向外走去，沃德爾也跟著他走了。

「怎樣？」戴維探長說。

塞奇威夫人又在他對面坐下。

「那個毒巧克力的可笑故事，」她說，「簡直是胡說八道，絕對荒謬。我不相信發生過這樣的事。」

「你不相信嗎？」

「你相信嗎？」

老爹懷疑地搖搖頭。

「你認為那是你女兒編造出來的？」

「對。可是為什麼呢？」

「嗯，要是你都不知道為什麼，」戴維探長說，「那我怎麼會知道？她是你的女兒。很可能你知道的比我要多。」

「我對她一點都不了解，」貝施．塞奇威難過地說，「我離開我丈夫時她才兩歲，自那以後我就再沒見過她，和她也沒任何關係。」

「哦，是的。這些我知道。我覺得很奇怪。要知道，塞奇威夫人，只要母親要求，通常法庭是把年幼子女的撫養權交給她的，哪怕在離婚案件中她是應付責任的一方。那時你沒有要求撫養權？你不想要？」

「我想……最好不要。」

「為什麼？」

「我覺得那對她來說……不安全。」

「從道德上說嗎？」

「不，不是從道德上。現在的社會有許許多多的男女私情，子女們都會了解，會隨著這一切而長大成人。不是的，實際上，我不是個可以一起生活的人。我奉行的不是一種安全的生活。人生來就是那樣，你別無選擇。我生來就要過著危險的生活。我不遵守法紀也不循規蹈矩。我想，要是能以一種合適的英國傳統把艾薇拉撫養大，她會生活得更好、更幸福、受人保護、受人照顧……」

「就是缺乏母愛？」

「我想，要是她學會了愛我，那會給她帶來憂傷。哦，你可能不相信，但我就是有這種感覺。」

「我能理解。你仍然認為你是正確的嗎？」

「不，」貝施說，「不了。我現在覺得我可能完全錯了。」

「你女兒到底認不認識拉迪斯洛．馬利諾斯基？」

「我確定她不認識。她這樣說過，你聽到了。」

「我聽她說了，是的。」

「那，又怎麼樣呢？」

「要知道，她坐在這裡的時候非常害怕。做我們這一行的，是不是恐懼看得出來。她很害怕……為什麼呢？不管巧克力那件事是不是真的，一定有人企圖謀殺她。地鐵裡的事就很可能是真的……」

「那是荒唐的，就像驚悚小說一樣……」

「也許吧。但那種事的確會發生，塞奇威夫人，比你想像的還要頻繁。你能跟我說說，誰有可能想殺害你女兒嗎？」

「沒有人……不可能有誰！」她情緒激動地說。

戴維探長嘆口氣，搖了搖頭。

# 22

戴維探長耐心地等梅爾福特太太講完，這次談話沒有收穫。麥珠表姐語無倫次，對什麼都不相信，而且還有點愚鈍……這是老爹私下的看法。聽她敘述艾薇拉楚楚動人的舉止、良好的本性、牙齒上的麻煩以及電話裡講的奇怪藉口，不禁使人懷疑艾薇拉的朋友布里姬是不是一個真正的好朋友。所有這些情況，就像匆忙之中攪拌的布丁一樣，呈現在探長的面前。

梅爾福特太太什麼都不知道，她什麼都沒聽到、什麼都沒看到，而且明顯不做出什麼推斷。

與艾薇拉的監護人拉史肯上校的簡短電話拜訪，更是沒有成果，但幸運的是，他沒有那麼囉嗦。

「都是些中國和尚，」他放下電話對他的警官喃喃地說，「非禮勿視，非禮勿聽，非禮勿言。」

他接著又說：「麻煩之處在於，任何與這女孩有關係的人都太好了……要是你能了解我的意思。一堆好人，對邪惡一無所知。不像我那位老夫人。」

「柏翠門旅館的那位？」

「對，就是她。她有長期的經驗……見識邪惡，幻想邪惡，懷疑邪惡，並勇於與邪惡抗爭。我們看看能不能從她朋友布里姬那裡得到什麼吧。」

布里姬的媽媽在開始、最後，及大部分時間都為這次談話帶來不便。為了單獨和布里姬談話而不用她媽媽幫助，戴維探長使盡了渾身解數。必須承認，布里姬巧妙地幫助了他。

經過一段固定模式的問答，以及布里姬的母親聽到艾薇拉死裡逃生所表述的恐懼之後，布里姬說：「您該去參加委員會的會議了，媽媽。您說過那非常重要。」

「哎呀……」布里姬的媽媽說。

「要知道，沒有您，他們都會不知所措而亂糟糟的，媽媽。」

「哦，他們會的，他們當然會。但是，我也許應該……」

「沒關係，夫人，」戴維探長說，臉上掛起慈父般的神情。「您用不著擔心，儘管走好了。我已經完成了重要的部分。您已經告訴我想知道的一切。我只有一兩個與義大利相關的例行調查，這點我想您的女兒布里姬小姐也許能幫助我。」

「那麼，要是你覺得你可以的話，布里姬……」

「哦，我可以的，媽媽。」布里姬說。

最終，非常匆忙地，布里姬的母親動身去她的委員會了。

「唉，天哪，」布里姬把大門關上，回來時嘆口氣。「真是的！我真的覺得媽媽們很難相處。」

「她們也是這麼跟我說的，」戴維探長說，「我碰到的許多小女孩和媽媽都相處得不大好。」

「我還以為您會說另外一番話呢。」布里姬說。

「哦，是的，是的，」戴維說，「但小女孩可不是這麼想。現在你可以多說一點了。」

「在媽媽面前我真的不能坦白說話，」布里姬解釋說，「但我確實感覺，您對這件事的了解應該愈詳盡愈好，這點非常重要。我的確知道艾薇拉為什麼事而極為擔心害怕。她不願承認她處於危險之中，但她是的。」

「我想也是。當然，我不想在你媽媽面前問你太多。」

「哦，當然，」布里姬說，「我們不想讓媽媽聽到這些。她會感到非常恐懼而去告訴每一個人。我的意思是，如果艾薇拉不想讓這樣的事情被人知道……」

「首先，」戴維探長說，「我想了解一下，你們在義大利時一盒巧克力的事。她好像是收到一盒可能被下了毒的巧克力。」

布里姬的眼睛睜得大大的。

「下了毒？」她說，「不，我並不這樣認為。只是……」

「出了什麼事嗎？」

「哦，是的。來了一盒巧克力，艾薇拉吃了很多，那天晚上她就覺得很不舒服，病得很厲害。」

「但她沒有懷疑是中毒？」

「沒有，可以……哦，對了，她的確說過，有人企圖毒死我們中的一個，於是我們就檢查巧克力，看是不是有什麼東西注射在裡面。」

「有嗎？」

「沒有，」布里姬說，「至少，就我們能看出來的，沒有。」

「也許，你的朋友艾薇拉小姐還是這麼認為？」

「嗯，可能。但她再沒說過。」

「你認為她害怕某個人？」

「當時我並沒這樣認為，也沒注意到任何事。是在這裡，後來才感覺到。」

「是吉多這個人嗎？」

布里姬咯咯地笑了。

「他對艾薇拉非常迷戀。」她說。

「你和你的朋友經常與他見面嗎？」

「嗯，我並不介意告訴您，」布里姬說，「畢竟您是警察。這種事情並不重要，希望您能理解。康泰莎·馬蒂內利極為嚴厲……至少我們覺得她很嚴厲。當然，我們有各種各樣的對策。要知道，我們倆互相掩護。」

「我猜，說些無傷大雅的謊言？」

「嗯，是這樣的，」布里姬說，「可是大家都喜歡疑神疑鬼，你還能怎麼辦？」

「這麼說，你真的知道吉多一些事。他曾威脅過艾薇拉？」

「哦，並不是認真的，我並不這樣認為。」

「那麼，也許她還經常與另外某個人接觸。」

「哦，那個……嗯，我不知道。」

「請告訴我，布里姬小姐。你知道，這可能是……至關重要的。」

「是，我了解。是有那麼一個人，我不知道是誰，但必定有另外一個人……她對他非常在意，極為認真……我的意思是，那是件非常重要的事。」

「她經常和他見面嗎？」

「我想是的。我的意思是，她說去見吉多，但那不是吉多，是另外的那個人。」

「能猜測是誰嗎？」

「不能……」

布里姬有點遲疑不定。

「會不會是個叫拉迪斯洛·馬利諾斯基的賽車手？」

布里姬張著嘴呆呆看著他。

「這麼說，您知道？」

「我說得對嗎？」

「對……我想是這樣。她有一張他的照片，從報紙上剪下來的。她把它藏在長襪裡面。」

「那可能只是個偶像，對吧？」

「當然可能，但我覺得它並不是。」

「她在這兒……在這個國家和他見過面嗎？你知不知道？」

「我不知道。我不清楚她從義大利回來之後都在幹什麼。」

「她去倫敦看牙醫，」戴維提示她。「她是這樣說的。但她卻到你這兒來了。她還給梅爾福特太太打電話，說起一位老家庭教師的事。」

布里姬咯咯咯笑了起來。

「那不是真的，對吧？」探長微笑著說，「她實際去了哪兒？」

布里姬猶豫了一下然後說：「她去了愛爾蘭。」

「她去了愛爾蘭，是嗎？為什麼？」

「她不願告訴我。她說她必須查出某件事情的真相。」

「你知道她去了愛爾蘭的什麼地方嗎？」

「不太清楚。她提到過一個地方，巴利什麼的。巴利高蘭，我想是這個地方。」

「我明白了。你確定她去了愛爾蘭？」

「我在肯辛頓機場為她送行。她乘坐的是林格斯航空公司的班機。」

「她什麼時候回來的？」

「第二天。」

「也是坐飛機？」

「是的。」

「你能確定嗎？她是坐飛機回來的？」

「呃，我想是的！」

「她拿著回程機票嗎？」

「沒有，她沒拿。」

「她有沒有可能是用另外一種方式返回的？」

「對，也有可能。」

「她可能是……比方說，坐愛爾蘭郵車回來的？」

「她沒說。」

「但她也沒說她是坐飛機回來的，對吧？」

「對，」布里姬同意道，「可是她為什麼要坐船又坐火車，而不搭飛機回來呢？」

「嗯，要是她已經查明了她想知道的事情，而又沒有地方可待，她可能覺得坐晚上的郵車回來更方便些。」

「呃，或許吧。」

戴維微微笑了笑。

「我想，你們現在的小女孩，」他說，「一說到旅行，想到的只是坐飛機，是這樣嗎？」

「我想我們是這樣。」布里姬同意道。

「不管怎樣，她回到英格蘭。然後發生了什麼事情嗎？她有沒有來過你這兒，或者給你打電話？」

「她打過電話。」

「在那天的什麼時候？」

「哦，在上午的某個時候。對了，我想一定是十一點或十二點的時候。」

「她說了些什麼？」

「嗯，她只是問，是否一切正常。」

「一切都正常嗎？」

「不，不正常，因為，你知道，梅爾福特太太打來的電話讓媽媽接了，於是情況變得非常不妙，我那時不知說什麼好。於是艾薇拉說，她就不來昂斯洛廣場，但她會給她的麥珠表姐打電話，盡量編造藉口。」

「你能記得的就這些？」

「就這些。」布里姬說。

其實她還保留了一些事情。她想到博拉德先生和那支手鐲……當然她不會想告訴戴維探長。老爹清楚知道她還有些事情沒告訴他，他只能希望那些事和他的調查無關。

他又問道：「你認為你的朋友真的在害怕某個人或某件事？」

「是的。」

「她跟你提起過，或者你跟她提起過這件事嗎？」

「哦，我直截了當地問過她。一開始她說沒有，然後又承認她的確很害怕。我知道她是的，」布里姬情緒激動地繼續說道，「她處境危險，她對此深信不疑。但我不知道為什麼會這樣、是怎麼產生的，我一無所知。」

「你對這點如此肯定，是和那個上午有關，對吧？她從愛爾蘭返回的那個上午？」

「是，是的。我就是那時候覺得非常肯定。」

「就是坐愛爾蘭郵車回來的那天早上嗎？」

「我覺得她不可能坐郵車。你為什麼不問問她呢？」

「我以後很可能會問她。但我不想讓人注意到這點，暫時還不想。這只會使她的處境更加危險。」

布里姬瞪圓了眼睛。

「您是什麼意思？」

「你可能不記得，布里姬小姐，愛爾蘭郵車搶劫案就是在那個晚上……其實是凌晨發生的。」

「您是說，艾薇拉經歷了那件事，卻對我隻字未提？」

「我也希望不會，」老爹說，「但我想她可能看到了與愛爾蘭郵車有關的東西，或什麼人、什麼事。比方說，她可能看到了她認識的人，這使她身處危險之中。」

「哦！」布里姬仔細想了想。「您的意思是……她認識的某個人和這起搶劫案有牽連。」

戴維探長站起身。

「我要問的就是這些了，」他說，「你確定再沒什麼要告訴我的嗎？你的朋友那天沒去別的地方嗎？或前一天？」

「沒有。」她說道。

博拉德先生和龐德街那家珠寶店再次浮現在布里姬眼前。

「我覺得你還有什麼沒告訴我。」戴維探長說。

布里姬感激地抓住這根救命稻草。

「哦，我忘了，」她說，「是的。我是說，她去找了幾個律師，這些律師都是監護人，想查出點什麼。」

「哦，她去找了幾個律師，這些律師都是監護人。我想你並不知道他們的名字？」

「叫艾格頓……福布斯，艾格頓什麼的，」布里姬說，「名字很長。我想大致沒錯。」

「我知道了。她想查出點什麼，是嗎？」

「她想知道她有多少錢。」布里姬說。

戴維探長揚了揚眉毛。

「真的！」他說，「有意思。她自己怎麼不知道呢？」

「哦，因為大家從不跟她談錢的事，」布里姬說，「他們好像覺得你知道自己有多少錢對你並不好。」

「她非常想知道，對吧？」

「對，」布里姬說，「我覺得她認為這問題很重要。」

「嗯，謝謝你，」戴維探長說，「你幫了我很大的忙。」

# 23

理查·艾格頓又看了看面前的名片，然後抬頭盯著探長的臉。

「奇怪的事情。」他說。

「是的，先生，」戴維探長說，「非常奇怪的事情。」

「大霧中，」艾格頓說，「柏翠門旅館。是的，昨晚的霧真大。我想在霧天會發生很多這樣的事情吧？搶手提袋什麼的？」

「並不完全是那樣，」老爹說，「沒有人企圖從布萊克小姐身上搶走東西。」

「子彈是從哪裡射過來的？」

「由於大霧我們不能確定。她自己也不能確定。但是我們認為——這似乎是最好的看法——那人可能就站在那片廢區。」

「你說，他向她開了兩槍？」

「對。頭一槍打偏了。門衛正站在旅館的大門外，他衝上前去，剛將她推到身後，那人又開了第二槍。」

「這樣反倒打中了他，是嗎？」

「對。」

「真是個勇士。」

「是的，他很勇敢，」探長說，「他的服役記錄非常出色。是個愛爾蘭人。」

「他叫什麼？」

「戈爾曼。邁克・戈爾曼。」

「邁克・戈爾曼。」艾格頓皺了一會兒眉頭。「嗯，」他說，「剛才我覺得這名字有點耳熟。」

「當然，那是個非常普通的名字。不管怎麼說，他救了女孩的性命。」

「您到我這裡來，到底是為了什麼，探長先生？」

「我希望了解一些情況。你知道，對受襲擊的受害者，我們資料掌握得愈充分愈好。」

「哦，當然，當然。可是，說實在的，打她小時候起，我只見過她兩次。」

「大約一個星期前她來拜訪您，您見了她，是嗎？」

「是的，非常正確。您到底想知道些什麼？如果是關於她的個性、她的朋友是誰、她的男友或者情侶之間的爭吵，諸如此類的事情，您最好去找一個女人問問。我想，有一個把她從義大利帶回來的卡彭特太太，還有一個她在肯特一起生活的梅爾福特太太。」
「我已經見過梅爾福特太太了。」
「哦。」
「沒用，一點幫助都沒有，先生。我並不怎麼想了解這位女孩的個人情況，況且，我已經親自見過她了，而且聽到了她告訴我的……或者說，她願意告訴我的……」
看到艾格頓的眉毛飛快動了動，他知道對方對他使用「願意」這個字眼表示欣賞。
「我已得知她為什麼事而焦慮不安、擔驚受怕，而且確信她的生命正處於危險之中。她來見您的時候，您有這樣的印象嗎？」
「沒有，」艾格頓慢慢說道，「沒有，我不那樣認為，但她的確說了幾件讓我覺得奇怪的事情。」
「比方說……」
「嗯，她想知道如果她突然死去誰會受益？」
「啊，」戴維探長說，「這麼說她也想到了這種可能性，是嗎？也就是，她可能突然死去。有意思。」
「她心裡一定有事，但我不知道那是什麼。她還想知道她有多少錢……或者說當她二十一歲的時候會有多少錢。這也許稍微容易理解一點。」
「我想必定是一大筆錢。」

「相當大的一筆財產，探長先生。」

「您認為她為什麼想知道？」

「關於錢？」

「對，以及誰將繼承它。」

「我不知道，」艾格頓說，「我一點都不知道。她還提到了婚姻這個話題……」

「您有這樣的印象嗎……這件事牽涉到男人？」

「我沒證據，可是……是的，我當時的確這麼認為。我確信有個即將成為她男友的人。經常是這樣！拉史肯……就是拉史肯上校，她的監護人，對這種事一無所知。可是很快，可憐的老德里克．拉史肯就不再那樣了。當我向他暗示有這麼一種可能，而且很可能是個不合適的人選時，他非常不安。」

「他是不合適。」戴維探長說。

「啊，那你知道他是誰？」

「我能猜個八九不離十。他是拉迪斯洛．馬利諾斯基。」

「那個賽車手？真的？一個長相英俊、膽大妄為的人。女人總是一下子就為他傾倒。我不知道他是怎麼遇上艾薇拉。我看不出來他們的生活軌道怎麼會碰到一起，除非……對了，我想他幾個月前在羅馬，她可能是在那兒遇上他的。」

「非常可能。或者，她可能是透過她母親遇上他的？」

「什麼，透過貝施？我認為這絕不可能。」

戴維咳嗽了一聲。

「聽說塞奇威夫人和馬利諾斯基是親密的朋友，先生。」

「哦，是的，是的。我知道有這種流言。可能是真的，也可能不是。他們是很要好的朋友……他們的生活方式會經常碰在一起。當然，貝施有過風流韻事，但是我告訴您，她並不是那種有色情狂症的女子。人們總喜歡這樣談論女人，但就貝施而言，這並不正確。不管怎麼樣，就我所知，貝施和她女兒之間幾乎互不認識。」

「塞奇威夫人是這麼跟我說的。您也這樣認為嗎？」

艾格頓點點頭。

「布萊克小姐還有其他親戚沒有？」

「事實上，一個也沒有。她母親的兩個兄弟死於戰火……她是老科尼斯唯一的孩子。梅爾福特太太，儘管這女孩稱她『麥珠表姐』，實際上是拉史肯上校的表姐。拉史肯認真負責地用過去那一套方式努力照顧這女孩，但這對一個男人來說……是難了點。」

「您說，布萊克小姐提到婚姻了？她不可能……我推測已經結婚了吧？」

「她還不夠大……她必須得到監護人及委託人的首肯。」

「從技術上講，是這樣的。但他們總是等不及就做了。」老爹說。

「我知道，非常令人遺憾。人們不得不經過這樣的手續，才能成為法院保護的對象……

就連做到這點也不大容易。」

「他們一旦結婚了，就結婚了。」老爹說，「我猜測，假如她結了婚，然後突然去世，她的丈夫將繼承她的財產？」

「說她結婚是不大可能。她一直被小心地看護著，而且……」

他看到戴維探長臉上譏諷的微笑便止住了話頭。

不管對艾薇拉的看護多麼小心周延，事實上，她已經結識了極不合適的拉迪斯洛．馬利諾斯基。

他沒把握地說：「她媽就給排除了，你說得對。」

「她媽就給排除了。對，她可能會那樣做……但布萊克小姐是一種特別的類型，她也是那種想做什麼就做什麼的人，只是進行的方式不大一樣。」

「您真的不覺得……」

「我什麼都不覺得……還沒覺得。」戴維探長說。

# 24

拉迪斯洛．馬利諾斯基看看這個警察，又看看那個警察，然後仰頭大笑起來。

「這真是太可笑了！」他說，「你們看上去像貓頭鷹一樣嚴肅。你們竟把我找到這裡來問問題，這真是太荒謬了。你們沒有任何對我不利的證據，什麼都沒有。」

「我們想，也許你能夠幫助我們進行調查，馬利諾斯基先生。」戴維探長以一種公事公辦的平穩語調說：「你有輛汽車，賓士－奧托，車牌是FAN2266。」

「憑什麼我不能擁有這麼一輛車？」

「沒有，先生。只是我們拿不準哪一個是正確的車牌。你的車曾經出現在一條高速公路……M7上，那時車牌是另一個。」

「胡說八道。那一定是另一輛車。」

「這種牌子的車不太多。我們已經核對了其他車輛。」

「不管交通警察跟你們說了什麼——我是這樣認為的——你們都相信？真可笑！這是在哪裡發生的？」

「警察要你停車查看執照的地方，離貝德漢普頓不遠。那是愛爾蘭郵車發生搶劫案的同一個晚上。」

「你們真的讓我覺得好笑。」拉迪斯洛·馬利諾斯基說。

「你有一把左輪手槍？」

「當然，我有把左輪及一把自動手槍。我是合法持有它們。」

「你說得對。它們仍然在你那兒嗎？」

「當然。」

「我已經警告過你了，馬利諾斯基先生。」

「世人皆知的法律警告！『你說的任何事情都會被記錄下來，並且在法庭上當作呈堂反證。』」

「你的引用並非完全正確，」老爹溫和地說，「『當作』，對。『反證』，錯。你不想修正你的陳述嗎？」

「不，我不想。」

「你確定你不希望律師來這裡嗎？」

「我不喜歡律師。」

「有些人是不喜歡。這些武器現在在哪裡？」

「我想你很清楚它們在哪裡，探長先生。小手槍在我汽車門上的小掛袋裡，那輛賓士——奧托，登記號碼是——我已經說過——FAN2266。左輪手槍在我公寓的一個抽屜裡。」

「放在你公寓抽屜裡的那把說對了，」老爹說，「但另一把……那把小手槍，並不在你的車裡。」

「在的，一定在。在左邊門的掛袋裡。」

老爹搖了搖頭。

「它以前可能在那裡，現在不在了。這是那把嗎，馬利諾斯基先生？」

他將一把小自動手槍遞過桌子。拉迪斯洛．馬利諾斯基非常吃驚地把它拿起來。

「啊，對，就是它。這麼說，是你們從我的車子裡拿走它的？」

「不是，」老爹說，「我們並沒有從你的車子裡拿走它。它不在你的車子裡。我們是在別的地方找到的。」

「你們在哪裡找到的？」

「我們在……」老爹說，「龐德街上的某個地方找到的。你一定知道，這條街在帕克巷附近。可能是被一個走……也許是跑在大街上的人扔掉的。」

拉迪斯洛．馬利諾斯基聳聳肩。

「那跟我沒任何關係，我並沒有把它放在那裡。幾天前它還在我的車子裡。一般人不會經常查看一件東西是不是還在原處，會以為它一定在那裡。」

「你知道嗎，馬利諾斯基先生，它是十一月二十六日晚上用來射殺邁克．戈爾曼的手槍。」

「邁克．戈爾曼？我不認識叫作邁克．戈爾曼的人。」

「柏翠門旅館的門衛。」

「哦，對，被槍殺的那個，我看過這件事的報導。你說是我的手槍所發射的？胡說八道！」

「這不是胡說八道。彈道專家已經檢查過。你對武器了解得不少，也知道他們的證據是可靠的。」

「你們想陷害我！我知道你們這些警察都是什麼德性！」

「我想，你對我們警察的了解不僅這些，馬利諾斯基先生。」

「你們是說，我殺了邁克．戈爾曼？」

「我們只想得到陳述，還沒有做出指控。」

「但你們就是這麼認為的……我槍殺了那個滑稽、打扮得像軍人的傢伙。為什麼我要這樣做？我並不欠他錢，我對他沒有仇恨。」

「槍擊的目標是位年輕女士。戈爾曼跑過去保護她，用胸口擋住了第二顆子彈。」

「一位年輕女士？」

「我想是你認識的一位年輕女士——艾薇拉．布萊克小姐。」
「你是說，有人企圖用我的手槍去射殺艾薇拉？」
聽起來他好像難以相信似的。
「可能是你們之間有了分歧。」
「你的意思是，我和艾薇拉爭吵，然後向她開槍？真是瘋了！我為什麼要向我打算娶為妻子的女孩子開槍呢？」
「這算是部分陳述嗎？你打算娶艾薇拉．布萊克小姐？」
拉迪斯洛遲疑了一會兒，然後聳聳肩說道：「她還年輕，還需要商量。」
「也許她曾答應要嫁給你，可是後來她又改變主意。有人讓她感到害怕。那是你嗎，馬利諾斯基先生？」
「我為什麼想要她死呢？要嘛我與她戀愛娶她為妻，要嘛我不想娶她，我就不需要娶她。事情就這麼簡單。為什麼我要殺害她呢？」
「與她很親近的人當中，再沒別的人想殺害她。」戴維停了一會兒，接著像是很隨便地說：「當然了，還有她媽媽。」
「什麼！」馬利諾斯基跳了起來。「貝施？貝施殺害她的親生女兒？你真是瘋了！貝施為什麼要殺害艾薇拉？」
「也許是因為，身為至親，她可能繼承一筆巨大的財產。」

「貝施？你的意思是，貝施會因為錢去殺人？她從美國丈夫那兒得到很多錢，不管怎樣，這輩子夠花了。」

「夠花和擁有一大筆財產是兩回事，」老爹說，「為了財產，人們的確不惜謀財害命，是有母親殺害子女、子女殺害母親的事。」

「我跟你說，你瘋了！」

「你說你可能要娶布萊克小姐為妻，也許你已經娶了她？如果是這樣，那繼承一大筆財產的就是你。」

「你說的話愈來愈愚蠢而荒唐了！不，我和艾薇拉沒有結婚。她是個漂亮的女孩，我喜歡她，她和我在戀愛。是的，我承認這點。我在義大利遇上她。我們開心過……也就這些，再沒別的了，你明白嗎？」

「真的？剛才，馬利諾斯基先生，你非常明確地說，她是你打算娶作妻子的女孩。」

「哦，那個……」

「是的，那個。那是真的嗎？」

「我說那話是因為……這樣聽起來更堂皇些。你們國家太拘泥於禮節……」

「這對我來說不像是個解釋。」

「你真是什麼都不了解。我和她的母親……我們是情人，我原本不想這麼說……我說我和那女孩……我們訂婚了，是因為這樣說比較符合英國人的體統。」

「這聽起來更牽強了。你非常需要錢，是嗎，馬利諾斯基先生？」

「我親愛的探長先生，我一直缺錢花。這很讓人傷心。」

「但幾個月之前，我知道你卻大把大把地揮金如土。」

「啊，我進行了一次幸運的小冒險，我是個賭徒。我承認。」

「這倒很容易讓人相信。你在哪兒進行『冒險』的？」

「這我不告訴你。簡直是乞求不來的機會。」

「這我可不想乞求。」

「你們想問我的就這些嗎？」

「就目前來看，是的。你已經證明這把手槍是你的。這非常有幫助。」

「我不明白……我不能想像……」他止住話，伸出一隻手。「請把它還給我吧。」

「很抱歉，我們得暫時保管它，我給你一張收據。」

他寫好收據，然後把它遞給馬利諾斯基。

後者走了出去，重重地帶上門。

「喜怒無常的傢伙。」老爹說。

「你沒有在假車牌和貝德漢普頓事件上給他施加壓力？」

「沒有。我想讓他緊張些，但也不要太緊張。我們一次丟一件事情讓他擔心……他果真很擔心。」

「老傢伙想見你，長官，一審問完就去。」

戴維探長點點頭，向羅納的辦公室走去。

「啊，老爹，有什麼進展嗎？」

「是的，進展很好……網裡已經有很多的魚，大都是些小魚苗。但我們正在接近那些大角色。一切都在掌握之中……」

「幹得不錯，馮烈。」副局長說。

# 25

瑪波小姐在派汀頓車站下了火車，看到戴維探長粗壯的身影在月台上等她。

「你真是太好了，瑪波小姐。」

他說著，伸手扶著她的手肘帶她越過一道障礙，來到一輛等待的汽車跟前。司機打開車門，瑪波小姐上了車，戴維探長也跟著進去。汽車開走了。

「你要把我帶到哪裡去，戴維探長？」

「去柏翠門旅館。」

「天哪，又是柏翠門旅館。為什麼？」

「官方的回答是，因為警方認為你能協助他們進行調查。」

「這話聽上去很耳熟，但恐怕很不吉祥……經常是執行逮捕的前奏，不是嗎？」

「我們不會逮捕您的，瑪波小姐，」老爹笑笑說，「你有不在場證明。」

瑪波小姐靜靜地體會著這句話。然後她說：「我明白了。」

他們一言不發地驅車趕到柏翠門旅館。當他們走進大門時，戈林奇小姐從櫃檯上抬起頭來，但戴維探長領著瑪波小姐徑直走到電梯旁。

「三樓。」

電梯上升，停止，然後老爹一馬當先在前面帶路。

當他打開十八號的房門時，瑪波小姐說：「我以前住的正是這個房間。」

「對。」老爹說。

瑪波小姐在扶手椅上坐下來。

「非常舒適的房間。」她評論說。

她往四周看看，輕輕地嘆了口氣。

「這兒的人對舒適必定有深刻的理解。」老爹同意地說。

「你看上去很疲憊，探長先生。」瑪波小姐出乎意料地說。

「我必須四處奔波。事實上，我剛剛從愛爾蘭回來。」

「真的嗎？去了巴利高蘭？」

「你他媽的怎麼知道巴利高蘭的事？很抱歉，請原諒。」

瑪波小姐笑了笑，原諒了他。

「我想邁克．戈爾曼跟您說過，他是從那兒來的……是這樣的嗎？」

「不，不完全。」瑪波小姐說。

「那，如果您不介意我探問的話……您是怎麼知道的？」

「唉，」瑪波小姐說，「那真讓人難堪。我只是……只是無意中聽到的。」

「哦，我明白了。」

「我並不是偷聽。那是在一個公共場所……至少從技術上講，是個公共場所。說真的，我喜歡聽人們交談。人們都這樣，特別是老了不怎麼走動的時候。我的意思是，要是有人在你附近交談，你就聽下去了。」

「嗯，在我看來這是很自然的事。」老爹說。

「某種程度上是的，」瑪波小姐說，「如果大家不想壓低聲音，你會以為他們不在乎別人聽到。但是，當然啦，事情會發生變化。有時候會發生這樣的情況：儘管是在公共場所，談話的人卻沒有意識到還有其他人在裡面。那時候你就得決定該怎麼辦，是站起來咳嗽一聲，或者靜靜待著，希望他們不會注意到你在那兒。不管用哪種方法都使人覺得難堪。」

戴維探長看了看他的手錶。

「我很想聽您就這點多談些，但是卡農．賓尼神父隨時會到，我必須去接他。您不介意吧？」

瑪波小姐說她不介意。戴維探長離開了房間。

§

卡農．賓尼神父穿過柏翠門旅館大門走進大廳。他微微地皺皺眉頭，覺得奇怪：柏翠門旅館今天好像有一點點不一樣。也許粉刷了油漆或裝飾？他搖搖頭。不是那樣的，但必定有點什麼。他沒想到不同之處在於，以前是一個六英尺高、藍眼睛、黑頭髮的門衛，現在則是一個五英尺七英寸高、歪肩斜背、滿臉粉刺、帽子下面鼓著一叢黃棕色亂髮的門衛。他只覺得有什麼不大一樣。跟往常一樣，他迷迷糊糊地朝櫃檯踱過去。戈林奇小姐在那兒，跟他打了招呼。

「卡農．賓尼神父，見到您真是高興。您是來取行李的嗎？已經為您準備好了。您要是讓我們知道的話，我們早給您送過去了，不論送到什麼地方。」

「謝謝你，」卡農．賓尼神父說，「非常感謝。你總是這麼好心，戈林奇小姐。可是，我今天無論如何都得來倫敦，所以我想自己過來拿也是一樣。」

「我們非常為您擔心，」戈林奇小姐說，「要知道，不知您去了哪裡，沒人能找到您。聽說您被汽車給撞了？」

「是的，」卡農．賓尼神父說，「是的。現在的人開車都太快了，非常危險，可是我對那段過程都想不起來。我的頭部受到影響，醫生說是腦震盪。唉，隨著年齡的增長，人的記憶力也……」他傷心地搖著頭。「你怎麼樣，戈林奇小姐？」

「哦，我很好。」戈林奇小姐說。

這時候，卡農．賓尼神父突然發現戈林奇小姐也不一樣了。他仔細打量著她，試圖分析出不同點在何處。頭髮？和往常是一樣的，也許更捲一點；黑裙子、金盒項鍊、浮雕寶石胸針，都和往常一樣，不過一定有些不同。也許她瘦了一點？要不然……對，是的，她看起來很憂慮。卡農．賓尼神父不太注意人們看起來是不是憂慮，他不是那種會去注意別人臉上表情的人，可是他今天注意到了。也許是因為這麼多年來，戈林奇小姐待客總是一成不變的表情。

「我想你沒生病吧？」他關切地問，「你看上去瘦了。」

「唉，我們有許許多多的憂慮，卡農．賓尼神父。」

「是啊，是啊。聽到這我很難過。希望不是由於我的失蹤引起的。」

「哦，不是的，」戈林奇小姐說，「當然，我們也為此擔心過，但一聽說您沒……」她停住話又說：「不，不是……是這樣的……嗯，也許你在報紙上沒看到，戈爾曼，我們門外的警衛，讓人殺害了。」

「哦，是的，」卡農．賓尼神父說，「我現在想起來了，我的確看到報紙上提過這件事。你們這兒發生了一起謀殺案。」

聽到他直率地提到謀殺這個字眼，戈林奇小姐禁不住戰慄了一下。這種戰慄竟波及到她的黑裙子。

「可怕，」她說，「可怕，柏翠門從未發生這樣的事。我的意思是，我們不是那種會發生謀殺案的旅館。」

「不是，當然不是，」卡農．賓尼神父趕緊說，「我敢保證你們不是。我是說，我從未想過那種事情會在這兒發生。」

「當然不是在旅館裡面，」戈林奇小姐說，想到這一方面，她的情緒高漲了一點。「是在外面的大街上。」

「這樣和你們就更沒關係了。」卡農．賓尼神父安慰她說。

顯然說這樣的話不怎麼合適。

「但它和柏翠門旅館有關係。我們不得不允許警察在這兒向人詢問，因為被槍殺的是我們的門衛。」

「這麼說，外面是你們新雇的一個人。你知道嗎，不知為何，我剛才覺得什麼東西看上去有點怪。」

「是的，我知道他不是太令人滿意。我的意思是，不是我們所習慣的那種風格。可是當然啦，我們不得不趕緊找一個。」

「我現在都想起來了，」卡農．賓尼神父說，把他一週前從報紙上看到的些許模糊記憶拼湊在一起。「我還以為被打中的是個女孩。」

「您是說，塞奇威夫人的女兒嗎？我想您還記得在這兒見到她和她的監護人拉史肯上校。顯然她在大霧中遭人襲擊。我想他們是想搶她的手提包。不管怎麼說，他們向她開了一槍，然後戈爾曼──他以前曾是軍人，處變不驚──衝過去，擋在她前面，以自己的身體擋住了子彈，可憐的人。」

「非常讓人傷心，非常。」卡農・賓尼神父搖著頭說。

「這使一切變得很麻煩，」戈林奇小姐抱怨說，「我的意思是，警察不斷地進進出出。我想那是應該的，但是我們這兒不喜歡這樣，儘管我得承認戴維探長和沃德爾警佐看起來非常值得尊敬。普普通通的服裝，而且樣式非常不錯，不是人們在電影裡看到腳穿長靴身披雨衣的那種，幾乎像是我們的員工。」

「呃……是的。」卡農・賓尼神父說。

「您去過醫院嗎？」戈林奇小姐問道。

「沒有，」卡農先生說，「一個非常好心的人，非常好心的撒馬利亞人──我想是個種植蔬菜和水果的農夫──把我救了回去，他的妻子照顧我直到恢復健康。我非常感激，非常感激。發現世界上還有人情味真是讓人振奮。你不這樣認為嗎？」

戈林奇小姐說她認為這確實非常讓人振奮。

「可是，報紙上報導的犯罪案件層出不窮，」她接著說，「那些令人害怕的年輕小夥子和女孩們，他們搶劫銀行、搶劫火車、襲擊路人。」她抬眼看看說：「戴維探長正從樓上下來。我想，他想和你談談。」

「不知道他為什麼會想跟我談話，」卡農．賓尼神父困惑地說，「要知道，他已經去找過我了，」他說，「在查德明斯特。我想，他非常失望，因為我不能告訴他任何有用的事。」

「您不能嗎？」

卡農先生惆悵地搖搖頭。

「我記不得了。事故發生在一個叫作貝德漢普頓的地方，而我一點都不明白我在那裡幹什麼。探長不停地問我為什麼去那兒，可是我無法答覆他。非常奇怪，不是嗎？他好像以為我曾駕車從一個火車站附近開往一個教區的牧師住宅。」

「聽上去這很有可能。」戈林奇小姐說。

「這根本不可能，」卡農．賓尼神父說，「我是說，我為什麼要開著車，在一個自己並不熟悉的地方轉呢？」

戴維探長已經走上前來。

「您來啦，卡農．賓尼神父，」他說，「感覺恢復正常了嗎？」

「哦，現在感覺相當好。」卡農先生說，「不過還經常頭痛。醫生告訴我不要太累。但我還是想不起我應該記得的事，醫生說這些記憶可能永遠都不會恢復。」

「嗯，」戴維探長說，「只要有希望，我們就不能放棄。」他帶著卡農先生離開櫃檯。

「我想讓您試著做一個小實驗，」他說，「您不介意幫我這個忙吧？」

§

戴維探長打開十八號的房門時，瑪波小姐仍坐在靠窗的扶手椅裡。

「今天街上人可真多，」她說，「比平常要多。」

「哦，這條路通向伯克利廣場和夏菲德市場。」

「我指的不僅是過路的人。那些工作的人……修路工、電話維修車、送肉的餐車、幾輛私人轎車……」

「我可以問問嗎？您從中推斷出什麼來了？」

「我沒說我推斷出任何東西。」

老爹看了她一眼，然後說道：「我想讓您幫我一個忙。」

「當然，所以我到了這裡。你想讓我幹什麼？」

「我想讓您原原本本做一下十一月十九日晚上做過的事。您正在熟睡，然後醒過來……可能是被奇怪的聲音吵醒。您把燈打開，看看時間，從床上起來，打開門然後往外看。您能重複這些動作嗎？」

「當然可以。」

瑪波小姐說，她站起來走到床前。

「請稍等一會兒。」

戴維探長走過去敲敲連著隔壁房間的牆。

「你得大聲點，」瑪波小姐說，「這地方建造得非常堅固。」

探長的指關節使上雙倍的力量。

「我告訴卡農．賓尼神父數到十，」他看看手錶說，「現在，開始吧。」

瑪波小姐碰一下電燈，看看假想的時鐘，起床，走到門前，開門，然後向外望望。在她右邊，卡農．賓尼神父正離開他的房間往樓梯走去。他到了樓梯的頂端，開始沿樓梯往下走。瑪波小姐輕輕地倒吸了一口氣，她轉過身來。

「怎麼樣？」戴維探長說。

「我那天晚上看到的人不是卡農．賓尼神父……」瑪波小姐說，「如果現在的這個人是卡農．賓尼神父的話。」

「我想你說過……」

「我知道，他看上去很像卡農．賓尼神父。他的頭髮、他的衣服以及一切。但他走路的姿勢不一樣。我想……我想那一定是個更年輕的人。我很抱歉，非常抱歉誤導了你，但那天晚上我看到的不是卡農．賓尼神父。對此我非常肯定。」

「您這次真的非常有把握嗎，瑪波小姐？」

「是的，」瑪波小姐說，「我很抱歉，」她又說，「誤導了你。」

「您說的是正確的。卡農．賓尼神父那天晚上的確回到旅館。沒人看到他走進來……但那沒什麼奇怪的，因為他半夜後才進來。他走上樓梯，打開隔壁他房間的門，走了進去。而他看到什麼或接下來發生了什麼，我們就不得而知了，因為他不能或不願意告訴我們。要是我們有什麼方法使他想起來那該多好……」

「當然了。有個德語單字……」瑪波小姐說，似乎仍在沉思。

「什麼樣的德語單字？」

「哦，我一時想不起來，可是……」

有人敲了一下門。

「我可以進來嗎？」卡農・賓尼神父說。他進來了。「還滿意嗎？」

「非常滿意，」老爹說，「我剛才正在跟瑪波小姐說……您認識瑪波小姐吧？」

「哦，是的，」卡農・賓尼神父說，對是不是認識她還有些沒把握。

「我剛才正在跟瑪波小姐說，我們是如何追查到您的行蹤。您那天晚上半夜回到旅館，上了樓，打開您房間的門，然後走進去……」

他停了停。瑪波小姐發出一聲驚叫。

「我想起那個德語單字了，」她說，「Doppelgänger[4]。」

4　德語，意思是「面貌極為相似的人」。

卡農．賓尼神父也驚叫一聲。

「對了，」他說，「對了！我怎麼會給忘了呢？你說得很對。看完《耶利哥之牆》，我就回到這兒，上了樓，打開我房間的門，看到了……非常奇怪，我清清楚楚看到我自己正坐在一把朝向我的椅子裡。正如你所說，親愛的女士，Doppelgänger。真是太奇怪了！然後，讓我想想……」

他仰起頭，極力思考。

「然後，」老爹說，「看到你，他們嚇得靈魂出竅……他們還以為你安安穩穩地待在盧森呢！於是有人往你頭上砸了一下……」

# 26

探長把卡農・賓尼神父送到計程車上，讓他繼續趕路去大英博物館，而讓瑪波安坐在入口大廳。讓她在那兒等上十分鐘左右她會不會介意？瑪波小姐並不介意。她很高興有這樣的機會坐在那兒，看看四周，並進行思考。

柏翠門旅館。這麼多的記憶……過去和現在交織在一起。她想起了一句法文短語：Plus ça change, plus c'est la même chose[5]。她把詞序顛倒過來：Plus c'est la même chose, plus ça change[6]。怎麼說都對，她心裡想。

5 法語，意思是「改變的事情愈多，其維持不變的就愈多」。

6 法語，意思是「不變的事情愈多，其改變的就愈多」。

她覺得悲哀，為柏翠門旅館，也為她自己。她不知道戴維探長下一步要她幹什麼。她從他身上感覺到一股馬到成功的興奮。他的計畫終於就要實現了。這是戴維探長的「盟軍登陸日」。

柏翠門的生活和往常一樣進行著。不，瑪波小姐發現，和往常不一樣。是有不同，但她還看不出不同之處在哪裡，也許是有一種不安？

「準備好了嗎？」他和藹地問道。

「你現在要帶我去哪裡？」

「我們去拜訪塞奇威夫人。」

「她住在這兒？」

「對。和她女兒一起。」

瑪波小姐站起身。她向四周掃了一眼，喃喃地說道：「可憐的柏翠門。」

「您是什麼意思，可憐的柏翠門？」

「我想，我是什麼意思你心裡很清楚。」

「嗯，從您的角度去看，也許我知道。」

「不得不摧毀一件藝術品，總是讓人傷心。」

「您把這地方稱作藝術品？」

「當然。你也是這樣認為吧。」

「我明白您的意思了。」老爹承認說。

「就像是，如果邊緣地帶的地面接骨木長得太凶，你對它毫無辦法……除非將它們都連根拔起。」

「我對花園了解不多。但要是把這比喻改成乾腐病，那我同意。」

他們乘電梯上樓，經過一條甬道，來到角落塞奇威夫人和她女兒同住的一個套房。

戴維探長敲敲門，有人說「進來」，於是他走進去，瑪波小姐跟在後面。

貝施．塞奇威坐在靠窗的一把高背椅上，膝上放本書，但她沒在看。

「又是你，戴維探長。」

她的視線越過他掃向瑪波小姐，看上去有點吃驚。

「這是瑪波小姐，」戴維探長介紹說，「瑪波小姐，這是塞奇威夫人。」

「我以前見過你，」貝施．塞奇威說，「有一天你和賽利納．哈茨在一起，對吧？請坐。」然後她又轉向戴維探長。「你有射殺艾薇拉的人的消息嗎？」

「沒有你所稱的『消息』。」

「我覺得不可能有。那樣的大霧，捕食的野獸都出來四處逡巡，尋找獨身行走的婦女。」

「也可以這麼說，」老爹說，「你女兒怎麼樣？」

「哦，艾薇拉已恢復正常了。」

「她和你待在一起嗎？」

「是的。我給拉史肯上校——她的監護人——打了電話。他很高興我願意負責。」她突然大笑一聲。「可愛的老傢伙。他一直想促成我們母女團圓。」

「他的目的可能達到了。」老爹說。

「哦，不，他沒有。只是目前，是的，我覺得這是最好的辦法。」她扭頭望著窗外，變了腔調說：「聽說你們逮捕了我的一個朋友……拉迪斯洛．馬利諾斯基。以什麼罪名？」

「不是逮捕，」戴維探長糾正她的話。「他只是協助我們進行調查。」

「我已經派我的律師去照管他了。」

「非常明智，」老爹讚許地說，「任何人，與警察有了小麻煩時，找一個律師是很明智的做法。否則他們可能一下說出不恰當的事。」

「即使完全無辜？」

「在這種情況下也許更加必要了。」老爹說。

「你真是憤世嫉俗，不是嗎？你們都向他提出了些什麼問題？我可以問問嗎？或者不可以？」

「一方面，我們想確切知道他在邁克．戈爾曼死亡當晚的行動。」

貝施．塞奇威猛然在椅子上挺直了身子。

「你們竟荒謬地認為是拉迪斯洛向艾薇拉開的槍？他們甚至互不相識。」

「可能是他幹的。他的車子就在轉角附近。」

「胡說八道。」塞奇威夫人粗魯地說。

「那天晚上的槍擊事件讓你很感不安，塞奇威夫人？」

她看上去微微有些吃驚。

「我的女兒死裡逃生，我當然感到不安。那你認為該怎樣？」

「我不是那意思。我的意思是，邁克·戈爾曼的死讓你非常不安？」

「我為此感到非常難過。他是個勇士。」

「你認識他，對吧？」

「當然。他在這兒工作。」

「可是，你對他的了解不只這些，對吧？」

「你是什麼意思？」

「得了，塞奇威夫人，他是你丈夫，不是嗎？」

有一陣子她沒作答，但也沒表現出任何煩亂和驚訝。

「你知道的很多，不是嗎，探長先生？」她嘆口氣靠到椅背上。「我已經有……讓我想想……很多很多年沒見過他了。二十年……不只二十年。可是，有一天我往窗外一看，突然間認出了米基。」

「他認出你來了嗎？」

「很奇怪的是，我們都認出對方來了。」貝施·塞奇威說，「我們只在一起一週左右，然後我的家人就找到我，給米基一筆錢讓他走開，接著便帶著恥辱將我領回家。」

她嘆口氣。

「我和他一起私奔的時候還非常年輕，少不經事，只是個滿腦袋裝著浪漫念頭的傻女孩。在我心目中他是個英雄，因為他騎馬的樣子。他不知道什麼叫害怕，他英俊、開朗，還有愛爾蘭人特有的能說善道！我真的認為我是和他私奔！但我懷疑他是不是也這樣想！可是我桀驁不馴、頑固任性，而且發瘋似地癡戀著他！」她搖搖頭。「沒持續多久……最初的二十四個小時就足以讓我幻想破滅。他酗酒，為人粗魯而殘忍。我的家人出現將我帶回去的時候，我非常感激。我永遠都不想再見到他或聽到他的消息。」

「你的家人知不知道你與他結婚？」

「不知道。」

「你沒告訴他們嗎？」

「我並不認為我結婚了。」

「為什麼？」

「我們是在巴利高蘭結婚的，但是當我的家人找去的時候，米基跑來告訴我那場婚禮是假的。他說是他和朋友們一起鬧著玩。那時候，我覺得他做出那樣的事情很自然。他是想得到那筆錢，還是害怕在我不到法定年齡就和我結婚而觸犯法律，我不得而知。不管怎樣，我一刻也沒懷疑他那番話的真實性……那時候沒有。」

「後來呢？」

她好像陷入沉思之中。

「直到……哦，很多年以後，當我對生活、對法律上的事有更多一點認識之後，我突然想到，很可能我是和米基．戈爾曼結婚了！」

「所以，當你嫁給科尼斯爵士的時候，你實際上犯了重婚罪。」

「還有，當我嫁給強尼．塞奇威，又嫁給我的美國丈夫里奇韋．貝克的時候。」

她看著戴維探長，像是覺得好笑般地大笑起來。

「這麼多的重婚罪，」她說，「看來真是太荒唐了。」

「你從來沒想過離婚嗎？」

她聳聳肩。

「那件事不過是場愚蠢的夢。為什麼要算陳年老帳呢？當然，我和強尼說起過。」

提到他的名字時，她的聲音變得柔和起來。

「他是怎麼說的？」

「他不在乎。強尼和我都不是太守法的人。」

「重婚罪是要受一定懲罰的，塞奇威夫人。」

她看著他笑了。

「誰會去擔心多年前發生在愛爾蘭的事情呢？那件事已經結束了，解決了。米基已經拿了他的錢滾蛋了。哦，你難道不明白？那只是件小事，一件我想忘卻的事。我把那些事、那些在生活中一點都不重要的雜事都放置一邊不管。」

「然後，」老爹以一種平靜的聲音說，「十一月的某一天，邁克・戈爾曼又出現了，並向你勒索？」

「胡說！誰說他向我勒索的？」

慢慢地，老爹的目光移到在椅子上靜靜坐得筆直的瑪波小姐身上。

「是你。」貝施・塞奇威瞪著瑪波小姐。「你怎麼可能知道？」

她的聲音與其說是責備，不如說是好奇。

「這家旅館的椅子，靠背都很高，」瑪波小姐說，「它們非常舒適，我正坐在寫字間的火爐前，想在上午出門之前先休息一下。你進來寫信，我想你沒意識到房間裡還有別人。於是……我聽到了你與這個叫戈爾曼的談話。」

「你聽了？」

「那是自然，」瑪波小姐說，「為什麼不呢？那是公共場合。當你推開窗叫喚外面那個人的時候，我不知道那是一次私人談話。」

貝施盯著她看了一會兒，然後緩緩點了點頭。

「很有可能。」她說，「對，我明白了。但即使如此，你誤解了你聽到的話。米基沒有敲詐我。他可能動過念頭……但在他能一試之前我就把他嚇跑了！」她的嘴唇又翹了起來，露出舒心的微笑，使她的臉顯得十分迷人。「我把他給嚇跑了。」

「對，」瑪波小姐同意道，「我想你很可能達到目的。你威脅說要開槍打死他，你處理得——要是我這樣說不致冒犯的話——相當不錯。」

貝施．塞奇威揚起眉毛，覺得有點意思。

「但我並不是唯一聽到你們說話的人。」瑪波小姐接著說。

「我的老天！整個旅館的人都在聽嗎？」

「另一張椅子上也坐了人。」

「誰？」

瑪波小姐閉上嘴唇。她看看戴維探長，幾乎是帶著乞求的眼神。

「如果這是不得不然，由你去做吧，」這眼神說，「我可做不來……」

「你女兒坐在另一張椅子上。」戴維探長說。

「哦，不！」貝施．塞奇威猛然喊道，「哦不，不是艾薇拉。我明白了……對，我明白了。她一定認為……」

「她非常認真地思考了她偶然聽到的話，所以去愛爾蘭尋找事情的真相。那不難發現。」

貝施．塞奇威再次柔聲說道：「哦，不……」然後說：「可憐的孩子……即使是現在，她也從未問過我一絲一毫。她把一切都埋在心底，在內心藏得密密實實的。只要她告訴我，我會向她解釋一切……讓她知道這都是無關緊要。」

「在那方面，她可能跟你想的不一樣，」戴維探長說，「要知道，有趣的是，」他以一種追憶的漫談方式，像一位老農談論著他的牲畜和土地，繼續說道：「經過多年的反覆驗證，我學會了不相信簡單的模式。簡單模式往往太好了而不是真實的。那天晚上的謀殺模式就像那樣。女孩說有人向她開槍打偏了，門衛跑過去救她，被第二顆子彈擊中。那可能是真實的，那可能是女孩所看到的情況。但實際上，在這表象的背後，事實可能很不一樣。

「塞奇威夫人，你剛才非常堅持地說，拉迪斯洛．馬利諾斯基沒有理由謀害你女兒的性命。嗯，我同意你的看法。我想是沒有。他是那種可能與女人吵了架，拔出刀來就往她身上捅的年輕人。但我認為他不會躲在一個地方，殘忍地等待時機向她開槍。可是，假設他想殺害的是另外一個人。尖叫聲和槍聲響起，而實際中彈的是邁克．戈爾曼。假設那是有意安排的，那馬利諾斯基可說安排得非常周到。他選擇一個有霧的夜晚，躲在那個地方等待著，直到你女兒從大街上走過來。他知道她會來，因為他已經這樣安排了。他開了一槍。這一槍並不是衝著女孩。他小心地不讓子彈接近她，但她認為那是朝著她開槍。她尖叫起來。旅館的門衛聽到槍聲和尖叫聲，衝到大街上，然後馬利諾斯基開槍打死了他要打死的人……邁克．戈爾曼。」

「我一個字也不信！拉迪斯洛為什麼要打死米基．戈爾曼呢？」

「也許是因為一樁敲詐勒索的小事。」老爹說。

「你是說米基向拉迪斯洛敲詐？憑什麼？」

多。」

「也許，」老爹說，「這和發生在柏翠門旅館的事有關。邁克·戈爾曼對此可能了解頗

「柏翠門旅館發生的事？你是什麼意思？」

「那是個不錯的買賣，」老爹說，「精心地策畫，漂亮地執行。但紙終究包不住火。瑪波小姐以前在這兒的時候問我，這地方有什麼問題。那麼，現在我就回答這個提問：柏翠門旅館實際上是多年來為人所知最優秀、最大犯罪集團的總部。」

# ／27

沉默了一分半鐘，瑪波小姐開口了。

「真是非常有意思。」她交談般地說。

貝施．塞奇威扭頭看著她。

「你好像並不感到吃驚，瑪波小姐。」

「不，我並不怎麼吃驚，許多奇怪的事情好像都不太搭調。一切都太完美了就不會是真實的……要是你明白我的意思。在戲劇界，他們叫作『漂亮的表演』。的確是表演，不是真實的。所以，有許許多多機會，人們以為看到朋友或者熟人……卻發現自己弄錯了。」

「這樣的事情是會發生，」戴維探長說，「但這裡發生得太頻繁了。對吧，瑪波小姐？」

「對，」瑪波小姐同意道，「像賽利納．哈茨就會犯這樣的錯誤。但其他很多人也是，那你就禁不住要注意這種情況了。」

「她注意很多事情。」

戴維探長對貝施・塞奇威說，好像瑪波小姐是他一隻會表演的愛狗。

貝施・塞奇威猛然扭頭看著他。

「你說這個地方是一個犯罪集團的總部，是什麼意思？柏翠門旅館是世界上最正派的地方。」

「那是當然，」老爹說，「它原該如此。許多人花費大量的金錢、時間和精力把它建成現在這個樣子。真正的人和假冒的人非常聰明地混雜在一起。你們有一個極棒的演員經理掌管演出——亨利。你們還有那個夥計——漢合斯，極為能說善道。他在這個國家還沒有不良紀錄，但他曾與國外一些相當奇怪的旅館案件有牽連，一些非常不錯的性格演員在這裡扮演了不同的角色。不過我得承認，對這整個組織我不由得感到非常欽佩。它花了國家不少的錢。它一直使刑事調查部和地方警察局感到頭痛。每次我們好像有了一定的進展，發現了某個事件……結果卻是它與別的事件沒有任何關係。但我們並未就此停手，那兒查一點，這兒查一點，一家汽車修理廠裡放著成堆的車牌，能在瞬間換到某些車子上；一家公司擁有數輛家具車、一輛送肉車、一輛雜貨車，甚至一兩輛假冒郵車；一個賽車手開著賽車在難以置信的時間內跑過難以置信的路程，而與此形成鮮明對照的是，一個老牧師開著一輛老掉牙的莫里斯牛津吃力地爬行著；一家農舍住著以種蔬菜水果為業的農夫，他在必要時給予緊急救援，還與一位醫生保持聯繫。我用不著一一列舉，這些分支似乎是無止境的，而那只是其中一半。來柏翠門的外國遊客是另一半。他們大都來自美國或大英帝國的自治領地，不會引起懷疑的富人攜帶大量豪華的行李前來，又帶著大量豪華的行李離去，它們看起來都一樣，而實際上並不是。進入法國的富有遊客沒怎麼受到海關的打擾，因為如果遊客往這國家裡帶入貨幣，海關是不會驚動他們的。同一遊客出現的次數並不多。泥做的罐子不可能總到井裡去打水。這些事件都很難找到證據或聯繫在一起，但最終都會兜起來。我們已經著手行動了。比方說，卡伯特夫婦……」

「卡伯特夫婦怎麼了？」貝施猛然問道。

「你還記得他們？很不錯的美國人，真的非常不錯。他們去年在這兒住過，今年又來了這裡。但他們不會再來第三次了。沒有人能來這兒享受兩次以上。是的，他們到達加萊的時候被我們逮捕了。安排得非常不錯……他們帶著的衣箱，裡面整整齊齊地藏著三十多萬英鎊，那是貝德漢普頓火車搶劫案的贓款。當然了，那只不過是滄海之一粟。

「柏翠門旅館，讓我告訴你吧，正是指揮這一切的總司令部！有一半的員工參與其中，一些客人也上場演出。有些客人確是他們自稱的那個人……但有一些不是。真正的卡伯特一家，此時正在尤卡旦。再拿法官勒果夫先生為例，熟悉的臉龐，又大又圓的鼻子，還有一顆疣子。非常容易模仿。卡農．賓尼神父，一個和善的鄉村神父，有著一簇亂蓬蓬的白髮和心不在焉的舉止。他的特殊習慣，他從眼鏡往上看的方式……都非常容易被一個硬底子的演員所模仿。」

「那樣做又有什麼用呢？」貝施問道。

「你真的是問我嗎？那不是很明顯嗎？法官勒果夫先生，有人在一次銀行搶劫案現場附近看到他。有人認出他來，提到這件事。我們進行調查，發現完全是誤會。那時候他在別的地方。我們過了很長的時間才意識到，這些都是所謂的『刻意的誤會』。沒有人會奇怪有人長得如此相似……而實際上又不是特別的像。他卸掉化裝停止表演他的角色。這一切都引起混亂。每一次，我們都有一個高等法院法官或一個副主教、一個海軍上將、一個少將在犯罪現場附近被人看到。

「在貝德漢普頓火車搶劫案發生之後、贓物到達倫敦之前，至少有四種交通工具參與其中。馬利諾斯基開的一輛賽車參與了，還有一輛假的箱型貨車、一輛裡面坐著海軍上將的老式戴姆勒轎車，以及一個長著亂蓬蓬白髮的老年神父駕駛一輛莫里斯牛津。這一切真是一次絕妙的行動，安排得非常漂亮。

「可是有一天，這幫傢伙遇上一件不走運的事，那個糊塗的老神父，卡農．賓尼神父，在錯誤的日子裡去趕飛機。他們將他從機場打發走後，他毫無目的地走到克倫威爾路，看了場電影，半夜後回到這兒，來到樓上他的房間……他的口袋裡裝著房門的鑰匙，他打開房門，走進去，極為震驚地看見自己正坐在一把朝著他的椅子上！這夥人最沒預料到的是看到真正的卡農．賓尼神父……他本該安安穩穩地待在盧森，現在卻活生生走進來！和他一模一樣的人已準備好動身去貝德漢普頓扮演他的角色，這時候真正的人走了進來。他們不知怎麼辦好，但這夥人中的一員反應迅速採取了行動。我猜是漢合斯。他猛擊老人的頭部，使他倒在地上失去了知覺。我想，有人為此感到生氣，非常生氣。然而，他們檢查這老人之後，發現他只不過是給擊昏了，以後很可能會甦醒過來，於是他們繼續按計畫進行。假卡農．賓尼神父離開房間，走出旅館，驅車趕到活動地點，他將在那兒扮演神父的替身。他們如何處置真的卡農．賓尼神父，我就不得而知了，我只能猜測。我猜那天晚上他也給挪動了，被放在車裡帶到那個以種植蔬菜水果為生的農夫家裡，他的農舍所在離攔截火車的地方不太遠，而且那裡還有個醫生能照顧他。這樣，如果有報告說，有人在那附近看到卡農．賓尼神父，那一切就非常吻合。這段時間，那些相關的人必定都感到焦慮不安。等到他重新甦醒過來，他們發現至少三天的時間已經被那一擊趕出了他的記憶。」

「否則他們就會殺了他？」瑪波小姐問道。

「不會的，」老爹說，「我想他們不會殺害他，有人不允許那種事發生。自始至終，這一點很明顯：不管是誰操縱這場演出，他都反對謀財害命。」

「聽起來真是荒誕，」貝施．塞奇威說，「極其荒誕！我不相信你們有任何證據把拉迪斯洛．馬利諾斯基與這些連篇廢話連在一起。」

「我們有很多對拉迪斯洛．馬利諾斯基不利的證據，」老爹說，「要知道，他是個粗心大意的人。他在不應該來的時候到這附近溜達。第一次來的時候，他是來與你女兒聯絡的。他們設有暗號。」

「胡說，我親口跟你說過，她不認識他。」
「她跟我這樣說過，但那不是真的，她正狂戀著他。她希望這傢伙娶她。」
「我不相信！」
「在你這樣的位子是不會知道的，」戴維探長指出，「馬利諾斯基不是那種心裡藏不住話的人，而你的女兒，你根本就不了解。你也放任這種情形。當你發現馬利諾斯基來到柏翠門旅館的時候，你非常生氣，對吧？」
「我為什麼要生氣呢？」
「因為你是這場演出的領導者，」老爹說，「你和亨利。財政方面的事由霍夫曼兄弟負責。他們安排聯繫歐陸銀行、設帳戶及其他方面的事情，但是這個集團的老闆管理並安排它的大腦，是你的大腦，塞奇威夫人。」
貝施．塞奇威看著他大笑起來。
「我從沒聽說過這麼荒謬的事情！」她說。
「哦，不，這一點都不荒謬。你有頭腦、有勇氣、有膽量，你大多數事情都嘗試過；你覺得，最好再試試犯罪。那裡面充滿刺激、充滿危險。吸引你的不是金錢，我可以這樣說，而是這樣的事所帶來的樂趣。但你不主張謀殺，也不主張不恰當的暴力。沒有殺戮，沒有暴力襲擊，只是在必要時好心、悄悄、科學地在誰頭上敲敲。要知道，你是個非常有意思的女人，極少數真正讓人感興趣的偉大罪犯。」

有幾分鐘的時間，大家都沒說話。

然後，貝施．塞奇威站起來。

「我想你一定是瘋了。」她將手伸向電話。

「打算給你的律師打電話？在你說得太多之前，這樣做是很對的。」

她猛然一揮手，將話筒往電話架上一摔。

「再一想，我討厭律師……好吧，你說得對。是的，我操縱著這場演出。你說得很對，這齣戲很有趣。我喜歡它的每一分鐘。從銀行、火車、郵局以及所謂的運鈔車裡拿錢很讓人開心！做安排、做決定都讓人開心，非常有趣的事情，得到它們我很高興。泥做的罐子在井裡打水一次都嫌多？你剛才是這樣說的，對吧？我想你說得對。為了錢，我已經玩得非常開心了。但你說拉迪斯洛．馬利諾斯基開槍打死了邁克．戈爾曼，你錯了！不是他，是我。」

她突然高聲而激動地大笑起來。「不要追問他做了些什麼，他是怎麼威脅的……我跟他說過，我要打死他。我的做法基本上跟你所說拉迪斯洛的做法一樣。我躲在那地方，當艾薇拉經過的時候，我胡亂地開了一槍，當她尖叫起來、米基衝到大街上之後，我打中他身上的目標，讓他罪有應得！當然，我有這家旅館所有入口的鑰匙。我從朝向那塊廢區的門溜進來，上樓到我的房間。我從沒想到你會查出這把槍是拉迪斯洛的……並懷疑他。我趁他不注意時，從他的車子裡偷了它。但絕對沒有——我向你保證——把嫌疑轉嫁到他身上的念頭。」

她掃了瑪波小姐一眼。

「你是這些話的見證人。記住，我殺了戈爾曼。」

「也許你這樣說，是因為你愛馬利諾斯基。」戴維探長暗示說。

「我沒有。」她猛然反駁說，「我是他的好朋友，僅此而已。哦，是的，我們曾經是關係親密的情人，但我不愛他。在我這一生中，我只愛過一個人——約翰・塞奇威。」她說這個名字的時候，聲音變得輕柔起來。「但拉迪斯洛是我的朋友。我不想讓他為自己沒做過的事而蒙冤入獄。我殺害了邁克・戈爾曼。我這樣說過，而且瑪波小姐也聽到了……現在，親愛的戴維探長……」她興奮地提高了聲音，大笑起來。「把我抓起來呀。」

她一甩手臂，用沉重的電話機座砸碎窗戶，在老爹能站起身之前，她就跳出了窗戶，斜著身子沿狹窄的護牆飛快地向前挪動著。戴維拖著肥胖的身軀以令人吃驚的速度迅速跑到另一扇窗，推開窗櫺。與此同時，他吹響了從口袋裡掏出來的警笛。

瑪波小姐費了更大的氣力經過了一會兒才站起來，走到他身邊。他們一起注視著柏翠門旅館的正面牆壁。

「她會掉下去的。她正沿著水管往上爬，」瑪波小姐驚嘆道，「可是為什麼往上爬呢？」

「到房頂上去。那是她唯一的機會，她知道這一點。老天，看她，爬得像貓一樣靈活。她看上去就像貼在牆上的一隻蒼蠅。看她冒的這個險！」

瑪波小姐半閉著眼睛喃喃說道：「她會掉下去的，她不能那樣……」

他們注視中的女人從視線中消失了。老爹往房間裡縮回身子。

瑪波小姐問：「你不想去……」

老爹搖搖頭。

「我這樣的身子去有什麼用？我已經讓手下準備好應付這樣的事，他們知道該怎麼辦。過幾分鐘我們就會知道……我想她不可能鬥得過這麼多的人！要知道，她是個千裡挑一的女人。」他嘆口氣。「野蠻人種。唉，每一代都有些這樣的人。你不能馴化他們，你不能把他們帶回社會，讓他們生活在法紀之中。他們只按自己的方式生活。如果是聖教徒，他們會去做照顧痲瘋病患的事，或在叢林中殉道；如果是壞人，他們會做些你聽都不想聽的殘忍之事，有時候……他們就是野蠻！要是生在另外一個時代，一個每個人都得靠自己的雙手、通過競爭來維持生活的時代，我想他們是可以接受的。時時有危險，處處是危險，而他們對別人也必然造成危險。那樣的世界適合他們，他們在那裡會如魚得水。這一個卻不是。」

「你知道她打算幹什麼嗎？」

「不知道，那是她的天賦……出人意料。要知道，她一定已經把這件事想透了。她知道會發生什麼，所以她坐在那裡看著我們，讓一切繼續進行，又一邊進行思考。努力地思考、計畫。我想，啊……」

他停住，因為突然傳來重重汽車排氣所發出的聲音、車輪的尖叫聲以及一輛大型賽車引擎的轟鳴聲。他探身往外看看。

「她成功了，她跑進自己的車子。」

那輛汽車兩個輪子貼地得從轉角處經過時，發出更多的尖叫聲，隨著一聲吼叫，那漂亮的白色怪物把整個大街撕成碎片。

「她會害死人的，」老爹說，「她會害死很多人……即使她不自殺。」

「我不知道。」瑪波小姐說。

「她是個好駕駛，一定的，非常好的駕駛。但是，那一個差一點！」

他們聽到汽車吼叫著疾馳而去，喇叭不停地高聲鳴叫，吼叫聲漸漸微弱。哭聲、喊叫聲、煞車聲、汽車鳴喇叭、停車，最後是輪胎淒厲的尖叫聲、低沉的排氣聲以及……

「她撞車了。」老爹說。

他非常平靜地站在那裡耐心等待，這種耐心是他那龐大身軀所特有的。瑪波小姐靜靜地站在他旁邊。然後像接力一樣，話沿著大街傳下去。對面人行道上的一個人抬頭看著戴維探長，用手迅速做了幾個信號。

「她得到了報應，」老爹沉重地說，「死了！以每小時九十英里的速度撞上公園的欄杆。除了一些輕微的碰撞之外，沒有其他人傷亡。了不起的駕駛技術。是的，她死了。」

他轉身回到屋子中間沉重地說：「嗯，她敘述了事情的經過。你聽到她說的話了。」

「對，」瑪波小姐說，「我聽到了。」她停了停。「當然，那不是真的。」瑪波小姐平靜地說。

老爹看著她。

「你不相信她？」

「你相信嗎？」

「不，」老爹說，「不，那不是事情真正的經過，是她想出來的，這樣就能與案子完全相符。但那不是真的。她沒有打死邁克．戈爾曼。你知道是誰幹的嗎？」

「我當然知道。」瑪波小姐說，「那女孩。」

「啊！你什麼時候開始這樣認為？」

「我一直這樣懷疑。」瑪波小姐說。

「我也是，」老爹說，「她那天晚上充滿恐懼。她撒的謊都很拙劣。但我一開始看不出有什麼動機。」

「那使我也感到迷惑不解，」瑪波小姐說，「她發現了她母親的婚姻是重婚，但一個女孩子會為這個而去殺人嗎？如今不會吧！我猜裡面有金錢的因素。」

「對，是與錢有關，」戴維探長說，「她父親留給她一筆巨大的財富。發現她媽媽已與邁克．戈爾曼結婚的時候，她意識到她媽媽與科尼斯的婚姻不是合法的。她以為那表示她不會得到那筆錢，因為儘管她是他女兒，但她不是婚生子。你知道，她錯了。我們以前也有一個與此類似的案件，最後取決於遺囑裡的條款。科尼斯非常明確地把財產留給她了，指名道姓。她一定會得到它，而她卻不知道這一點，而且她不打算失去那筆錢。」

「她為什麼如此需要錢呢？」

戴維探長表情冷酷地說：「以收買拉迪斯洛・馬利諾斯基的心。他可能是為了她的錢才想娶她，沒了那筆錢就不會娶她。那女孩不是個傻子。她知道這點。但她需要他，不惜任何條件。她不顧一切地熱戀著他。」

「我知道，」瑪波小姐說。她解釋道：「我那天在貝特西公園看到她的神情……」

「她知道，有了那筆錢她就會得到他，而沒有那筆錢就會失去他。」老爹說，「所以她計畫了一場殘忍的謀殺。她當然沒有藏在那個地方。那裡沒有一個人。她就站在欄杆邊上，開一槍，然後尖叫，當邁克・戈爾曼從旅館衝到大街上時，她在很近的距離開槍將他打死。接著她繼續尖叫。她是個冷靜的老手。她不想連累拉迪斯洛。她偷了他的手槍，是因為這是她能輕易弄到槍的唯一途徑；她作夢都沒想到他會涉嫌這樁案子，也沒想到那天晚上他就在附近。她以為可以歸罪到某個利用大霧犯案的暴徒身上。是的，她是個冷靜的老手。但那天晚上她很害怕……後來，她媽媽又為她感到擔心……」

「現在，你打算怎麼辦？」

「我知道是她幹的，」老爹說，「可是我沒證據。也許她會有初犯者的運氣……現在連法律都好像奉行這樣的準則：每隻狗都准牠咬一次……解釋成通俗的話就是如此。老練的律師能夠利用這些博人憐憫的事情編一齣好戲……這麼小的女孩，這麼不幸的成長過程，而且她還很漂亮。」

「是的，」瑪波小姐說，「撒旦的孩子都很漂亮，眾所周知，他們像綠月桂樹一樣枝繁葉茂。」

「可是正如我跟你說的，很有可能甚至不會到那個地步。沒有證據……拿你自己為例，你將被傳喚，為她媽所說的話、所做的犯罪供詞作證。」

「我知道，」瑪波小姐說，「那是她強加於我的，不是嗎？她為自己選擇了死亡，以求讓她女兒獲得自由。她把它當作一個臨死的請求而強迫我……」

連著臥室的門開了，艾薇拉・布萊克走了出來。她穿著一件淡藍色的寬鬆直式長裙，金黃色的頭髮從兩邊臉上垂下來。她看上去就像早期義大利油畫中的天使。她看看這個，又看看另外一個。她說：「我聽到汽車聲，相撞聲，還有人們的喊叫聲……出了交通事故了嗎？」

「我很難過地告訴你，布萊克小姐，」戴維探長嚴肅地說，「你母親去世了。」

艾薇拉輕輕地倒吸一口氣。

「哦，不。」她說。

那是種無力、拿不定主意的抗議。

「在她逃跑之前，」戴維探長說，「那的確是逃跑……她承認是她殺了邁克・戈爾曼。」

「你是說，她說……是她？」

「對，」老爹說，「她是這麼說的，你有什麼要補充的嗎？」

很長一段時間，艾薇拉看著他，非常輕微地，她搖了搖頭。

「沒有，」她說，「我沒有任何要補充的。」

然後她轉身離開了房間。

「那麼，」瑪波小姐說，「你打算讓她逍遙法外嗎？」

短時間的停頓後，老爹一拳砸在桌上。

「不，」他咆哮著。「不，我向上帝發誓，我絕不善罷干休！」

瑪波小姐緩慢而沉重地點點頭。

「願上帝寬恕她的靈魂。」她說。

專文推薦

# 藏在日常細節中的冒險

楊照（作家）

一開始，就都在那裡了。

一九二〇年，阿嘉莎・克莉絲蒂出版了《史岱爾莊謀殺案》，神探白羅就已經退休了。而且在這個案子裡，藉由敘述者海斯汀的轉述，就鋪陳出克莉絲蒂小說最基本的偵探原則：

「那些看來或許無關緊要的小細節……它們才是重要的關鍵，它們才是偉大的線索！」

「豐富的想像力就像洪水一樣，既能載舟亦能覆舟，而且，最簡單直接的解釋，往往就是最可能的答案。」

「沒有任何謀殺行為是沒有動機的。」

還有，一個不討人喜歡的死者，一群各有理由不喜歡死者、因而也就都有殺人動機的人，這些人彼此之間構成複雜的關係，有的互相仇視，有的互相愛戀，麻煩的是，有些愛人其實貌合神離，有些仇人其實私下愛慕；更麻煩的是，不論是愛或是仇，都有可能是扮演出來的。

一個外來的偵探必須周旋在這些嫌疑者之間，從他們口中獲取對於案情的了解，換句話說，他必須在很短的時間內，搞清楚誰是誰、誰跟誰吵架、誰跟誰偷情，然後判斷誰說的哪一句是實話、哪一句是謊言。常常謊言比實話對於破案更有幫助。

再偷偷透露一下，如果要和小說裡的凶手及小說背後的作者鬥智，就像克莉絲蒂對英國社會的了解，祕訣就在於要去追究小說裡的人物背景，尤其是他們的階級地位。基本上，階級地位愈高、權力愈大、愈有錢者，說的話就愈不要相信。例如在《史岱爾莊謀殺案》中，僕人、園丁說的話遠比有頭有臉的人說的要可信多了。就算要說謊，他們的謊言也比較天真，而且往往出於善良動機。當你歸納線索時，就會知道他們並非故意說謊，那是因為他們的認知受到蒙蔽或誤導，而你慢慢就從這蒙蔽或誤導中被引導到真相。

《史岱爾莊謀殺案》出版那年，克莉絲蒂三十歲，但書稿其實早在五年前就寫好了，畢竟要找到有人願意出版一個看來再平凡不過的家庭主婦寫的小說，並不是那麼容易。

所有和克莉絲蒂接觸過的人，都對於她的「正常」留下深刻印象。她看起來就和她那個年紀的典型英國家庭主婦一樣，害羞、靦腆，只能在社交場合勉強跟人聊些瑣事話題，完全無法演講，甚至連只是站起來對眾賓客說幾句客套話，請大家一起舉杯，她都做不到。她不演講，也很少答應接受採訪，就算採訪到她也很難從她口中得到有趣的內容。她會講的，幾乎都是記者本來就知道、或者自己就可以想得出來的。

例如說白羅這個神探的來歷。克莉絲蒂回答：他應該是個外國人，這樣就能在英國日常生活中看出英國人自己看不出的線索。她自己碰過的外國人，只有第一次大戰剛爆發時到英國避難的比利時人。比利時警察怎麼能跑到英國來？那一定是因為他已經退休了。他有潔癖，所以對於現場會有特殊的直覺，馬上感受到不對勁的地方。一個有潔癖的人，好像應該長得矮小些才相稱，一個矮小有潔癖的人最適當的名字，就是希臘神話裡的大力士「赫丘勒斯（Hercules）」，製造出荒唐的對比趣味。那白羅這個姓是怎麼來的呢？克莉絲蒂很誠實地說：「我不記得了。」

一切都如此順理成章，一切都如此合邏輯，不是嗎？有記者問她怎麼看自己的舞台劇〈捕鼠器〉，創下了英國劇場、甚至全世界劇場連演最多場紀錄的名劇？克莉絲蒂的回答也還是中規中矩，合理合節：那是一齣小戲，在一個小劇院演出，成本很低，任何人想到了都可以帶家人或朋友去看，老少咸宜，並不恐怖，也不特別荒謬打鬧，可是又什麼都有一點，包括恐怖和荒謬打鬧的成分。

她的身上找不出一點傳奇、怪誕色彩，那她為什麼能在五十年間持續寫偵探小說，創造了那麼多謀殺，還創造了那麼多詭計？

首先因為她是女性，以及她的身世，包括她的階級身分，使得她在描寫故事場景時比一般男性作者來得敏感。因為在她之前的偵探推理小說男性作家的階級身分都是高高在上，基本上他們會從較高的角度看社會，比較看不到底層的感受。

而她的婚變以及婚變中遭逢的痛苦，都使她更能體會與觀察，將英國社會的複雜細節融入小說的核心情節，讓探案與線索分析結合在一起。

克莉絲蒂一生結過兩次婚，第一次在一九一四年，婚後不久，丈夫就參加了歐戰，是英國皇家空軍最早一批飛行員。一九二六年，這個丈夫有了外遇，直率地向克莉絲蒂要求離婚，在那之前，克莉絲蒂的媽媽才剛過世，雙重打擊之下，又遇到車子無法發動，克莉絲蒂崩潰了，她棄車而走，忘記了自己究竟是誰，躲進一家鄉間旅館，登記時寫了她心裡唯一有印象的名字——她丈夫情婦的名字。

離婚後，一次在晚宴中，有人提起近東烏爾考古的最新收穫，克莉絲蒂就取消了原定要去西印度群島的計畫，改訂了跨越歐洲到君士坦丁堡的「東方快車」，是的，就是這趟旅程給了她寫《東方快車謀殺案》的靈感。不過更重要的是，在烏爾，她認識了一位年輕的考古學家，比她小十四歲，這個人後來成了她的第二任丈夫。

這位考古學家陪她去參觀在沙漠中的烏克海迪爾城，卻在沙漠中迷路困陷了。幾小時中克莉絲蒂卻沒有一點驚慌不安，當下考古學家就決定要向她求婚。

原來，克莉絲蒂的內心是有這種冒險成分的。要不然她不會兩次選到的，都是喜愛冒險的丈夫，而她本身大概也不會吸引一個在各種危險情境下挖掘古代寶藏的人，讓他願意向一個大他十四歲的女人求婚。

這樣說吧，維多利亞時代後期的英國環境，壓抑限制了克莉絲蒂冒險、追求傳奇的內在衝動，她只好將這樣的衝動寄託在丈夫和寫作上。她一邊陪著第二任丈夫在近東漫走，一邊在小說中寫各式各樣的謀殺與探案。謀殺和探案都是冒險，還有，偵探偵查中做的事——蒐集線索，還原命案過程——其實和考古學家的考掘，如此相似！

克莉絲蒂寫得最好的，正是「藏在日常中的冒險」。她個性中的雙面成分，造就了特殊的偵探魅力。既嚮往非常傳奇，卻又有根深柢固的日常邏輯信念，兩者都在克莉絲蒂的小說中扮演了重要角色。她的謀殺案幾乎都和日常習慣緊密編織在一起，日常環境成了凶手最重要的掩護。有些日常規律明顯地被破壞了，讓我們很自然以為那會是謀殺的線索，沿著這些線索形成了閱讀中的推理猜測，然而白羅早就提醒了，真正重要的反而是那些「細節」，也就是看來像是依隨日常邏輯進行的事，或說藏在日常邏輯中因而不被看重的事，那裡要嘛藏著凶手的核心詭計、煙幕，要嘛藏著凶手致命的破綻。

凶案的構想，就是如何讓異常蓋上日常、正常的面貌，又如何故意將日常、正常予以扭曲，製造假象；那麼偵探要做的，就是如何準確地在日常中分辨出真正的異常，將假的、明顯的異常撥開來，找出細節堆疊起來的異常真相。

此外，克莉絲蒂的小說裡隱藏著極其曖昧的情感價值觀，最典型、最有名的就是《東方快車謀殺案》。透過追查過程，讓讀者知道為什麼凶手要訴諸於這種手段，其動機具有可同情之處，再加上克莉絲蒂對身分階級的觀察，她比較相信或讓讀者相信那些沒有權力、地位的人，隨著偵查節奏去認識可能或必須懷疑的人。克莉絲蒂最擅長營造「多重嫌疑犯」的小說特質，因為讀者在閱讀時必須被迫去認識很多不一樣的人。在她最受歡迎的作品，大概都具備這樣的特質。

當然，她的作品中還有兩個最突出的神探，即白羅和瑪波。白羅是比利時人，但為什麼必須是外國人？這是因為英國人具有高度階級意識，這種觀念一路滲透到所有互動細節，包括人與人之間如何說話。而白羅因為不是英國人，他會發現一般英國人不太看得出來的東西，以及兩個人互動的方法哪裡不正常。至於瑪波為什麼得是老太太？她一如那個年代的老人家，總是靜靜坐著打毛線，因為不起眼，自然讓人放鬆防備，所以瑪波探案的線索都是來自於這樣的互動模式。

然而，白羅有很明顯的優勢，瑪波的身分使她基本上只能進行「靜態」的辦案，案子的空間受到侷限，白羅卻可以跨越各種空間，恣意揮灑。而且白羅擁有警官身分，可以合理出現在各種犯罪現場，瑪波能出現的地方，相形之下就勉強、不自然多了。白羅是明白的outsider，在英國，只要他出現，就會覺得有外人在而感到緊張，於是很容易露出平常不會表現的行為；瑪波則看起來是 insider，但實質上是 outsider，因為總是沒人發現她、當她空氣人。這兩人的探案，是兩個極端。雖然讀者最愛白羅，但克莉絲蒂自己偏愛瑪波勝於白羅。

不管後來的偵探、推理小說發展了多少巧妙詭計，克莉絲蒂卻不會過時，因為她的推理如此密切地和日常纏繞在一起；活在日常中，我們就無可避免被克莉絲蒂的「日常細節推理」吸引，隨時讀來都充滿驚奇趣味。

# 名家盛讚克莉絲蒂（依推薦時間排序）

**金庸**（作家）

克莉絲蒂的寫作功力一流，內容寫實，邏輯性順暢，也很會運用語言的趣味。閱讀她的小說，在謎底沒有揭露之前，我會與作者鬥智，這種過程非常令人享受。其作品的高明之處在於：布局的巧妙完全意想不到，而謎底揭穿時又十分合理，讓人不得不信服。

**詹宏志**（作家、PChome網路家庭董事長）

推理小說在從先輩柯南・道爾等人的發明中出現力量時，誕生了一位《天方夜譚》故事中每天說故事說個不停的王妃薛斐拉・柴德，也就是「謀殺天后」克莉絲蒂，整個世界對聽這些故事才有如此的熱情。他們捨不得睡覺，每天問後來還有嗎、還有嗎，永遠不肯離去，這就是克莉絲蒂對推理小說的最大貢獻。

**可樂王**（藝術家）

所謂「克莉絲蒂式」的推理小說，就是一場和一個天才的寫作者或高明的恐怖份子在紙上捕掠捉殺的戰事。即便是一列火車、一處飯店或一間酒吧，在克莉絲蒂寫來皆充滿神祕和猜謎。在人生適合的下午裡，我總是一面嚼著口香糖，一面跟著矮子偵探白羅穿梭謀殺現場，克莉絲蒂的推理作品無疑是推理世界中最充滿「魔術性」的小說。

**吳若權**（作家、節目主持人）

我從小就對推理小說情有獨鍾，克莉絲蒂一系列的作品尤其令我愛不釋手。多年來，閱讀推理小說的經驗讓我覺悟：讀者在文字情節中推展開來的驚嘆，不只是因緣於故事的本身，而是自我性格的投射。從這個觀點來看克莉絲蒂一系列的作品，她簡直就是洞徹人性的算命師。而讀者，在她的文字中，發現了自己無可奉告的命運。

**藍祖蔚**（國家電影及視聽文化中心董事長）

做過藥劑師，難免懂得毒藥；嫁給考古學家，難免也就嫻熟文明的神祕；再加上曾經失蹤九天，一切不復記憶的離奇經驗，的確提供了寫作靈感，但若少了想像力，那些片羽靈光縱使辛辣如辣椒，卻不足以成菜。

推理小說重布局、重人物描寫，克莉絲蒂最厲害的卻是犀利的人性觀察，她一手創造的白羅探長，潔癖個性完全和她相反，更將她所憎厭的人格特質集於一身，殊不知，唯有不對著鏡子寫作，才能夠跳出框架與制式反應，開闢無限寬廣的新世界，建構多面向的詭異迷宮。

看完她的小說，你只會更加訝異，到底是什麼樣的心靈才能成就這般視野？

**李家同**（作家、前暨南大學校長）

克莉絲蒂的整體布局十分細膩，最後案情也都講解得非常詳細，回頭去看，在書中都找得到線索。故事的情節與內容也很好看，不是像一個流氓在街上被殺掉那麼單調。……看小說應該要花腦筋、要思考，從小就要養成思辨的能力，看她的小說，就是對邏輯思考能力極佳的訓練。

**袁瓊瓊**（作家）

雖然被公認是冷靜理性的謀殺天后，但是在理性之下，克莉絲蒂的底色依舊是感情。克莉絲蒂很明白，所有的慾望之後，都無非是某種愛情。在以性命相搏的犯罪世界裡，凶手以終結他人的性命來遂私欲，不過是為了成全自己的愛，或者是成全自己的恨。

**鄧惠文**（精神科醫師）

以推理小說作家而言，克莉絲蒂的風格相當獨樹一格。她的偵探在辦案時，靠的不光是科學證據的搜集，而是大量運用犯罪心理學，及對人性的深刻了解。例如在《五隻小豬之歌》中，白羅便是藉由聽取嫌疑犯訴說案情時所不自覺顯露的主觀意識及中心思想，而看出其中破綻，找出真凶。白羅是靠腦袋辦案，以心理層面去剖析案情，即使人們敘述的是同一件事，他可以聽出不同角色因出發點及看待角度不同所透露的情緒觀感，從而抽絲剝繭，還原事實真相。

克莉絲蒂所塑造的人物也生動且各具特色，不同個性所出現的情緒反應描寫，皆細膩而準確，讓讀者產生豐富的想像空間，一展卷便欲罷而不能。

**吳曉樂**（作家）

克莉絲蒂使用的語言平易近人，主要是以角色與情節的對應來斧鑿出故事的深度，堆疊出讓讀者回味的迂迴空間。而她筆下的角色往往性別、階級、性格、族群各異，塑造出多元又豐富的人物群像。

文學作品不問類型，若要流傳於世，最終仍得上溯至「人性」的理解與反思。而阿嘉莎．克莉絲蒂的作品中，我們可以看到人類屢屢得和自己的人生討價還價，或千方百計讓主觀意識與客觀條件達成某種程度的整合，讀者在重建人物的心理軌跡時，也見識到自身的是非成敗，我認為，這也是克莉絲蒂的作品能夠璀璨經年、暢銷不衰的主因。

**許皓宜**（心理學作家）

克莉絲蒂筆下的故事看似在談人性的醜惡，實則像一位披著小說家靈魂的心靈引導者，用她的文字訴說著人們得不到「愛」時的痛苦。於是在故事終了的剎那，你不得不對人生多了幾分「看透感」：原來，我們心裡的那些痛苦、報復與自我折磨的慾望，不是因為「憤恨」，而是起於對「愛的失落」。這或許是我們在情感世界中最珍貴且深刻的一種覺察了。

推理小說荒謬驚悚嗎？不，它其實很寫實。它幫我們說出心裡的苦、怨、醜陋的慾望，於是，我們可以重新學習愛了。

**一頁華爾滋 Kristin**（影評人）

從有記憶以來，閱讀克莉絲蒂最迷人之處往往不在真正的凶手是誰，而是在於「Why」（為什麼）與「How」（如何進行），在於人性與心理描摹的故事肌理。依循其書寫脈絡，會發覺不只是邏輯清晰、布局縝密、著重細節，她總能完美掌握敘事節奏，書中人物彷彿真實存在般鮮明躍然紙上，讀者情緒會隨精準文字保持流轉、跳動、收放，掩卷時並無太多真相水落石出的暢快，反倒淡淡的惆悵化為餘韻襲上心頭，原來還是種種意料之外，卻屬情理之中的人性盲目使然。私以為，那成就了克莉絲蒂的推理故事之所以無比迷人的主因之一。

**冬陽**（推理評論人）

雖然阿嘉莎．克莉絲蒂的作品並非我的推理閱讀啟蒙，卻是養成閱讀不輟的重要推手。首先，她無庸置疑是個說故事能手，打開我名為好奇的開關；其次是設計犯罪事件的巧妙多元，既日常又異常，凶手更是叫人意想不到。沒錯，我相信每個當讀者的都忍不住想破案，想早偵探一步識破詭計，或者像考試結束鈴響前一秒，瞎猜都要指著某個角色大喊「你就是犯人」！然後會忍不住作弊——不是翻到最後幾頁窺探真凶身分，而是往前翻查讓人起疑的段落、偵探顯然掌握重要線索的時刻，直到忍不住豎白旗投降，看神探（我知道啦，真正把我耍得團團轉的聰明人是作者）頭頭是道地分析我遺漏錯置的片片拼圖，終於看清真相全貌。這，就是偵探推理，我因此熟悉遊戲規則、沉醉在每一場迷人故事裡，成為這個類型書寫的俘虜，享受至今不疲的美好滋味。

**石芳瑜**（作家、永樂座書店店主）

布局細膩、處處留下線索，破案解說詳細，說明了這位安靜、害羞的推理小說女王心思縝密，且充滿想像力。密室殺人，完美犯罪，《東方快車謀殺案》不愧為古典推理小說的經典。再加上神祕的東方色彩，隨著火車抵達的迫切時間感，連非推理小說迷都會神經拉緊，讀完大呼過癮。

家庭主婦缺少人生經驗？處女座的阿嘉莎．克莉絲蒂充分展現她過人的寫作天分，靠得是從小開始的閱讀，以及對偵探小說的著迷。三十歲寫下第一本偵探小說《史岱爾莊謀殺案》的克莉絲蒂，在那個時代並不能說是「早慧」，但寫作生涯五十五年中，共創作了八十部偵探小說，卻令人難以企及。這位害羞靦腆的小說女神，大概是相信只要有足夠的理由，每個人都有殺人的可能！

**余小芳**（暨南大學推理研究社指導老師、台灣推理作家協會常務理事）

學生時代加入推理社團，社課指定讀物便是經典作品《一個都不留》，成為我對克莉絲蒂的初步印象，自此沉浸於推理小說的世界。隔年寒假陪同學參與轉學考，在斜風細雨的走廊中，滿足讀完《東方快車謀殺案》。隨著歲月遠走，已昇華成趣味回憶。

踏入推理文學領域需要認識的作家，阿嘉莎．克莉絲蒂絕對名列其中，她的作品常有英國小鎮風光、莊園式的謀殺、設備豪華的交通工具等，還有特色鮮明的偵探活躍其中。書中少有血腥、暴力的橋段，布局巧妙且結構嚴密，手法純粹、知性，故事內容與人物性格融為一體，以高超的想像力結合說好故事的能耐，為推理小說開創新局面。克莉絲蒂推理全集重編改版，值得新舊讀者一起探索。

**林怡辰**（國小教師、教育部閱讀推手）

多年後，還是難忘第一次閱讀阿嘉莎．克莉絲蒂作品的感動和激動。這套將近一世紀的作品，文筆流暢，邏輯縝密，過程中不斷與作者較量、猜出凶手，直到最後解答不禁佩服，蛛絲馬跡處處展現作者的精妙手法，於是又拿起另一部作品，再次沉溺在謀殺天后所編織的日常世界中的奇幻，無可自拔。犯罪動機和手法穿越時空限制，如今讀來合理且依舊令人感動，閱讀中趣味橫生，難怪成為後來諸多偵探小說的原型。

克莉絲蒂創作生涯中產出的八十部推理作品，至今多部躍上大銀幕，無怪乎被稱之為「經典」，喜愛推理偵探作品的人不可不讀，你會驚異於她在文字中施展的魔法！

張東君（推理評論家、科普作家）

我愛克莉絲蒂！這位在台灣有時會被稱為克奶奶的超級暢銷推理小說家，即使是自認沒讀過她的書的人，也都會在各種書籍或影視作品中看到對她致敬的片段。由於她喜歡旅行和冒險，那些經驗與體驗都成為書中的場景，因此閱讀她的作品時，不只是雀躍地跟著偵探推理，也有了虛擬的旅行體驗。或者當成旅遊導覽書，在出發去尼羅河、去英國鄉間、去搭船搭火車時，就塞一本克奶奶的作品到隨身背包中。

我還是大學新生時，就聽學姐說她哥哥經常看克奶奶的小說，而且邊看邊狂笑。於是我跟著效仿，在某次搭飛機之前買了第一本小說當旅伴，不只看得超開心，看完後還到處找尋書中出現的那種有兜帽的斗篷，當成出門時的必備用品。克奶奶的作品是跨越文字、國界的。只要看過一本，就會不停地追下去。還好，真的是還好只有八十本。何況這次是全新校訂的紀念珍藏版，當然不能錯過！

發光小魚（呂湘瑜）（文史作家、助理教授）

一部好的偵探小說，除了情節設計巧妙之外，還需要洞悉人性，如此方能合理地交代人物的言行舉止與動機。阿嘉莎·克莉絲蒂便是其中翹楚，她的作品不管是偵探、愛情小說或戲劇，必要元素都是謎題與人性。在寧靜無波的場景下暗潮洶湧，永遠都有意料之外，讀者的情緒也會隨著劇情的進行起伏糾結。克莉絲蒂觀察到時代的變化，將犯罪心理融入作品中，於是，看她的小說不只能得到解謎的快樂，同時對人性也能夠有所省思。

此外，克莉絲蒂豐富的人生歷練及旅行經歷，例如一九二二年的環球之旅、居住過也旅行過的巴黎和埃及，甚至是追隨考古學家丈夫前往的中東，都讓她的小說讀來更加充滿異國情調。如果你也愛旅行，不如就讓我們一同搭上那一班南法的藍色列車，或由伊斯坦堡出發的東方快車，跟著白羅鑽進一樁奇案，一嘗旅程中破解謎題的快感吧。

**盧郁佳**（作家）

國小時，家裡買了一套阿嘉莎．克莉絲蒂全集，從此成了我的毒品，在白癡課本將我的腦袋啃囓成海綿般空洞時，撫慰受創的心靈，那時我仍對人心險惡一無所知。

數學課教你列算式，樂趣遠不如克莉絲蒂教你住宅平面圖、偷換時序的密室魔術，你從庭園長窗進房間，我從房門直通鄰房，他從走廊進房……從而學會故事是建構邏輯。她文風多變，時而《四大天王》中讓神探白羅向助手海斯汀大賣關子，眉頭緊皺，山雨欲來，預示天翻地覆，只能靠他拯救世界；時而用維吉尼亞．吳爾芙《自己的房間》中俏皮的語言，讓貧苦村姑安妮在《褐衣男子》中回憶南非出生入死的冒險，竟源於她耽讀村裡圖書館爛舊的冒險愛情小說，還有戲院每週末放映〈帕米拉歷險記〉，帕米拉每集從飛機跳落高空、搭潛艇、爬上摩天大樓，每次被黑幫老大抓到總不一刀斃命，卻老要用瓦斯毒死她，暗示續集又會逃出生天。

長大才發現，克莉絲蒂小說就是我的〈帕米拉歷險記〉：它以歌劇般輝煌龐大的天真陰謀、精細的人際觀察（一句話重音放在哪個字、從膝蓋鑑定女人的年齡等），召喚年輕讀者抱持浪漫精神投入未知的壯遊，瘋魔、衝撞、冒犯，傷痕累累毫無懼色。正如瓦斯在冒險片中太多、現實中卻太少；陰謀在現實中沒有克莉絲蒂寫得那麼複雜，但她刻畫的心理卻是現實中解謎的試金石。

**賴以威**（臺灣師範大學電機系副教授）

或許可以為經典下幾個定義：該領域的愛好者更都讀過；不是這個領域的愛好者，許多人也都聽過；影響後續的作品，在很多著作中都可以看到它的影子；值得反覆再三閱讀，每隔一陣子再讀都可以獲得閱讀的樂趣，有更多的體悟。我永遠記得第一次讀《東方快車謀殺案》時，被那宛如嚴謹設計數學謎題的鋪陳、推進給深深吸引、震撼。從這幾個角度來說，克莉絲蒂的推理小說被稱之為「經典」，可說是當之無愧。

**謝哲青**（作家、旅行家、知名節目主持人）

克莉絲蒂小說的魅力在於透過每個角色的對白，藉由不斷的說話來表現人物的個性，以彰顯其人格特質中一些無法被忽略的事實。我們從他們的言語、講話的過程和字裡行間，竟然就能知道誰是凶手。

我從克莉絲蒂的小說學到很多，除了推理小說有趣的事實之外，最重要的是，我在工作的職場跟人應對的時候，如何從語言和對話裡去捕捉某些隱而不顯的事實。許多人們欲蓋彌彰的東西，無論心事也好、祕密也好，克莉絲蒂都會用文學的手法，讓你理解語言的奧妙和魅力。

克莉絲蒂的書寫會讓你覺得彷彿自己也在現場，你可以從聽到的對話當中，學會如何理解人心的一些小技巧，這是小說家最出色、最偉大的地方。我們必須學習傾聽別人說話——這些人講話是真誠的嗎？他想要跟你分享什麼資訊？這些資訊可靠嗎？——這是我在閱讀推理小說時，最大的收穫和理解。

# 阿嘉莎・克莉絲蒂大事記

| | | |
|---|---|---|
| 1890 | | • 九月十五日出生於英格蘭德文郡托基鎮。 |
| 1894 | 4 歲 | • 開始在家自學，父母親、姐姐教導閱讀、寫作、算術和彈鋼琴。 |
| 1895 | 5 歲 | • 家中經濟走下坡，舉家搬至法國，學會流利的法語。 |
| 1905 | 15 歲 | • 在巴黎寄宿學校學鋼琴和聲樂，但生性極度害羞，未成為職業鋼琴家，最終回到英國。 |
| 1907 | 17 歲 | • 陪同母親前往埃及調養身體，對社交活動充滿興趣，但尚未對日後感興趣的埃及古物點燃熱情。<br>• 回英國後繼續寫作、參與業餘戲劇表演。 |
| 1908 | 18 歲 | • 寫出第一篇短篇小說〈麗人之屋〉，同時也寫出第一部愛情小說《白雪黃漠》，以筆名向出版社投稿，但屢遭退稿。 |
| 1912 | 22 歲 | • 與英國皇家軍官亞契・克莉絲蒂（Archibald Christie）熱戀。<br>• 八月爆發第一次世界大戰，亞契奉派到法國作戰。 |
| 1914 | 24 歲 | • 耶誕夜結婚，亞契隨即返回戰場。克莉絲蒂參與紅十字會工作，在醫院擔任護士和藥劑師，因此對藥理和毒物非常熟悉，造就後來多部推理小說情節都以毒藥殺人。 |
| 1916 | 26 歲 | • 開始嘗試寫推理小說，寫出第一部小說《史岱爾莊謀殺案》，主角偵探赫丘勒・白羅的靈感，來自於大戰期間英國鄉間的比利時難民營。本書歷經數家出版社退稿後，終獲柏德雷・海德（The Bodley Head）圖書公司的出版機會，之後並簽下另五本小說的合約。 |
| 1919 | 29 歲 | • 前一年亞契返回英國，八月生下女兒露莎琳。 |

| | | |
|---|---|---|
| 1920 | 30歲 | • 出版《史岱爾莊謀殺案》。 |
| 1922 | 32歲 | • 出版第二部小說《隱身魔鬼》，主角是夫妻檔偵探湯米和陶品絲。<br>• 與亞契至南非、澳洲、紐西蘭、夏威夷和加拿大等國旅行十個月，在南非得到《褐衣男子》的靈感。 |
| 1923 | 33歲 | • 三月出版第三部小說《高爾夫球場命案》，白羅再度登場。 |
| 1926 | 36歲 | • 四月母親過世，克莉絲蒂陷入憂鬱。<br>• 六月在「威廉・柯林斯父子出版社」出版《羅傑艾克洛命案》。<br>• 八月亞契因外遇提出離婚，十二月初一次爭吵後，克莉絲蒂離家棄車失蹤，消息登上全國新聞。 |
| 1927 | 37歲 | • 一月在悲痛心情中寫出《藍色列車之謎》，第一次創造出聖瑪莉米德村，即後來瑪波小姐居住的村子。<br>• 分居期間在雜誌刊登以白羅為主角的短篇小說，後來集結出版《四大天王》。<br>• 十二月在雜誌刊登短篇小說〈週二夜間俱樂部〉，瑪波小姐初登場，後來收錄在一九三二年出版的短篇小說集《十三個難題》。 |
| 1928 | 38歲 | • 十月正式離婚，仍保留「克莉絲蒂」姓氏。<br>• 秋天搭乘「東方快車」前往土耳其的伊斯坦堡，再轉往伊拉克首都巴格達，參觀考古現場烏爾，認識考古學家伍利夫婦（Leonard and Katharine Woolley）。 |
| 1930 | 40歲 | • 二月應伍利夫婦之邀再訪烏爾，認識考古學家麥克斯・馬龍（Max Mallowan），九月於英國愛丁堡結婚。這段婚姻開啟克莉絲蒂旺盛的創作生涯，兩人到中東考古現場的旅行為許多作品帶來靈感。 |

- 婚後克莉絲蒂開始維持固定的寫作行程。十月出版《牧師公館謀殺案》，是第一部以瑪波小姐為主角的小說。
- 出版第一部以「瑪麗・魏斯麥珂特」（Mary Westmacott）為筆名的《撒旦的情歌》，並陸續發表了五部非犯罪小說。

1932　42歲
- 出版《危機四伏》。

1934　44歲
- 出版《東方快車謀殺案》，是白羅海外辦案三部曲之一，故事靈感來自中東的旅行經歷。一九七四年第一次改編成電影大獲好評。

1936　46歲
- 出版《美索不達米亞驚魂》，白羅海外辦案三部曲之二。

1937　47歲
- 出版《尼羅河謀殺案》，白羅海外辦案三部曲之三，故事背景是年輕時與母親同遊的埃及。一九七八年第一次改編成電影大受歡迎。

1939　49歲
- 二次大戰期間，克莉絲蒂在大學學院醫院擔任義務藥師，學習到最新的毒藥知識，對於推理小說寫作大有助益。
- 出版《一個都不留》，是克莉絲蒂最著名作品之一。

1941　51歲
- 出版《密碼》，呈現出克莉絲蒂對戰爭的看法。
- 出版《豔陽下的謀殺案》。

1942　52歲
- 出版《藏書室的陌生人》、《五隻小豬之歌》等名作。

1944　54歲
- 以「瑪麗・魏斯麥珂特」為筆名出版第三部作品《幸福假面》，被美國書評人發現是克莉絲蒂的作品，讓她從此失去匿名創作的自在樂趣。

| | | |
|---|---|---|
| 1950 | 60 歲 | • 獲選為皇家文學學會的會員。 |
| 1953 | 63 歲 | • 出版《葬禮變奏曲》。 |
| 1956 | 66 歲 | • 一月獲頒大英帝國爵級大十字勳章（GBE）。<br>• 十一月以「瑪麗．魏斯麥珂特」為筆名出版《愛的重量》，是這個筆名的最後一部作品。 |
| 1958 | 68 歲 | • 成為「偵探作家俱樂部」主席。 |
| 1960 | 70 歲 | • 馬龍獲頒大英帝國爵級大十字勳章。 |
| 1961 | 71 歲 | • 獲得艾克塞特大學頒發榮譽文學博士學位。 |
| 1968 | 78 歲 | • 馬龍獲封為爵士，克莉絲蒂亦被稱為馬龍爵士夫人。 |
| 1971 | 81 歲 | • 獲頒大英帝國爵級司令勳章（DBE），獲封為女爵士。 |
| 1973 | 83 歲 | • 出版最後一部創作《死亡暗道》，亦為湯米和陶品絲最後一次辦案。 |
| 1974 | 84 歲 | • 最後一次公開露面，出席電影《東方快車謀殺案》首映會。 |
| 1975 | 85 歲 | • 八月六日，白羅成為有史以來第一次在《紐約時報》頭版刊出訃聞的小說主角，宣傳九月即將出版的《謝幕》，這也是白羅最後一次辦案。 |
| 1976 | 86 歲 | • 一月十二日去世。<br>• 十月出版《死亡不長眠》，瑪波小姐的最後一次辦案。 |

# 克莉絲蒂推理原著出版年表

1920 史岱爾莊謀殺案 The Mysterious Affair at Styles（神探白羅系列）
1922 隱身魔鬼 The Secret Adversary（神探湯米＆陶品絲系列）
1923 高爾夫球場命案 The Murder on the Links（神探白羅系列）
1924 白羅出擊 Poirot Investigates（神探白羅系列）
1924 褐衣男子 The Man in the Brown Suit（神探雷斯上校系列）
1925 煙囪的祕密 The Secret of Chimneys（神探巴鬥主任系列）
1926 羅傑艾克洛命案 The Murder of Roger Ackroyd（神探白羅系列）
1927 四大天王 The Big Four（神探白羅系列）
1928 藍色列車之謎 The Mystery of the Blue Train（神探白羅系列）
1929 七鐘面 The Seven Dials Mystery（神探巴鬥主任系列）
1929 鴛鴦神探 Partners in Crime（神探湯米＆陶品絲系列）
1930 牧師公館謀殺案 The Murder at the Vicarage（神探瑪波系列）
1930 謎樣的鬼豔先生 The Mysterious Mr. Quin（神探鬼豔先生系列）
1931 西塔佛祕案 The Sittaford Mystery
1932 十三個難題 The Thirteen Problems（神探瑪波系列）
1932 危機四伏 Peril at End House（神探白羅系列）
1933 十三人的晚宴 Lord Edgware Dies（神探白羅系列）
1933 死亡之犬 The Hound of Death
1934 三幕悲劇 Three Act Tragedy（神探白羅系列）
1934 李斯特岱奇案 The Listerdale Mystery
1934 帕克潘調查簿 Parker Pyne Investigates（神探帕克潘系列）
1934 東方快車謀殺案 Murder on the Orient Express（神探白羅系列）
1934 為什麼不找伊文斯？ Why Didn't They Ask Evans?
1935 謀殺在雲端 Death in the Clouds（神探白羅系列）
1936 ABC 謀殺案 The A.B.C. Murders（神探白羅系列）
1936 底牌 Cards on the Table（神探白羅系列）
1936 美索不達米亞驚魂 Murder in Mesopotamia（神探白羅系列）

1937　巴石立花園街謀殺案 Murder in the Mews（神探白羅系列）
1937　尼羅河謀殺案 Death on the Nile（神探白羅系列）
1937　死無對證 Dumb Witness（神探白羅系列）
1938　白羅的聖誕假期 Hercule Poirot's Christmas（神探白羅系列）
1938　死亡約會 Appointment with Death（神探白羅系列）
1939　一個都不留 And Then There Were None
1939　殺人不難 Murder Is Easy/Easy to Kill（神探巴鬥主任系列）
1940　一，二，縫好鞋釦 One, Two, Buckle My Shoe（神探白羅系列）
1940　絲柏的哀歌 Sad Cypress（神探白羅系列）
1941　密碼 N Or M?（神探湯米＆陶品絲系列）
1941　豔陽下的謀殺案 Evil Under the Sun（神探白羅系列）
1942　五隻小豬之歌 Five Little Pigs（神探白羅系列）
1942　藏書室的陌生人 The Body in the Library（神探瑪波系列）
1942　幕後黑手 The Moving Finger（神探瑪波系列）
1944　本末倒置 Towards Zero（神探巴鬥主任系列）
1945　死亡終有時 Death Comes as the End
1945　魂縈舊恨 Remembered Death（神探雷斯上校系列）
1946　池邊的幻影 The Hollow（神探白羅系列）
1947　赫丘勒的十二道任務 The Labours of Hercules（神探白羅系列）
1948　順水推舟 Taken at the Flood（神探白羅系列）
1949　畸屋 Crooked House
1950　謀殺啟事 A Murder Is Announced（神探瑪波系列）
1951　巴格達風雲 They Came to Baghdad
1952　殺手魔術 They Do It with Mirrors（神探瑪波系列）
1952　麥金堤太太之死 Mrs. McGinty's Dead（神探白羅系列）
1953　黑麥滿口袋 A Pocket Full of Rye（神探瑪波系列）
1953　葬禮變奏曲 After the Funeral（神探白羅系列）

1954 未知的旅途 Destination Unknown
1955 國際學舍謀殺案 Hickory, Dickory, Dock（神探白羅系列）
1956 弄假成真 Dead Man's Folly（神探白羅系列）
1957 殺人一瞬間 4:50 from Paddington（神探瑪波系列）
1958 無辜者的試煉 Ordeal by Innocence
1959 鴿群裡的貓 Cat Among the Pigeons（神探白羅系列）
1960 哪個聖誕布丁？ The Adventure of the Christmas Pudding（神探白羅系列）
1961 白馬酒館 The Pale Horse
1962 破鏡謀殺案 The Mirror Crack'd from Side to Side（神探瑪波系列）
1963 怪鐘 The Clocks（神探白羅系列）
1964 加勒比海疑雲 A Caribbean Mystery（神探瑪波系列）
1965 柏翠門旅館 At Bertram's Hotel（神探瑪波系列）
1966 第三個單身女郎 Third Girl（神探白羅系列）
1967 無盡的夜 Endless Night
1968 顫刺的預兆 By the Pricking of My Thumbs（神探湯米＆陶品絲系列）
1969 萬聖節派對 Hallowe'en Party（神探白羅系列）
1970 法蘭克福機場怪客 Passengers to Frankfurt
1971 復仇女神 Nemesis（神探瑪波系列）
1972 問大象去吧 Elephants Can Remember（神探白羅系列）
1973 死亡暗道 Postern of Fate（神探湯米＆陶品絲系列）
1974 白羅的初期探案 Poirot's Early Cases（神探白羅系列）
1975 謝幕 Curtain: Hercule Poirot's Last Case（神探白羅系列）
1976 死亡不長眠 Sleeping Murder（神探瑪波系列）
1979 瑪波小姐的完結篇 Miss Marple's Final Cases（神探瑪波系列）
1991 情牽波倫沙 Problem at Pollensa Bay
1997 殘光夜影 While the Light Lasts

國家圖書館出版品預行編目（CIP）資料

柏翠門旅館 / 阿嘉莎．克莉絲蒂（Agatha Christie）著；徐炳雄、季洪光譯. -- 二版.-- 臺北市：遠流出版事業股份有限公司, 2023.10
面；　公分. -- (克莉絲蒂繁體中文版20週年紀念珍藏；50)
譯自：At Bertram's Hotel
ISBN 978-626-361-261-7(平裝)

873.57　　112014657

克莉絲蒂繁體中文版 20 週年紀念珍藏 50

# 柏翠門旅館

作者 / 阿嘉莎．克莉絲蒂
譯者 / 徐炳雄、季洪光

主編 / 陳懿文、余式恕　校對 / 呂佳真
封面、內頁設計 / 謝佳穎　排版 / 連紫吟、曹任華
行銷企劃 / 舒意雯　出版一部總編輯暨總監 / 王明雪

發行人 / 王榮文
出版發行 / 遠流出版事業股份有限公司
地址 / 104005臺北市中山北路一段11號13樓
電話 / (02)2571-0297　傳真 / (02)2571-0197　郵撥 / 0189456-1
著作權顧問 / 蕭雄淋律師

2003年6月1日 初版一刷
2023年10月1日 二版一刷
定價 / 新臺幣380元 (缺頁或破損的書，請寄回更換)

ISBN 978-626-361-261-7

遠流博識網 http://www.ylib.com E-mail: ylib@ylib.com
遠流粉絲團 https://www.facebook.com/ylibfans